도선비기 2

도선비기 2

ⓒ박혜강, 2006

초판 1쇄 인쇄일 | 2006년 3월 2일
초판 1쇄 발행일 | 2006년 3월 6일

지은이 | 박혜강
펴낸이 | 김현주
펴낸곳 | 이룸

출판등록 | 1997년 10월 30일 제10-1502호
주소 | 121-840 서울시 마포구 서교동 395-172 상록빌딩 2층
전화 | 편집부 (02)324-2347, 영업부 (02)2648-7224
팩스 | 편집부 (02)324-2348, 영업부 (02)2654-7696
e-mail | erum9@hanmail.net
Home page | http://www.erumbooks.com

ISBN 89-5707-189-x (04810)
　　　 89-5707-187-3 (set)
값 9,000원

● 잘못된 책은 교환해 드립니다.
● 저자와의 협의하에 인지는 붙이지 않습니다.

도선비기

박혜강 장편소설

2

이룸

도선비기 · 2

| 차례 |

1. 산천의 병을 다스리다

씨앗은 또 하나의 우주였고 조그만 인연 덩어리였다. 그뿐만 아니라 오늘의 바람과 햇살 그리고 인간사의 온갖 풍상까지도 고스란히 간직하고 있었다.

사람들이 꼬리에 꼬리를 물었다. 수백 명이 웃도는 숫자여서 장사진을 쳤다고 표현하는 것이 가장 어울릴 듯싶었다. 희양 읍성과 인근 촌락에서 쏟아져 나온 그들이 백운산 골짜기 안으로 들어가고 있었다. 혼자서 털레털레 걷는 사람도 있었지만 거의 대부분이 가족과 동행하고 있었다.

남부여대(男負女戴, 남자는 지고 여자는 인다는 뜻으로, 가난한 사람들이 살 곳을 찾아 이리저리 떠돌아다님을 비유)라고 했다. 숯 오쟁이를 남정네들은 짊어지고 아낙네들은 머리에 인 채 아이들의 손을 잡고 있었다. 더러 식량 자루를 메고 나선 자들도 있었다. 그들 모두 밤새 울었던 사람처럼 눈두덩이 퉁퉁 붓고 눈동자는 새빨갛게 충혈되어 있었다.

희양 사람들이 이처럼 대대적으로 이동했던 것은 삼국 시대에 마한과 진한 사이에 전쟁이 벌어졌거나 왜구의 노략질이 극에 달했을 때뿐이었다. 그때 그들은 평지에 쌓아 놓은 읍성을 어쩔 수 없이 버리고 도솔봉에 위치한 중흥 산성으로 피신하여 용감히 싸웠다.

봄날이 무르익고 있었다. 나비들이 사람들을 희롱하듯 얼굴과 어깨에 닿을락 말락 하며 나붓나붓 날곤 했다. 송홧가루가 날리고 아지랑이가 피어오르는 산야는 풋잠에 빠져 아슴아슴하게 보였다. 봄꽃이 유혹했고, 따사로운 햇빛이 몸뚱이를 노곤하게 만들어 해찰하거나 딴전을 피울 사람이 있을 법도 했건만 모두 황소처럼 뚜벅뚜벅 걷고 있었다.

도선의 제자들은 수많은 사람들이 암자로 몰려오자 눈이 휘둥그레지고 입이 쩍 벌어졌다. 흡사 피난길에 나선 사람들처럼 꾸역꾸역 밀려오자 까닭 없이 겁부터 치솟았다.

"도대체 저 사람들은 뭐야?"

월정이 손가락으로 가리켰다.

현성은 그들이 몰려오는 이유를 알고 있었다. 천행적안이라고 하는 돌림눈병을 치료하고 싶으면 암자로 찾아오라고 소문냈던 장본인이었기 때문이다.

"돌림눈병을 고치려고 찾아오는 사람들이 틀림없을 걸세. 스승님께서 이 암자로 찾아오라고 지시해서 내가 소문을 냈거든."

"히야, 저 사람들이 다 시주를 해 준다면 얼마나 좋을까."

월정의 눈빛이 번들거렸다.

"어허, 난리가 난 것 같군. 월정, 범진, 우리가 이러고 있을 게 아니라 얼을 바짝 차리고 사람들을 맞이해야겠어."

"스승님께 먼저 말씀 올려야 하는 거 아니야?"

"그렇군. 자네는 스승님께 말씀드리게나. 일단 범진과 내가 사람들을 맞이할 테니 말일세."

월정이 법당 쪽으로 허겁지겁 달려가자 현성과 범진이 연못 아래로 내려갔다. 눈두덩이 붓고 흰자위가 붉게 변한 일가족이 주변을 두리번거리다가 말을 붙여 왔다.

"숯 한 짐 지고 오면 돌림눈병을 낫게 해 준다는 암자가 바로 여기지요? 여기에 불력이 뛰어난 스님이 계시다면서요?"

"나무아미타불! 그렇습니다. 이 암자를 찾아오면 몹쓸 돌림눈병을 말끔히 치료해 드리기로 약조했습니다. 저희 스승님께선 못 고치는 병이 없습니다."

현성과 범진이 합장을 했다.

"스승님이란 분의 법명이 어떻게 되오?"

"길 도(道) 자에 많을 선(詵) 자를 쓰십니다."

"오호, 그러니까 승평과 구례 일대에서 신승이라고 소문이 짜하게 났다는 분이구려. 구례에 미호사와 삼국사라는 절도 지었다고 하던데 그게 사실이오? 그리고 천지를 한눈에 꿰뚫어 본다는 소문도 들었소이다. 정말이오?"

"그렇소이다."

현성이 어깨를 으쓱거렸다.

"그런데 말이외다, 이 많은 숯은 어디에 쓰시려고 그러오? 뒤를 따르는 자들이 죄다 숯 오쟁이를 짊어지거나 머리에 이고 있더이다."

"하, 그러니까 글쎄……."

현성이 우물쭈물하며 머리를 긁적거렸다. 범진은 얼른 대답하라는 듯 현성의 얼굴만 빤히 바라보고 있었다.

"스님네들, 숯 오쟁이를 이렇게 짊어진 채 서 있도록 놔둘 거요?"

사내가 숯 오쟁이를 땅에 부려 놓고 이마에 맺힌 땀방울을 손등으로 닦아 냈다.

현성이 어찌할 바를 몰라 손을 싹싹 비빌 뿐이었다. 스승의 지시에 따라 숯 한 짐씩 지고 오라고 했을 뿐 그 용도에 대해서 들은 적도 짐작이 가는 바도 없었다.

"우선 돌림눈병 상태나 봅시다."

현성이 사내와 그 가족들의 눈병 상태부터 살피기 시작했다.

법당 쪽으로 뛰어간 월정이 스승을 찾았다. 도선은 가사와 장삼을 말끔히 차려입은 채 법당 안에서 가부좌를 틀고 참선하는 중이었다.

월정은 스승이 오랜만에 가사까지 걸친 모습으로 참선에 임하고 있자 감히 범접하기 힘든 기운을 느껴 멈칫거리다가 용기를 냈다.

"스승님, 눈병 난 사람들이 몰려오고 있습니다. 숯 오쟁이를 하나씩 짊어지고 말입니다. 어떻게 대처해야 좋겠사옵니까?"

도선이 자리에서 천천히 일어나 법당 아래쪽을 바라보았다. 수많은 사람들이 암자로 몰려오는 광경이 보였다. 그가 고개를 가볍게 끄덕거렸다.

"나는 뒤따라 내려갈 테니 너는 먼저 내려가서 연못의 물부터 빼내라. 그리고 암자를 찾아온 사람들이 가져온 숯으로 저 연못을 메워라."

눈치 빠른 월정이 스승의 마음을 읽었다.

"아, 스승님의 깊은 뜻을 이제야 알겠사옵니다. 숯으로 연못을 메우고 그 위에다가 불사를 일으키겠다는 생각이시지요?"

"그렇다. 숯이 습기를 제거하고 부정한 것도 말끔히 씻어 내게 될 것이야."

"그러니까 그게 바로 일종의 비보 풍수라는 이야기가 아니옵니까? 제자, 지금 곧바로 내려가서 지시대로 시행하겠사옵니다."

월정이 아래로 내려갔다. 도선이 산 아래를 다시금 내려다보며 미소를 머금었다.

보연화는 공양간에서 점심 공양을 준비하려다가 산 아래에서 별안간 시끌벅적한 소리가 들려오자 밖으로 나왔다. 웬 사람들이 꼬리에 꼬리를 물고 암자로 다가오고 있었다.

"보연화야, 암자를 찾아오는 사람들에게 공양을 올리도록 준비하여라."

도선이 법당에서 나오다가 공양간 앞에 서 있는 보연화에게 지시했다.

"예엣! 저 많은 사람들에게 공양을 올리라는 이야기십니까? 어머, 도술을 부리지 않는 한 도저히 불가능한 일이옵니다. 그리고 저 많은 사람들에게 죄다 공양을 올리게 되면 뒤주가 바닥날 것이

ㄱ 한동안 굶주려야 한 것이옵니다.”

“조금 후면 불사에 보태 쓸 곡식이 도착할 것이니 그 점은 염려하지 않아도 된다. 그리고 돌림눈병을 치료하러 찾아온 보살들을 몇 사람 골라 보내 줄 테니 함께 일하면 될 것이야.”

도선이 말을 끝내고 연못 아래쪽으로 뚜벅뚜벅 걸어 내려갔다.

보연화는 시선을 산 아래쪽으로 다시금 돌리다가 그만 기겁할 지경이었다. 숫자를 헤아리기 힘들 정도로 수많은 사람들이 꾸역꾸역 몰려오고 있었다. 이러다가 골짜기가 폭삭 주저앉아 버릴지도 모를 일이었다. 가슴이 철렁 내려앉았다.

월정으로부터 스승의 지시를 전해 받은 현성과 범진이 몰려온 사람들에게 소리쳤다.

“돌림눈병을 고치고 싶으면 가져온 숯을 저 연못에 부려 넣고 이쪽으로 줄을 서시오!”

“이래 봬도 이 숯은 백운산 참숯이오. 그런데 이 귀한 것을 왜 버린단 말이오?”

누군가가 물었다.

“이유는 차차 알게 될 테니 지시대로 따르고, 어서 줄을 서시오! 한 줄 말고 두 줄로 서시오!”

몰려온 사람들이 잠시 의아한 표정을 지었지만 이내 숯을 연못 속으로 던져 넣기 시작했다. 그들은 숯을 연못에 넣는 이유가 어떻든 돌림눈병만 말끔히 치료할 수 있다면 그만인 셈이었다.

연못 속에 숯을 부렸던 사람들이 두 줄로 서기 시작했다. 서로 앞서려다가 아옹다옹하며 눈을 부라리는 사람도 있었으나 대체로

질서를 잘 지켰다. 줄 끝이 산 아래 평지까지 닿았으나 몰려오는 사람들은 멈출 줄 몰랐다.

"물렀거라! 물렀거라!"

느닷없이 벽제소리가 들려왔다. 박우태 비장과 김흥광 성주의 딸, 연주가 말을 타고 찾아왔다. 그들 뒤에는 곡식을 바리바리 실은 우마차들이 따르고 있었다.

연주의 옷차림은 예전하고 전혀 딴판이었다. 일전에는 남자 복장에 환도까지 비껴 차서 영락없이 사내처럼 보였는데, 오늘은 한껏 치장을 하고 머리까지 치렁치렁 늘어뜨려 여인의 아름다움을 유감없이 드러내고 있었다.

돌림눈병을 치료하기 위해 줄을 섰던 사람들이 양쪽으로 물러서면서 고개를 숙였다. 범진이 재빨리 뛰어나가 합장했다.

"연주 아가씨, 어서 오십시오."

"불사를 돕기 위해 가져온 곡식이어요."

연주가 연못 위쪽의 암자를 올려다보며 말했다. 길게 줄을 선 사람들이나 범진에게 전혀 관심을 두지 않은 자세였다.

"암자에 맡겨 둔 도련님이 걱정되어서 그러시옵니까?"

범진이 재빨리 넘겨짚고 물었다. 연주는 아무런 대꾸도 하지 않은 채 암자가 있는 쪽만 줄곧 바라볼 뿐이었다.

현성과 월정은 불사를 일으킬 재원인 곡식이 도착하자 신바람이 났다. 이젠 일할 사람만 있으면 조만간에 큰 불사를 일으킬 수 있을 터였다. 그래서 돌림눈병을 치료하러 찾아온 사람들에게 큰 소리로 말했다.

"저기를 보시오. 성주님께서 불사를 일으킬 수 있도록 엄청나게 많은 곡식을 내렸소이다. 우리는 이곳에서 큰 불사를 일으킬 것이오. 여기에서 일하면 곡식을 후하게 드릴 터이니 구미가 당기는 분들은 앞으로 나서시오."

현성과 월정이 번갈아 가며 소리쳤으나 앞으로 나선 사람은 불과 몇 명에 지나지 않았다. 사찰 짓는 일을 하면 곡식을 후하게 준다는 소리에 모두 눈빛을 번들거렸으나 선뜻 나서지 못하는 이유가 있었다.

때마침 농사철이었다. 논에 볍씨를 뿌리기 위해 갈고 고르는 경지 작업을 하고, 겨울을 무사히 넘긴 보리밭도 돌봐야 하는 아주 귀한 때였다.

농사를 방해하는 일은 나라에서도 중지했다. 전쟁이 일어나도 농사철이 되면 잠시 휴전을 할 정도였다. 농사는 곧 하늘이었기 때문이다.

조금 있으면 논에 볍씨를 뿌려야 했고, 추수를 할 때까지 네댓 차례의 김매기에 매달려야 했다. 벼 베기를 하여 타작을 끝낼 때까지 끝없는 손길이 미쳐야 했는데, 그 과정이 오죽 복잡했으면 쌀 미(米) 자를 파자(跛者)하여 여든여덟〔八十八〕 번의 손길이 가야 한다고 했을까.

농부들은 쌀농사만 짓는 게 아니었다. 농민들의 주식인 조와 옥수수 같은 밭작물이나 감자도 심어야 했다. 시도 때도 없이 땔감을 준비하고, 논밭에 줄 거름도 부지런히 만들어야 했기 때문에 눈코 뜰 새가 없는 처지였다.

현성은 이미 짐작하고 있었지만 나서는 사람이 거의 없자 실망을 금치 못했다. 불사를 일으킬 재원이 아무리 많아도 일할 사람이 없으면 법당을 세울 도리가 없었다. 그리고 농사일을 잠시라도 쉬거나 농한기까지 기다리려면 아직도 멀었다.

도선이 연못 아래쪽으로 내려왔다. 수많은 사람들이 연못에 숯을 부린 다음 줄을 서서 치료할 차례를 기다리고 있었다. 수십 바리의 곡식이 도착해서 하역과 보관 작업을 기다리고 있었다. 연못에는 벌써 숯이 가득 쌓이고 있었다.

백운산이 품에 안고 있는 백계산 골짜기는 흡사 거대한 반야 용선(般若龍船)처럼 보였다. 지혜의 배를 탄 부처님이 번뇌와 우매의 바다에 빠져 허우적거리는 중생을 구제하여 서방정토로 향한다는 그 용선이 돛을 올리고 출범하기를 기다리고 있는 듯했다.

"도선 큰스님, 연주이옵니다. 아버님께서 불사에 보태 쓰시라고 내놓았던 곡식들이옵니다."

연주가 박우태 비장과 함께 다가와서 말했다.

"오호, 이렇게 친히 찾아오셨구려. 감사하외다. 틀림없이 불보살님의 하늘 같은 은덕을 입게 되실 것입니다."

도선이 합장했다.

"일손이 부족한 모양인데, 내일 당장 성에 거주하는 도편수와 부지런한 목수들을 몇 명 보내 드리겠사옵니다. 그 외에 불사를 일으키는 데 필요한 것이 있다면 소녀에게 서슴지 마시고 말씀해 주셔요."

연주가 도선을 뚫어지게 바라보다가 눈빛이 마주치자 고개를 습기머니 떨어뜨렸다. 얼굴빛이 홍조로 물들기 시작했다.

도선이 연주의 야릇한 눈빛을 발견했다. 그 눈빛이 무엇을 말하는지 눈치 챌 수 있었다. 난감하기 짝이 없는 노릇이었다. 틀림없이 흠모와 애정의 눈빛이었다. 도선의 가슴이 착잡하게 변했다.

"만약에 필요한 것이 있으면 그때 가서 말씀드리도록 하겠습니다. 그럼……."

도선이 합장으로 감사의 표시를 한 다음에 몸을 돌려 너럭바위 위로 올라섰다. 봄바람이 밀려왔다. 도선의 가사와 장삼 자락이 표표히 날렸다.

수많은 사람들의 시선이 도선에게 쏠렸다. 한동안 왁자지껄하게 떠들던 사람들의 목소리가 잦아들어 예전의 조용한 골짜기로 변했다.

도선이 사부 대중을 돌아본 다음에 입을 열었다. 맑고 우렁찬 목소리가 골짜기를 가득 메우기 시작했다. 백계산 골짜기의 암자에 주석한 이래 첫 설법이었다.

"이렇게 숯을 가져와 주셔서 감사하외다. 여러분이 보시했던 저 숯은 실로 크나큰 공덕이라 아니할 수 없습니다. 오늘 보여 준 여러분의 보시는 부처님을 세세생생(世世生生) 이어가는 법회 장소의 기틀이요 터전이 되어 줄 것입니다. 이제 저 연못 위에 법당이 들어서고 범종과 법고가 울리게 되면 백운산 일대뿐만 아니라 이 땅의 모든 곳에 부처님의 가피가 강물처럼 흐를 것입니다. 강물이 맑아지면 하늘의 달그림자가 뚜렷이 비치는 것처럼 중생의 마음이 맑아지면 본래의 생명력이 온전히 나타나 대자유의 삶을 나타내게 될 것입니다. 여러분은 본래 부처이니 본심 자리를 찾아가는 일에 게을리 하지 말기 바라며……."

도선이 설법을 끝내고 현성과 함께 돌림눈병을 치료하기 시작했다. 월정과 범진이 뒷수발을 들었다.

김홍광 성주의 외동딸, 연주가 분홍 꿈에 물들었다. 일찍이 이만한 사내를 본 적이 없었다. 지금까지 보았던 사내들은 그저 시시껄렁하게 느껴져서 눈길 한번 주지 않았던 게 사실이었다.

'아, 어쩌면 저렇게 멋지실까. 저분이 나의 애타는 마음을 알기라도 할까?'

그를 처음 본 순간부터 숨이 멎는 것 같았다. 남루한 승복을 걸치고 있었지만 총기가 반짝이는 눈빛과 위엄스럽지 않은 듯하면서도 위엄을 풍기는 모습만은 덮지 못하고 있었다. 그래서 사모의 정이 출렁거리는 바다에 그만 속절없이 풍덩 빠지고 말았다.

가사와 장삼을 정갈하게 차려입고 사자후를 터뜨리며 설법하는 모습과 돌림눈병으로 고생하는 사람들 사이를 오가며 침을 놓는 모습이 한 마리의 호랑나비처럼 너무나도 근사하게 보였다.

"아가씨, 이제 그만 내려가시지요. 우마차에 실려 있던 곡식은 모두 내려놓았고 돌아갈 채비도 이미 마쳤습니다."

박우태 비장이 연주를 재촉했다.

"먼저 내려가세요."

"백운산 일대에 흉악한 산적들이 들끓는다는 소문이 나돌고 있습니다. 혼자 움직이시면 위험하오니 함께 내려가시는 게 좋을 듯

힙니다."

"전혀 걱정할 필요가 없어요."

"도련님 때문에 그러십니까? 그러면 잠시 기다릴 테니 얼른 만나 보고 오십시오."

"백운산의 수려한 경치를 구경하면서 천천히 내려갈 테니까 먼저 가시라니까요."

연주가 짜증을 살짝 냈다.

박우태 비장이 어찌할 바를 모르고 멈칫댔다. 아가씨를 혼자 두고 성으로 돌아갈 수 없는 노릇이었다. 만약에 불상사라도 발생하면 모든 책임을 질 수밖에 없을 터였다. 그런데 내려가려는 기색이 전혀 보이지 않으니 애가 탈 수밖에 없었다.

"혹시 아가씨의 신변에 무슨 불상사라도 발생하면 제가 성주님께 큰 문책을 받게 됩니다. 무슨 볼일이라도 있으시면 차후에 다시 찾아오기로 하고 오늘은 일단 내려가시지요."

"불상사가 발생할 리도 없겠지만 만약에 그런 일이 생기면 내가 책임질 거예요. 아무런 걱정 말고 내려가세요."

연주가 박우태 비장을 떼어 놓으려고 암자 쪽으로 걸음을 옮겼다. 몇 걸음 뒤따라가던 그가 낮은 소리로 혀를 끌끌 찼다.

예전에 연주가 이곳으로 찾아와 불공을 드린 적이 있었다. 그런데 오늘 연주의 눈에 비친 이 암자는 예전보다 훨씬 남루하고 비좁기 짝이 없었다. 신승으로 추앙받았던 분이 주석하기에는 전혀 어울리지 않는 암자였다. 아버지를 졸랐던 게 다행이라는 생각이 들었다.

식은 요사에 누워 있었다. 아직 건강이 완전히 회복되지 않았는지 깊은 꿈속에 빠져 있었다. 그를 물끄러미 바라보다가 암자 주변을 하릴없이 돌았다. 공양간에서 여러 명의 아낙네들이 분주히 움직이고 있었다.

"어, 저 여인은……."

주황색 행자복을 입고 점심 공양을 준비하는 비구니 모습이 보였다. 일전에 도선과 함께 백운산으로 흘러 들어왔던 여인이 틀림없었다. 지치고 병들어 있는 모습일 때는 볼품없이 보였는데 지금은 한 송이 연꽃처럼 느껴졌다. 연주의 가슴속에서 이상야릇한 감정이 뽀글뽀글 피어올랐다.

연주가 멍하니 바라보고 있을 때, 보연화가 허리를 펴고 밖을 내다보다가 서로 눈길이 마주쳤다.

보연화는 아리따운 여인이 공양간을 물끄러미 바라보고 있어서 깜짝 놀랐다. 이런 산중에 저토록 아리따운 여인이 있다는 게 믿어지지 않을 정도였다. 공양간 밖으로 나와 합장하며 물었다.

"나무아미타불! 뉘신지요? 무슨 일로 찾아오셨는지요?"

보연화는 이 여인이 성주의 외동딸이라는 것을 전혀 알아보지 못했다.

"법명이 어떻게 되나요?"

연주가 다짜고짜 물었다.

"보연화라고 하옵니다. 그런데 어인 일로?"

"일전에 우리가 서로 만났던 적이 있잖아요?"

연주가 미소를 지었다.

"일전에 만났던 인연이 있었다고요? 글쎄   ."

"이제 좀 편안한 모양이죠? 백운산으로 처음 들어왔을 때는 병색이 완연하던데 오늘 보니까 정말 아름답군요. 비구니가 되기에 아까운 얼굴이에요."

그제야 보연화가 상대를 알아차렸다.

"아, 성주님의 외동따님."

"그래요. 연주라고 해요."

연주가 활짝 웃어 보인 뒤 암자 뒤 산비탈 쪽으로 걸어갔다. 까투리와 꺼병이가 잽싼 걸음으로 숨느라 바빴다. 동박새들이 아름다운 노래를 부르다가 인기척을 느끼고 입을 다물었다.

야생 동백나무에 선홍빛 동백꽃이 매달려 있었다. 산비탈에는 통째로 떨어진 동백꽃들 천지였다. 수술 끝의 노란 꽃밥이 동백꽃 눈물처럼 흥건하게 젖어 있었다. 꽃이 나무에서 떨어진 것이 아니라 흡사 땅속에서 솟구쳐 피어난 듯했다. 그래서 동백은 두 번 피어난다고 했다. 나뭇가지에 매달려 한 번, 땅에 떨어져서 또 한 번 피어나는 것이다.

연주가 무의식중에 동백꽃 하나를 주워 들고 밑동을 빨다가 얼굴이 꽃빛깔처럼 물들었다. 지천으로 떨어진 동백꽃을 보면 흡사 백계산 일대의 산등성이가 달거리라도 하는 듯했다. 그리고 성숙한 여인의 상징인 자신의 첫 달거리를 떠올렸던 것이다.

"아, 나는 여인이었어."

연주가 동백꽃을 입에서 떼어 내며 중얼거렸다. 입속에서 분 향내와 달콤한 맛이 가득 고여 흘렀다. 손으로 뺨을 어루만졌다. 촉

촉한 느낌이 손끝에 머물렀다. 그동안 화장을 잊고 사내처럼 살아왔던 날들이 우습게 여겨졌다. 이젠 동백꽃 떨어진 자리에 올라앉아 동백꽃처럼 황홀하게 피어나고 싶었다.

"음! 음!"

동백꽃에 취한 연주가 자신도 모르게 비음을 토해 냈다.

봄이 무르익고 있었다. 아지랑이 물결이 몽환적인 분위기를 자아내는 산야를 굽어보다가 도선의 모습이 보이자 몸을 부르르 떨었다. 그가 위쪽으로 시선을 돌리지도 않았는데 동백나무 뒤로 몸을 숨겼다. 떨리는 가슴으로 그를 훔쳐보았다. 자꾸만 가슴이 뛰었다.

돌림눈병의 치료는 해동갑을 해도 벅찬 일이었다. 현성이 한나절 내내 침을 놓느라 팔에 쥐가 날 지경이었다. 더군다나 일손 걱정 때문에 정신이 자꾸만 흐트러졌다. 그래서 침을 정확히 놓으려고 오만 정신을 집중했으나 간간이 실수를 범했다. 하지만 도선은 처음 자세에서 변한 것이 하나도 없었다.

연못이 숯으로 메워지기 시작했다. 월정은 연못이 거의 평지로 변해 가자 볼품없었던 자리가 몰라보게 달라지고 있다는 것을 느끼기 시작했다. 하지만 숯으로 연못을 메웠다고 해서 주변을 둘러싼 산등성이가 달라질 리 없었다.

월정이 도선에게 비보 풍수에 대해 공부했던 적이 있었다.

원래 풍수론의 핵심은 생기가 응집된 명당을 찾는 것이었다. 그런데 도선은 밀교 택지법에 있는 치지법과 약사 신앙(藥師信仰) 그

리고 도교의 진입 방법 등을 조합하고 음양오행의 술법까지 더욱
연구하여 독창적인 비보 풍수를 창안해 냈다.

《약사경》에는 나라를 지키고 자연 재난을 막는 원리가 설해져
있었는데, 자국의 반역〔自國反逆難〕, 때 아닌 풍수해〔非時風雨難〕, 때
를 지난 가뭄〔過時不雨難〕 등을 약사여래의 본원력으로 치유하여
나라를 안온하게 해 준다고 했다.

선도에서는 천지인(天地人)이 기라는 물질에 의해 긴밀하게 맺어
졌으며, 기의 상호 전환도 가능한 것으로 보았다. 그러니까 인간
대 인간만이 아니라 동식물은 물론이고 삼라만상과도 호흡이나
기맥을 함께 함으로써 마침내 천지인 합일에 이른다는 것이다.

그래서 도선의 비보 풍수에서는 불력을 빌려 산천의 병든 땅을
치료하게 되는데, 결함이 있는 땅은 절을 지어 보완하고, 땅의 기
세가 과도한 곳은 불상으로써 누르고, 기세가 달아나는 곳은 불탑
을 세워 머무르게 하고, 등진 땅은 당간을 세워 불러들임으로써
천하를 태평하게 만들어 법의 수레바퀴가 잘 굴러갈 수 있도록 하
자는 것이었다.

월정은 허약한 이 산등성이 일대가 어떤 방법으로 비보될 것인
지 궁금해서 스승의 움직임에 깊은 관심을 쏟고 있는 중이었다.

현성은 일손을 구할 방법이 이미 준비되어 있다고 해 놓고서 돌
림눈병의 치료가 끝날 때까지 아무런 조치를 취하지 않고 있는 스
승을 의아하게 생각하고 있었다. 그는 스승이 돌림눈병을 치료하
러 찾아온 사람들을 동원하는 특별한 방법이라도 있는 모양이라
고 생각했던 터였다. 그런데 그들에게 사찰 짓는 일에 동참하도록

권유하는 이야기는 일언반구도 하지 않았다.

"허참, 그렇다면 기이한 방술이라도 부릴 작정이란 말인가?"

현성이 중얼거렸다. 그가 방술이라는 말을 꺼냈던 것은 스승이 도교에도 많은 관심을 보이고 있었기 때문이다.

월정이 현성의 중얼거리는 소리를 듣고 눈을 끔벅거리며 물었다.

"현성, 기이한 방술이라니, 그게 무슨 소린가? 혹시 자네가 의술 외에도 축지법(縮地法)이나 변신술 같은 방술을 연마하고 있는 것은 아니겠지?"

"에이, 실없는 소리를 하기는."

현성이 피식 웃었다. 그가 어느 서책에서 잠시 훑어보았던 도교의 방술에 관한 이야기는 실로 어마어마했다. 거기에는 천 리 길을 단숨에 갈 수 있는 축지법, 하늘을 날아다니는 비상법(飛翔法), 구름을 모으고 비를 내리게 하는 운집강우술(雲集降雨術), 동물의 소리를 해득하고 서로 통할 수 있는 해금어술(解禽語術), 귀신을 부려 변신하는 둔갑술(遁甲術) 등등 다양한 내용이 들어 있었으나 너무나 황당해서 믿기 어려웠다.

"그럼 왜 방술 이야기를 끄집어낸 건가?"

"스승님께서 일손 구할 방법을 이미 준비해 놓았다고 하시던데 아직 아무런 움직임이 없어서 해 봤던 이야길세."

"그랬군. 어이, 나도 궁금한 게 많네. 일전에도 내가 말했지만 여기는 지세가 워낙 허약한 곳이네. 그래서 숯으로 연못을 메우는 방법만으로 허약한 기를 완전히 보충할 수 없다는 이야기일세. 스승님께서 비보 풍수를 동원할 듯싶은데, 도대체 어떤 방법이냐가 무척 궁금하네."

"구례현의 미호사처럼 절을 앉히면 되지 않겠어?"

"그런 방법으로 부족할 듯싶어. 앞 산등성이가 너무 낮아서 기가 흘러가게 생겼고 주변의 지네 형상의 산과 이곳의 닭 형상의 산이 충돌할 형국이라서 뭔가 색다른 방법을 동원하여 산천을 다스려야 할 성싶거든."

"아이고, 나는 뭐가 뭔지 모르겠어. 그럴싸한 절이나 빨리 지었으면 좋겠어."

현성이 피로를 이기지 못하고 연못 아래 산비탈에 벌러덩 드러누웠다. 월정이 그 옆에 드러누웠다. 이 암자는 규모가 무척 작았다. 그런데 보연화가 끼어들었고 김흥광 성주의 외동아들까지 함께 생활하는 처지라서 도선의 제자들은 임시로 초막을 지어 생활하고 있었다.

저녁 하늘이 붉게 물들어 가고 있었다. 불사를 일으키기 위해 소신공양을 했던 법성 노승이 붉은 노을 속에 가부좌를 틀고 앉아 있는 듯했다. 사찰 하나 새롭게 짓는 것이 이렇게 힘든 일인지 예전에 미처 몰랐다.

"어이, 스승님께서 부르시네."

범진이 불렀다. 현성과 월정이 벌떡 일어났다. 궁금하게 생각하고 있던 것을 스승님이 알려 줄지도 모른다는 기대감 때문이었다.

"무슨 일이래?"

"잘 모르겠는데 아마 무슨 지시를 내릴 모양이야."

"지시를 내릴 것 같다고? 스승님은 어디에 계시는데?"

"연못이 있었던 곳이네."

세 사람은 연못이 있었던 곳으로 갔다. 얼마나 많은 사람들이 찾아왔던지 연못에 숯이 그득했다. 이젠 숯 위에 흙을 채우고 다지기만 하면 법당을 올릴 수 있게 되었다.

도선은 아주 여유 만만하게 백계산 주변을 둘러보고 있었다. 산천경개 구경 나온 사람 같았다. 그동안 침술을 펼치느라 힘들었을 텐데 피로한 기색이 전혀 없었다.

"다 모였습니다."

범진이 말했다.

"오늘 모두 고생이 많았구나. 오늘부터 불사가 시작되었으니 절반은 끝난 셈이니라. 내일 아침 일찍 우리 모두 백운산에 올라갈 것이니 마음 준비를 단단히 하도록 하여라."

"불사를 일으킬 재원이 도착했습니다. 이젠 일할 사람을 모으고 저희들도 팔을 걷어붙인 후 울력에 나설 때가 아닙니까? 당장 이 연못도 흙으로 덮어야 하고 말입니다. 그런데 산에 올라가자고요?"

월정이 나섰다. 일손이 워낙 부족한 상황이라서 연못을 흙으로 메우고 건축물에 필요한 자재를 준비하는 일에 매달려도 시원치 않을 판인데 한가하게 산에 오르겠다니 이해하기 힘들었다.

"너희들뿐만 아니라 나도 울력에 나서는 것이 당연하나 아직 때가 아니 되었다. 우선 구해야 할 것이 있느니라."

"일을 하겠다고 자원했던 사람이 몇 명 되고, 내일 당장 연주 아가씨께서 도편수와 부지런한 목수를 보내기로 했습니다. 그들을 그냥 놀릴 생각이옵니까?"

"그들이 도착하면 백계산 주변에 널린 동백 열매른 줍도록 이야기하여라."

"옛! 불사가 한시가 급한데 동백 열매나 줍다니요?"

월정이 스승의 눈동자를 뚫어지게 바라보았다. 도선이 월정의 마음을 알아차리고 껄껄 웃었다.

"동백으로 이곳 산천의 병을 다스릴 것이니라."

"그렇다면 동백으로 비보 풍수를 하시겠다는 말씀이십니까?"

"그렇다."

"어떻게 동백으로 비보를 할 수 있단 말입니까? 제자는 도무지 짐작하기 힘드옵니다."

월정의 눈동자가 커졌다. 그동안 스승을 따라 풍수지리를 공부했기 때문에 향유나 우유를 뿌려 주위를 청결하게 만드는 밀교의 치지법은 이미 터득했다. 그런데 동백 열매로 그러니까 동백기름으로 비보를 한다는 것은 금시초문이었다.

"차차 지켜보면 알게 될 것이다."

도선의 말이 끝나자 이번에는 월정이 나섰다.

"제자는 침을 놓는 내내 정신 집중이 잘 되지 않았사옵니다."

"아마 일손 구할 걱정이 많았던 모양이로구나."

도선이 현성의 속마음을 정확히 넘겨짚었다.

"그렇사옵니다. 불사에 쓸 재물이 아무리 많아도 무엇 하옵니까. 일손을 구하지 못하면 법당을 올리지 못할 것이옵니다."

"현성아, 침술이란 정신 집중이 되지 않으면 정확한 혈을 찾을 수 없는 법이다. 월정도 함께 들어라. 명당자리를 잡을 때 자칫 실

수하여 한 치만 틀어져도 아니 되는 것과 마찬가지로 침술에서도
정확한 혈에 침을 놓지 않으면 외려 부작용을 낳게 되느니라. 그
건 불법을 구하는 것도 마찬가지이니라. 그러니까 매사에 정신이
흐트러지지 않도록 최선을 다해야 할 것이야."

"명심하겠사옵니다."

도선의 이야기에 제자들이 머리를 조아렸다.

"그리고 현성아, 일손 구하는 일은 걱정 말아라. 내일이면 필요
한 일손 절반 이상을 백운산에서 구하게 될 것이니라."

도선이 말을 끝내고 법당으로 올라갔다.

제자들이 엉거주춤 서서 스승의 뒷모습을 멍하니 바라볼 뿐이
었다.

《화엄경》을 보면 '부처의 지혜는 허공처럼 끝이 없고 그 법인
몸은 불가사의하다' 라는 말이 있다. 부처의 몸이나 지혜 그리고
가르침은 불가사의하여 중생의 몸으로는 헤아릴 수 없다는 말이
었다. 그런데 스승 역시 불가사의였다.

백운산에서 희양 읍성으로 돌아가는 연주의 표정이 무척이나
밝았다. 주인의 마음을 눈치 챘는지 애마의 발걸음도 경쾌했다.
사람들이 자드락길을 가득 메우지 않았다면 박차를 가해 한없이
질주하고픈 마음이었다. 옷깃을 표표히 날리며 바람을 가르고 바
람처럼 달려가노라면 그동안 애타는 그리움 때문에 옥죄었던 마
음이 말끔히 씻어질 것 같았다.

연주는 야생 동백나무 숲에서 두근거리는 가슴을 안고 도선을

지켜보았다. 생가 같아서는 단숨에 달려가 그를 부여잡고 애타는 마음을 털어놓고 싶었지만 그럴 수 없다는 게 너무나 안타까웠다.

이제야 도선을 만났다는 것이 원망스러웠고, 그가 속인이 아니라는 게 한스럽기조차 했다. 그건 너무나 버거운 절망이기도 했다.

연주가 산비탈에 널린 동백꽃을 손으로 잉끄렸다. 애꿎은 동백꽃이 속절없이 짓뭉개지면서 손바닥이 벌겋게 물들었다. 밤알만한 동백 열매가 여기저기 떨어져 있었다. 어떤 것은 껍질이 세 조각으로 벌어져 씨앗을 드러내 놓고 있었다.

씨앗은 또 하나의 우주였고 조그만 인연 덩어리였다. 그 속에는 매끄럽고 하얀 줄기, 두텁고 윤기 흐르는 푸른 이파리, 황홀한 비감으로 피어나는 담홍색의 꽃이 간직되어 있었다. 그뿐만 아니라 오늘의 바람과 햇살 그리고 인간사의 온갖 풍상까지도 고스란히 간직되어 있었다.

연주가 씨앗 하나를 산비탈에 파묻다가 문득 어떤 생각이 스쳐 지나가서 손길을 멈췄다. 도선을 처음 만났을 때, 암자의 터가 좋지 못하면 비보를 하여 좋게 만들겠다고 했던 이야기가 떠올랐던 것이다.

"그래, 바로 그거야! 기다리지만 말고 적극적으로 나서서 바꾸는 거야!"

연주가 흥분을 이기지 못하고 소리쳤다. 할 수 있고 될 수 있다는 확고한 믿음이 동백 씨앗만큼만 있어도 이 세상에서 안 될 것이 없었다.

도선을 일찍이 만나지 못했던 것이나 그가 승려라는 사실을 팔자나 불운으로 돌리거나 인연이 없는 탓으로 여기기 시작하면 절망이 눈 덩이처럼 부풀어 오를 것이다. 그런 절망을 뚫는 길이 있었다. 도선이 악지(惡地)를 비보하여 명당으로 바꾼다고 했듯이, 인연 없음을 한탄하지 말고 새롭게 인연을 맺으면 되는 것이었다.

연주가 새로운 희망을 안고 산비탈을 내려올 즈음, 도선이 제자들에게 몇 가지 지시를 내리고 있었다. 그들의 대화를 본의 아니게 엿들었던 연주는 자신의 새로운 희망에 꽃까지 매단 것처럼 기뻤다. 기발한 계책이 떠올랐던 것이다.

자드락길을 내려가는 사람들이 연주를 알아보고 양옆으로 비켜서곤 했다. 그럴 때마다 밝은 미소로 답례를 했다. 간혹 자신을 발견하지 못하고 길을 가로막는 사람도 있었다. 하지만 예전처럼 짜증을 내지 않았다. 새로운 희망에 꽃까지 매단 상황이라서 마냥 즐겁고 기뻐 아예 말에서 내려 그들과 함께 걸었다.

그들은 도선으로부터 침술 치료를 받은 후 돌림눈병 상태가 몰라보게 좋아지자 얼굴에 기쁜 빛이 가득했다.

도선의 침술은 신통력이요 불력이었다. 침술 단방에 개떡처럼 부풀어 올랐던 눈두덩이 가라앉고, 토끼 눈처럼 벌겠던 흰자위가 원래 상태로 돌아왔기 때문에 참새들의 입방아처럼 가만 있질 못했다.

"도선 큰스님이 화엄사에서 신승으로 추앙받았다는 소문을 들었는데, 그게 사실이더군."

"어허, 신승 정도가 아니야. 도선 큰스님은 태어날 때부터 신비로웠다고 하더군."

"어땠는데?"

"처자의 몸에서 나왔다고 해서 대숲에 내다 버렸는데 비둘기들이 날아와서 날개로 덮어 보호해 주었다는 게야."

"어이 여보게들, 내가 소문으로 들었던 것인데 말이야, 도선 큰스님이 당나라로 건너갔는데……."

그 사내의 이야기는 이러했다. 도선이 당나라에 건너가 당나라의 일행 선사에게 지리법을 배웠다. 그때 일행 선사가 말하기를 신라의 산천이 배역(背逆) 지세라서 전쟁이 벌어져 나라가 분열되고 백성들이 굶고 병들어 죽기 때문에 산천의 병을 다스려야 한다고 가르쳤다는 것이다.

다른 사내는 도선이 당나라 황제의 묏자리를 잡기 위해 바다를 건너갔다는 이야기도 했다.

연주는 그런 이야기를 못 들은 체하면서 피식 웃었다. 당나라의 일행 선사라면 도선이 태어나기도 전에 운명했던 사람이었다. 그런데 도선이 일찍이 신승으로 추앙받았으며, 산천 지형을 보는 수준이 도안(道眼)이나 명사(明師)의 경지에 도달하자 별의별 소문이 나돌면서 살아 있는 신화처럼 꾸며지고 있었다.

사람들의 이야기는 거기에서 끝나지 않았다. 도선이 돌림눈병을 치료한 대가로 시주 받았던 숯으로 연못을 메웠던 일에 대해서도 입방아를 찧기 시작했다.

도선이 불사를 일으키기 위해 명당 터를 잡았는데 마침 그곳이 암자 앞의 연못이었다. 그런데 그 연못 속에 용 세 마리가 살고 있어서 난감했다. 도선이 그들에게 절을 지을 테니 나가 달라고 하자 청룡과 황룡은 하늘로 올라갔다. 그런데 백룡이 나가기를 거부하고 계속 버티자 도선이 활을 쏘아 눈을 맞혀 쫓아냈다는 것이다.

연주는 계속해서 피식 웃었지만 자신이 사모하는 도선이 신격화되고 있다는 게 뿌듯했다. 하지만 그가 그렇게 자꾸만 높아지다가 자신을 거들떠보지 않게 되면 어쩌나 하는 불안감 때문에 가슴을 졸이기 시작했다.

율곡 촌락을 지날 때쯤 보름달이 떠올랐다. 연주의 애마가 환한 보름달에 놀라 두 발을 치켜들며 울음을 터뜨렸다. 연주가 걸음을 멈추고 달의 정령에게 합장했다.

2. 불새를 위하여

'삼라만상의 모든 사상은 서로 연관되어서 걸림이 없소이다. 그러므로 하나의 초목 속에도 온 세상이 반영되어 있고, 한순간 한 찰나에도 영원이 깃들어 있는 것이올시다.'

연초록 생명의 물결이 출렁인다. 겨우내 차가운 대지에 뿌리를 박고 납작하게 엎드려 북풍한설을 이겨 냈던 인고의 청보리들이 출렁인다.

보릿대 하나 쏙 뽑아 앞니 끝으로 잘근잘근 씹으면 달큼하고 풋풋한 액즙이 혀끝에 감긴다. 강아지처럼 낑낑대며 보리밭을 감돌던 보리피리 소리는 바람에 실려 어디로 갈까. 언덕배기의 찔레 어린순에 걸렸다가 하얀 찔레꽃으로 피어난다.

보리피리 소리는 기다림이다. 하루가 다르게 보리의 키가 쑥쑥 자랄수록 태산보다 높다는 맥령(麥嶺, 보릿고개)은 더욱 높아만 가고, 종다리 제 짝을 찾아 헤매며 지지배배 울어 댈수록 배고픔에 지친 아이들의 옷섶이 선홍빛 코피로 물든다.

청보리 누렇게 익으라며 봄 햇살이 환장하게 쏟아진다. 그러나 야속한 청보리는 색조만 더욱 짙어가고, 능청스러운 아지랑이 여울여울 타오르며 봄은 더욱 깊어만 간다.

월암사 주변은 온통 보리밭이었다. 바람이 불어올 때마다 초록 비단을 깔아 놓은 듯한 보리밭이 물결처럼 일렁였다. 누군가가 부르는 보리피리 소리가 봄날을 수놓고 있었다.

멀리 보이는 상대 포구의 물줄기는 하얀 비단을 펼쳐 놓은 것 같았다. 동그마니 앉아 있는 포구 주변의 가옥들이 비 온 후에 솟아난 송이버섯 같았다. 그들이 봄볕 아래에서 꾸벅꾸벅 졸고 있었다. 움직이지 않는 듯 둥둥 떠 있는 어선들과 상선들이 그림 같아서 절로 감탄사가 튀어나왔다.

법등행과 법연지 비구니는 가슴이 부풀었다. 암자를 모처럼 벗어나 월암사로 가는 봄나들이 길이었다. 그동안 두 사람 모두 사미니와 식차마나 기간을 무사히 끝내고 구족계를 받아 어엿한 비구니가 되었다.

사미니가 되는 길은 사미보다 훨씬 어려웠다. 사미가 십계를 받는데 비해 사미니는 그것 외에도 팔경계(八敬戒)와 팔기계(八棄戒)를 더 받아야 했고, 비구니가 생활을 하면서 갖추어야 될 모든 분야를 두루 익혀야 했다. 그리고 348계의 구족계를 받아야 비로소 비구니가 될 수 있었다.

팔경계는 백 세가 되더라도 처음 비구가 된 승려에게 먼저 절할 것, 비구를 비방하지 말 것, 비구의 허물을 말하지 말 것, 비구를

비구니에게 구족계를 받을 것, 허물이 있으면 비구에게 참회할 것, 초
하루와 보름마다 비구를 따라 가르침을 배울 것, 비구가 없는 곳
에서 안거하지 말 것, 하안거를 마치면 비구 대중 가운데 나아가
그동안 보고 들은 것 중에 의심나는 것이 있으면 참회할 사람을
구할 것 등이다.

팔기계란 살생, 도둑질, 음행, 거짓말, 남자의 몸에 접촉하는
것, 그릇된 마음으로 남자와 만나는 것, 잘못을 덮어 두는 일, 허
물 있는 비구를 따라다니지 말라는 것이다.

이런 팔경계와 팔기계를 지키지 못하면 승단을 떠나야 할 만큼
비구니가 지켜야 할 계율은 엄격했다.

월암사로 가는 황톳길이 꼬리 치다가 산비탈 뒤로 숨었다. 술래
가 된 나비들이 숨어 버린 황톳길을 찾으려고 나불나불 날아다니
곤 했다.

"어머, 씀바귀와 냉이 꽃 좀 보세요."

법연지가 길가에 쪼그리고 앉아 노란 씀바귀 꽃과 하얀 냉이 꽃
을 바라보기 시작했다. 마냥 넋을 놓아 버린 표정이었다. 겨우내
암자에 갇혀 지내다가 봄의 들녘으로 나오자 꽁꽁 얼어붙었던 마
음이 활짝 풀린 모양이었다.

법등행은 들꽃에 관심이 없었다. 애오라지 모든 마음이 도선을
향해 달리고 있었다. 아들이 출가한 지 벌써 십여 년이라는 세월
이 흘렀다. 그런데 아주 예전에 토기를 짊어지고 암자를 찾아왔던
달바우에게 도선의 소식을 들었던 것 외에 지금까지 생사조차 모
르고 있었다. 그동안 마음고생을 안고 살아왔던 게 사실이었다.

하지만 아들이 성공할 것이라는 믿음의 끈을 한번도 놓친 적이 없었다.

"오늘 어떤 스님이 월암사로 오신대요?"

법연지가 쪼그리고 앉은 채 법등행을 바라보며 물었다.

"화엄사에 계시는 법력이 대단한 스님이래요."

"어머, 그렇다면 귀가 확 트이겠네요. 그건 그렇고, 이렇게 바깥나들이를 한다는 게 너무 좋아요. 암자에 박혀 지내다가 이렇게 대자연의 품에 안기면 마음이 하늘처럼 넓어지거든요."

법연지가 계속 쪼그리고 앉은 채 다시금 들꽃으로 눈길을 돌렸다.

법등행이 미소를 지으며 보리밭 각담에 걸쳐 앉았다. 며칠 전에 암자를 찾아왔던 스님이 말하기를, 오늘 화엄사의 어떤 법사 스님이 월암사로 찾아와 설법한다는 거였다. 법등행은 그의 설법도 설법이지만 혹시 도선의 소식을 얻어 들을 수 있지 않을까 하는 기대감에 길을 나섰던 참이다.

법연지가 일어설 줄 모르고 앉아 있기만 하자 법등행의 애가 탔다. 혼자 나섰으면 한달음에 달려갔을 텐데 이렇게 늑장을 부리자 밉살스러움마저 들었다.

"한 소식 얻으려면 어서 서두르세요. 그러다가 늦겠어요."

"조금만 더 있다가 가면 안 돼요? 이 꽃들이 너무나 귀엽거든요."

"정 그러면 혼자 두고 갈 테에요."

법등행이 토라진 사람처럼 몸을 돌리며 투덜댔다.

"오늘따라 왜 이러세요. 혼자 떠나시면 죽비 역할은 누가 해 주겠어요."

법연지가 거기에서 벌떡 일어나기는 했으니 못내 아쉬운 표정이었다. 두 사람은 서로 죽비 역할을 해 주면서 지내는 처지였다. 법등행은 세상을 오래 살아온 연륜으로, 법연지는 총명함으로 서로를 의지하고 훈계해 주었다.

법등행이 빙긋 웃으며 손을 잡아 주었다. 법연지가 머리를 어깨에 기댄 채 길을 걸었다. 흡사 모녀 사이처럼 보였다.

항상 정적에 쌓여 있기만 했던 월암사가 모처럼 생기를 띠었다. 산문 앞에 사람들이 북적거렸다. 법력 높은 스님이 설법한다는 소문이 퍼지자 인근 고을 사람들이 몰려왔다. 근처 사찰에서도 스님들이 몰려오고 있었다. 오늘 설법할 스님이 부처님의 법에 얼마나 능통한지 익히 짐작하고도 남음이 있었다.

정면 세 칸 측면 세 칸으로 지어진 월암사 법당도 오늘따라 의젓하고 장중하게 보였다. 월암사 스님들이 몰려오는 사람들을 맞이하기에 바빴다.

"대단하네요. 서둘러야지 좋은 자리를 차지하겠어요."

법등행의 움직임이 빨라졌다.

월암사 산문이 보일 때부터 법등행의 가슴이 설레기 시작했다. 화엄사에서 온 고승이라면 도선의 소식을 알 수 있을 가능성이 많았다. 그리고 오늘 설법하는 스님이 도선이었으면 얼마나 좋을까 하는 생각도 들었다.

"도선 어머니 아니세요."

누군가가 법등행을 알아보았다. 고개를 돌려 목소리의 주인공을 찾았다. 달바우가 말 위에 의젓하게 걸터앉아 있었다. 지게에 토기를 짊어지고 암자를 찾아왔던 예전의 그가 아니었다. 비단옷을 걸치고 있어서 신수가 훤했고, 풍채도 당당했다.

법등행은 달바우를 발견하자마자 가슴이 철렁 내려앉았다. 예전에 그가 찾아왔을 때 도선의 형편없이 망가졌던 상황을 전했던 기억이 생생하게 되살아났기 때문이다.

"법등행이라고 불러 주세요. 그런데 여기까지 웬일로 오셨나요?"

달바우가 설법을 듣기 위해 찾아왔다는 것을 뻔히 알면서도 물었다.

"오늘 여기서 열리는 법회는 내 시주가 없었으면 불가능했을 겁니다. 이 법회를 위해 쌀을 다섯 섬이나 시주했으니까 말예요."

"크나큰 공덕을 쌓으셨군요."

법등행은 달바우의 거들먹거리는 소리가 달갑지 않았으나 속마음을 숨긴 채 합장하고 산문 안으로 들어갔다.

"도선 어머니, 잠깐만요."

달바우가 법등행의 발걸음을 붙들었다.

"속세의 인연은 이미 다 끊었습니다. 법등행으로 불러 주시라니까요."

"아예, 법등행 스님. 요즘 도선의 근황은 어떻습니까? 아직도 걸승으로 떠돌고 있다면 내 밑으로 불러들여 일이라도 시키고 싶거든요. 허참, 아까워. 어릴 때 신동이 어른 되면 말짱 헛것이라더니 꼭 그 꼴이 되고 말았다니까 글쎄."

달바우가 혀를 끌끌 찼다. 법등행은 그를 더 이상 상대하고 싶지 않아 산문 쪽으로 걸음을 옮겼다.

"법등행 스님, 잠깐 기다려 보세요. 도선과 지는 죽마고우였습니다. 암자에서 필요한 것이 있으면 언제든지 말씀만 하세요. 동무 좋다는 것이 뭐겠어요. 도선의 어머니니까 도와 드리려는 것입니다."

달바우가 발걸음을 붙들었으나 법등행은 못 들은 체하며 법연지의 소매를 잡아끌고 산문 안으로 들어가 버렸다. 법연지가 법등행의 마음을 눈치 채고 달바우의 뒤통수에 대고 쫑알댔다.

"뭐, 저런 인간이 다 있어. 피이, 장자(長者, 큰 부자를 높여 부르는 말)면 다야."

"신경 쓰지 말고 어서 가요."

"그런데 어떻게 해서 저런 장자가 될 수 있었을까요? 예전에는 옹구 지게를 지고 다녔던 천덕꾸러기였잖아요. 허참, 사람 팔자 모르겠네요. 재물이 어리석은 인간을 현인으로 만든다더니 그게 틀린 말은 아니네요."

법연지가 쫑알대기는 했으나 신수 훤한 달바우를 새롭게 보는 눈치였다.

법등행의 가슴은 날카롭게 쪼개진 사금파리 위를 구르는 것 같았다. 자신을 모욕하는 것은 참을 수 있어도 아들이 업신여김 당하는 것만큼 고통스러운 것은 없었다.

법회는 사부 대중의 숫자가 많아서 법당 앞마당에 법석(法席)을 마련해 놓았다. 산문 밖은 약간 소란스러웠으나 법당 앞마당은 정적이 흐르고 있었다.

잠시 후 법회가 시작되었다. 삼귀의(三歸依)가 끝나자 달바우가 헌화에 나섰고, 《반야심경》의 독경이 끝난 다음에 부전 스님이 나섰다.

"부처님께 올리는 서원으로, 나쁜 마음을 모두 버리고, 부처님처럼 크고 넓고 밝고 맑은 마음으로 살아가려는 발원문이 있겠습니다."

법회와 의식에 동참한 사부 대중이 서원하고 소망하는 것을 발원하여 불보살님의 가피를 바라는 글월이 낭송되었다.

"우주에 충만하사 아니 계신 곳 없으시고 영겁에 항상하사 아니 계신 때 없으시는 불보살님께 돌아가나이다. 부처님이시여, 이제 마음 거두어 합장하오니 자비의 문을 열고 지혜의 단비를 뿌려 목마른 저희들 가슴에 보리의 푸른 싹을 돋게 하소서……. 거룩하신 부처님께 귀의하옵나이다. 나무마하반야바라밀. 나무마하반야바라밀. 나무마하반야바라밀."

그 다음 순서는 입정(入定)이었다. 그것은 설법을 듣기 위해 마음을 비우는 의식인데, 부처님의 무량한 법문을 자기 마음속에 담기 위해 잡된 생각을 모두 버려야 했다.

법등행이 좌선에 들어갔으나 천사만고(千事萬考)로 심란하여 갈피를 잡기 힘들었다. 옆에 앉아 있던 법연지가 눈치 채고 손을 꼭 잡아 주었다. 어느새 설법이 시작되고 있었다.

"삼라만상의 모든 사상은 서로 연관되어서 걸림이 없소이다. 그러므로 하나의 초목 속에도 온 세상이 반영되어 있고, 한순간 한 찰나에도 영원이 깃들어 있는 것이올시다. 이와 같이 모든 시간과 공간에 걸쳐 서로 관련되어 있지 않은 것이 없으므로 이 세상에 고립적이고 독존적인 존재란 하나도 없다는 것입니다. 그래서 하나가 곧 일체요, 일체가 곧 하나라고 말씀드릴 수 있는 것입니다……."

월암사를 찾아온 법사 스님이 열변을 토하고 있었으나 법등행의 마음은 물론이고 귀에도 잘 들어오지 않았다. 그의 설법이 계속되고 있었다.

"내가 아니라 우리입니다. 한 송이 백련보다 동산에 함께 어우러져 핀 온갖 꽃이 더 귀하다고 했습니다……."

법등행은 화엄사에서 온 스님 가운데 혹시 도선이 끼어 있나 눈여겨 살펴보았으나 야속하게도 보이지 않았다. 설법을 하는 법사 스님 외에 몇 스님들이 화엄사에서 함께 온 듯했다. 그들은 모두 도선에 비해 나이가 많아 보였다.

중생을 다 건지고, 번뇌를 다 끊고, 불법을 다 배우고, 불법을 다 이루겠다는 사홍서원(四弘誓願)을 올리고, 사부 대중이 좌우로 마주 보고 합장 반배하며 '성불하십시오!'라고 말한 뒤에 법회가 끝났다.

"오늘 설법했던 《화엄경》이 정말 대단했죠? 선재동자가 구도의 길을 떠나는 이야기들이 감동과 감격 그 자체였거든요. 법등행 스님은 어땠어요?"

법연지의 얼굴빛은 설법을 받아들인 기쁨으로 가득했다. 그러나 법등행은 소경 맴돌이를 시켜 놓은 것처럼 어리벙벙할 뿐이었다.

"오늘 설법을 하셨던 법사 스님의 법명이 뭐였죠?"

"벌써 까먹으셨어요? 아까 자세히 소개했잖아요. 화엄사의 정행 스님이라고 말예요."

"아참, 그랬지. 이런, 내 정신 좀 봐."

"그 스님은 화엄사에서 《화엄경》을 가르치는 강백 스님인데요, 그 깨달음의 깊이가 감히 측량할 수 없을 만큼 대단하다고 하네요."

법연지의 목소리가 들떠 있었다. 법등행은 이야기를 듣는 둥 마는 둥하면서 방장실을 향해 걸어가는 정행 스님의 뒤를 따랐다.

주지 스님이 정행 스님과 달바우를 안내하여 방장실로 들어가고 있었다. 법등행은 정행 스님에게 혹시 도선의 안부를 아는지 묻고 싶었으나 감히 불러 세우지 못하고 안달뱅이를 치기만 했다.

정행 스님을 따라온 듯한 스님들이 방장실 앞에 서서 담소를 나누고 있었다. 찬밥 더운밥 가릴 처지가 아니었다. 그들에게 도선 스님을 아느냐고 물었다. 눈딱부리 스님이 눈동자를 굴리더니 대답했다.

"아, 도선 사미 말이군요. 아주 예전의 일인데, 화엄사를 떠났습니다."

"예에! 화엄사를 떠나다니요!"

"아마 파문당했을 겁니다. 아까운 사미였지요. 한때 신승이라는 소리까지 들었습니다만 법마에 휘말렸는지 그만 이상야릇하게 변해서……."

"파, 파문이라고요……."

법등행의 두 다리에 힘이 빠지면서 비틀거렸다. 하늘에 구멍이 뚫리고, 월나악 천황봉과 구정봉의 바위 덩어리들이 와르르 굴러 떨어져 덮쳐드는 듯했다. 눈딱부리 옆에 서 있던 제비턱 스님이 법등행은 부축했다.

"왜 이러세요? 어디 몸이라도 불편하신지요?"

"아, 괜찮습니다."

"제가 보기에는 도선 사미가 파문을 당하지 않은 듯 보였습니다. 제가 그 당시의 상황을 생생하게 기억합니다만, 더 큰 깨달음을 위해 산문을 나섰던 것으로 알고 있습니다."

제비턱 스님의 이야기가 끝나자 눈딱부리가 나섰다.

"혜송, 도선 사미는 엄연히 파문이었네. 정행 강백께서 떠나라고 명하지 않았던가. 그건 사문에서 쫓겨나는 것을 의미하네."

"혜우, 그날 정행 강백께서 잔잔한 미소를 머금고 있었네. 자네는 그걸 못 보았던 모양이로군. 도선은 화엄사에 가두어 놓을 수 없는 큰 물고기였네. 그래서 마음껏 클 수 있도록 놓아 준 것이란 말일세."

"어허, 정행 강백의 혜안은 정평이 나 있네. 도선의 장래를 위해 놓아 주었다면 그가 지금쯤 위대한 스님이 되었어야 마땅한데 아무리 둘러봐도 큰 물고기는커녕 지느러미도 보이지 않잖아?"

"아니야. 내가 확신하는데, 지금 어디에선가 웅크리고 있겠지만 때가 되면 경천동지할 정도로 용틀임할 것일세."

혜송이 장담한다는 듯 주먹손으로 가슴을 쳤다.

"스님, 제가 어리석은 질문을 드리는 것인지 모르겠습니다만 어디로 떠났는지 아시나요?"

법등행이 힘을 내서 물었다.

"곡성 대안사에서 보았다고 하고, 지리산에서 보았다고 하고,

심지어 태백산에서 보았다는 사람도 있었습니다. 또 어딘가에서 사찰을 창건했다는 소문도 들었습니다만 정확한 것은 하나도 없습니다."

법등행이 혜송과 혜우에게 합장을 하고 비칠비칠 물러섰다. 뜬 구름과 흐르는 물처럼 두타행에 나선 선승의 행방을 수소문한다는 것은 심히 어리석은 짓이었다. 그가 두타행을 끝내고 인연이 닿는 어딘가에 정착하기를 기다리는 수밖에 없었다.

법연지가 법당의 부처님 앞에서 불공을 올리고 있었다. 법등행은 불공이 끝날 때까지 석등 옆에 기대서서 법당 안의 부처님을 물끄러미 바라보며 입으로 《반야심경》을 외웠다. 그 경을 처음 공부했을 때 들었던 이야기가 생각났다.

인간은 누구나 처음부터 반야의 지혜를 갖추고 있는데, 다만 삼독(三毒, 탐욕·진에·우치)과 번뇌에 가려져 있을 뿐이었다. 그래서 번뇌를 걷어 내는 것이 곧 반야를 드러내는 일이라고 했다. 그리고 《반야심경》은 현상계에 너무나 매혹되어 진한 꿈을 꾸고 있는 것을 깨우기 위한 반야의 가르침을 담고 있다는 거였다. 그러니까 현실을 살아가되 현실에 푹 빠져서 캄캄하게 살아가면 안 된다는 뜻이었다.

법등행이 자신도 모르게 한숨을 내쉬었다. 일체법은 인연에 따라 생긴 것이므로 거기에 아체(我體), 본체(本體), 실체(實體)라고 할 만한 것이 없다. 그래서 현상계가 공이라는 이치를 익히 깨닫고 있었으면서도 도선이 떠오르기만 하면 모든 것이 물거품으로 변하고 말았다.

"여태 여기에서 게셨나요? 이게 암자로 돌이가미고."

법연지의 목소리가 제정신을 차리게 만들었다. 하늘을 올려다
보았다. 어느새 땅거미가 지고 있었다. 암자까지 가려면 밤길을
걸을 수밖에 없었다.

두 사람이 월암사 산문을 서둘러 빠져나왔다. 월나악의 천황봉
이 보름달을 낳았다. 산꼭대기의 신령스러운 기암괴석들이 둥실
둥실 떠오르는 보름달을 잡기 위해 손을 뻗치고 있었다. 달은 안
타까운 손짓을 아는지 모르는지 자꾸만 높이 떠올랐다.

법등행이 우뚝 멈춰 서서 밤하늘의 보름달을 바라보았다. 법연
지도 멈춰 서서 밤하늘을 올려다보았다. 며칠 전만 해도 그렇지
않았는데 이젠 부족함 없이 부풀어 오른 보름달이었다. 애애한 달
빛이 월나악 위에 무더기로 내려앉아 실개울처럼 흘러내렸다.

달은 윤회(輪廻)였고 환생(還生)이었다. 달빛은 그리움의 빛깔이
었다. 달빛 아래에서 출렁이는 보리밭은 그리움의 바다였다.

법등행은 밤길을 마다 않고 도선을 찾아 곡성 대안사, 지리산,
태백산을 모조리 헤맬 용의가 있었으나 그런 생각을 독하게 잠재
웠다. 깨달음의 길에 나선 도선의 앞길을 조금이라도 방해하고 싶
지 않았기 때문이다.

두 비구니가 달빛을 헤치며 밤길을 걷고 있었다. 이윽고 두 비
구니가 하나의 까만 점으로 변하더니 보름달 속으로 빨려 들어가
버리고, 달빛 또르르 구르는 자드락길만 횅하니 놓여 있었다.

암자 뒤편의 산줄기를 타고 오르자 백계산의 전모가 한눈에 드

러났다. 산마루에는 하얀 빛살을 뿌리는 바위들이 박혀 있어서 흡사 흰 구름이 걸려 있는 것처럼 보였다. 그 산줄기가 도솔봉에 닿았으며, 그 봉우리에서 우측으로 다라봉, 백운산 정상의 송낙봉, 억불봉이 차례대로 늘어선 채 창공에 마루금을 긋고 있었다.

산길은 새털구름 같은 바위 부스러기가 널린 너덜겅이었다. 도선과 제자들이 걸음을 내딛을 때마다 발밑에서 자갈자갈 끓는 소리가 났다.

범진이 암자 주변의 보리밭에서 뽑아 온 보릿대로 보리피리를 만들어 불기 시작했다. 비록 단조로운 가락이었지만 봄을 맞이한 사람들의 마음을 사로잡기에 충분했다.

도선은 범진의 보리피리 소리가 좋았다. 그 소리가 도선을 고향 구림촌으로 바람처럼 달려가게 만들고 있었다. 어머니의 모습이 눈에 선했다. 하마터면 '어머니!'라고 외쳐 부를 뻔했다.

걸음을 잠시 멈추고 고향 마을이 있는 쪽으로 시선을 돌렸다. 어머니가 남겨 두었던 '훌륭한 스님이 되기 전에 나를 찾지 마라'고 했던 글이 가시처럼 가슴을 찔렀다. 아직도 세속의 인연을 끊지 못하고 있는 자신이 부끄럽기는 했으나, 때가 되면 누가 뭐라 해도 어머니만큼은 곁에 모시고 싶었다.

도선이 산마루 쪽을 향해 걸음을 옮기기 시작했다. 발밑에 널려 있는 바위 부스러기들이 다시금 자갈자갈 끓는 소리를 냈다. 흡사 도탄에 빠져 고통을 호소하는 백성들의 울부짖음 같았다. 게다가 범진의 보리피리 소리가 애잔한 분위기를 더욱 고조시켜 봄 햇살 따스하게 내리쬐는 산길이 슬픔으로 곤죽 된 진흙길처럼 변했다.

“아!”

도선의 입에서 가느다란 소리가 새어 나왔다. 기이한 대나무로 피리를 만들어 불었더니 적군이 물러나고 질병이 없어졌으며, 가뭄에는 비가 오고 홍수가 지면 비가 그치고 바람과 물결을 잦게 하는 효험이 있었다는 만파식적(萬波息笛)이 떠올랐다.

‘만파식적’이란 문자 그대로 ‘세상의 파란을 없애고 평안하게 해 주는 피리’였다. 그건 신라인들이 만들어 낸 ‘꿈의 신적(神笛)’일지도 모른다. 하지만 왕권 다툼이 가열되고 백성이 도탄에 빠지게 되자 그 어느 때보다 만파식적의 출현이 절실하게 기다려지는 상황이었다.

도선의 귓속에서 ‘대보살이 세상을 구제하고 사람을 제도하는 법’이라고 했던 소리가 되살아났다. 그 소리가 산울림처럼 긴 여운을 남기다가 사라졌다. 꿈이나 허구에서 나왔던 만파식적을 바보처럼 마냥 기다리고 있을 수 없었다. 산천의 병을 올바로 치료하여 겨레의 모든 아픔을 다스리는 게 훨씬 더 현명한 일이었다.

산에 오른 지 두 식경쯤 되었을 때였다. 앞서 걷던 도선이 걸음을 멈추고 제자들을 돌아보았다.

“저 북쪽 산록이 어떠하다고 생각하느냐? 월정이 먼저 감결(監訣)해 보아라.”

“제자의 깜냥으로 볼 때, 저곳은 앵소유지형(鶯巢柳枝形)이라서 목탁과 독경이 꾀꼬리 소리처럼 그치지 않을 명당으로 사료되옵니다.”

‘앵소유지형’이란 꾀꼬리 둥지가 버드나무에 걸려 있는 형상으로서 가늘고 긴 용맥 끝이 와혈(窩穴, 일명 소쿠리 명당)로 되어 있으며, 주산이나 안산에 사찰을 세울 자리가 있는 명당이었다.

도선이 고개를 끄덕거렸다. 이어서 현성과 범진에게 혈을 찾아서 표시해 보라고 일렀다.

현성과 범진이 북쪽 산록을 뚫어지게 응시했다. 두 사람 모두 산천을 인체에 비유해서 어느 곳에 침을 놓아야 하는지 어느 곳이 급소인지 살펴보다가 자리를 잡았다. 우연의 일치인지 모르지만 두 사람이 잡았던 곳이 일치했다.

"어, 왜 똑같지?"

범진이 고개를 갸웃거리자 두뇌가 명석한 현성이 곧바로 알아차리고 말했다.

"풍수지리에서 말하는 혈이나, 인체에 침을 놓는 혈이나, 무예에서 말하는 인체 급소가 같은 원리이기 때문이네."

그 소리를 들은 도선이 만족스러운 표정을 지었다.

"현성의 말이 옳았다. 천지는 나와 더불어 한 몸이요, 그 셋이 서로 상응하고 있다는 것을 절대로 잊으면 아니 되느니라. 다시 말하자면, 사람의 모양새는 천지와 더불어 상응한다는 것인데, 우리의 머리가 둥글게 생겼으며 가장 위에 놓인 것은 하늘을 닮았기 때문이고, 발이 편편하며 아래에 있는 것은 땅을 닮았기 때문이니라. 또 북극성이 하늘 중앙에서 북쪽에 있듯이 사람의 백회혈(百會穴) 역시 정수리에 있으면서 약간 뒤쪽으로 치우쳐 자리하고 있지 않느냐. 자, 이번에는 백운산을 보자. 저 산등성이는 땅의 근골이고, 여러 갈래로 흘러내리는 하천은 땅의 혈맥이니라."

"이제 확연히 깨달았사옵니다."

제자들이 머리를 조아렸다. 깨달음의 방편으로 각각 침술, 풍수지리, 무예를 공부하고 있었지만 그것들의 근원은 하나였다. 그리고 천지와 인간이 더불어 한 몸이라는 것을 느낄 수 있었던 것이다.

"천지인 합일을 깨달았으면 산천의 건강 상태를 진단할 수 있는 안목을 길러야 하느니라. 그래야지 비보 풍수를 하든지, 치료를 위해 침이나 뜸을 놓든지, 공격과 방어를 할 게 아니더냐."

도선이 제자들에게 천지의 혈맥인 산수의 조화와 '산천의 병'에 대해 설명했다.

겨레의 산천을 살펴보면, 용(龍, 산줄기)이 경쟁하듯 험하며 주산(主山)에 배역하는 경우가 많고, 수(水, 하천)는 다투듯 콸콸거리며 흐르고 있어 마치 용호상박(龍虎相搏)의 형세를 보는 듯했다. 그래서 동쪽 고을이 이로운 것 같으면 서쪽 고을이 해롭고, 남쪽 고을이 길한 것 같으면 북쪽 고을이 흉했다. 그 때문에 백성들이 전염병이나 기근과 전쟁으로 크나큰 고통을 받게 되었다.

이런 산천의 부조화를 치유하려면 산이나 하천을 제 위치로 돌려놓아야 하는데 그건 사실상 불가능했다. 그래서 사람이 병들었을 때 혈맥을 찾아 침을 놓거나 뜸을 뜨면 낫듯이 조화롭지 못한 산천을 비보하여 태평한 땅으로 만들자는 거였다.

"너희들이 제대로 찾아냈던 바로 저 지점에 운암사(雲岩寺)라는 또 하나의 사찰을 세울 것이니라."

도선의 목소리가 확신으로 가득 차 있었다.

"곧 시작해야 할 불사도 일손을 구하지 못해 엄청나게 버거운데 또 사찰을 짓는단 말입니까?"

현성이 걱정스러운 눈치를 보였다.

"장차 여기에 들어설 운암사뿐만 아니라 바위 암 자가 들어가는 사찰 두 곳을 더 추가하여 삼암사(三岩寺)를 세울 것이니라."

"예엣! 삼암사라고 했습니까요!"

현성이 놀란 것도 무리는 아니었다. 백계산에 새로운 불사를 일으키기 위해 우여곡절을 겪어야 했으며, 아직까지 그 불사가 본격적으로 시작되지도 않은 마당에 삼암사까지 세우겠다고 하니 눈앞이 캄캄할 따름이었다. 현성뿐만 아니라 다른 두 제자들도 마찬가지 심정이라서 입맛을 쩍 다셨다.

"백계산의 불사는 희양 고을을 비보하기 위한 것이지만, 장차 세우게 될 삼암사는 더욱 큰 사명을 띤 비보가 될 것이니라."

말을 끝낸 도선이 산자락을 타고 다시금 올라가기 시작했다.

제자들이 뒤따르지 않고 우뚝 멈춰 섰다. 여태 산자락을 타고 오르느라 지치기도 했지만 스승의 계속되는 산행을 이해하기 힘들었기 때문이다.

월정이 입술을 삐쭉거리다가 도반들에게 나직하게 속삭였다.

"어이, 자네들도 연목구어(緣木求魚)라는 말을 알고 있지? 쳇, 나무에 올라 물고기를 얻으려는 것이나 산에 올라 일손을 구하겠다는 것이나 뭐가 다르단 말인가."

불사를 일으키려면 이처럼 한가하게 산행이나 하고 있을 때가 아니었다. 공양간의 부지깽이까지 모조리 덤벼 들어도 못다 해낼 울력이 기다리고 있었고, 무엇보다 당장 시급한 것은 일손을 구하는 일이었다.

월정이 도반들의 눈치를 재빨리 살펴보다가 빠른 걸음으로 도선에게 다가가서 물었다.

"스승님, 외람된 이야기일지 모르겠사오나, 제자들은 도무지 갈피를 잡을 수 없습니다. 삼암사도 좋고 삼십암사도 좋습니다만, 불사를 일으키려면 일손부터 구하는 게 시급하온데 어쩌자고 팔자 늘어지게 산행이나 하고 있단 말입니까?"

"너희들도 잘 알다시피 농사철이라서 산 아래 촌락에서는 일손을 구하기가 쉽지 않다. 그래서 산 위로 올라가 일손을 구할 생각이니 어서 따르기나 하여라."

제자들은 스승의 목소리가 워낙 준엄하여 발걸음을 옮겨 뒤따르기는 했으나 질문했던 것이 오히려 머리를 복잡하게 만들어서 갈피를 더욱 잡기 힘들었다. 가뜩이나 그런 처지인데 숲 속에서 풍겨 오는 사향노루의 코를 찌를 듯 지독한 사향 냄새가 잠자고 있던 남성을 꿈틀거리게 만들어 정신을 흩뜨려 놓고 있었다.

연모의 정은 끝없는 신비였다. 거기에는 두려움도 의혹도 속박도 없었다. 연모의 정은 미지의 세계를 향해 품는 신성한 동경일지도 모른다.

연주는 사냥하겠다는 구실을 만들어 성문이 열리자마자 밖으로 빠져나왔다. 따라나서겠다는 박우태 비장을 뿌리친 채 애마에 올라타고 백운산 골짜기 안으로 달렸다. 내내 상쾌하면서도 가슴이 떨리는 것을 어찌하기 힘들었다.

'틀림없이 오늘 아침 일찍 백운산에 오른다고 했어. 그래, 우연히 만난 것처럼 인연을 가장하는 거야.'

어제 연주는 백계산을 내려오다가 도선이 제자들에게 했던 말을 엿듣고 묘안이 떠올라 쾌재를 불렀다. 자신도 백운산에 올라가서 우연히 만난 것처럼 인연을 가장하고 도선과 동행할 속셈이었다. 사모하는 임의 곁에 있기만 해도 그것보다 더 큰 행복이 없을 것 같았다.

백계산 암자 가까이 갔을 때는 말의 주둥이에 나뭇조각을 물려 소리를 내지 못하도록 만드는 치밀함까지 보였다. 그리고 후미진 골짜기에 말을 매어 놓고 허위단심으로 산을 탔다.

백계산 정상 부근의 메숲진 곳에 숨어서 아래쪽의 동정을 살폈다. 이제나저제나 인기척이 들려올까 가슴 졸이며 얼마나 가다렸는지 모른다.

손바닥만 하게 뚫린 숲 사이로 미치도록 푸른 하늘이 드러났고, 그 하늘에 솔개가 먹을 것을 찾아 빙빙 돌고 있었다. 검은색 꼬리를 매단 청설모가 앞발을 치켜든 채 호기심 어린 눈으로 이방인을 바라보고 있었다. 연주는 청설모와 한참이나 눈을 맞추며 외로움을 달랬다. 어디선가 인기척이 들려오자 청설모가 자취를 감췄다.

"오!"

연주는 도선과 그의 제자들이 이제야 올라오는 모양이라고 생각하며 숲 밖으로 몸을 내밀었다. 그 순간 느닷없이 올가미가 덮쳐들며 연주를 꼼짝 못하게 묶어 버렸다.

"어떤 놈이냐!"

"헤헤, 겁도 없구나. 여기가 어디라고 감히 염탐을 하느냐."

텁석부리 사내들이 나타났다. 손에 환도가 들려 있었다. 백운산에 숨어 산다는 초적들인 모양이었다.

"네 이놈들, 내가 누군 줄 알고 이 따위 무례를 범한단 말이냐. 당장 올가미를 풀지 못하겠느냐!"

"이런, 이런, 네가 누구긴 누구야. 덫에 걸린 불쌍한 짐승이지. 어허, 덫에 걸린 처지에 입은 펄펄 살아서 큰소리를 치는구나. 그래, 그래, 네놈의 잘난 입술부터 뎅겅 베어서 술안주로 삼아 주지."

사내가 징그러운 웃음을 날리며 다가왔다.

"이놈들, 올가미가 풀리기만 하면 그냥 두지 않을 것이야!"

연주가 소리치며 몸을 뒤틀어 올가미에서 벗어나려고 애썼다. 묶여 있지만 않았어도 쉽게 당할 리가 없었다. 그런데 단단히 얽어맨 올가미 때문에 들숨 날숨 없게 되어 뒤웅박 신은 처지가 되고 말았다.

"헤헤헤, 팔딱팔딱 뛰는 고기가 싱싱해서 맛있는 법이니까 마음대로 하여라. 네 이놈, 너는 조금 후면 우리 산채를 염탐한 대가가 어떤 것인지 잘 알게 될 것이야."

텁석부리 사내가 환도로 연주의 목을 겨누었다.

"나는 염탐한 적이 없다. 당장 풀지 못하겠느냐."

"이런, 이런, 네놈의 처지도 모르고 문서 없는 상전 노릇을 하려고 생떼를 쓰는구나. 어, 그런데 너는……."

텁석부리가 바투 다가서다가 눈이 휘둥그레지고 말았다.

연주가 텁석부리의 표정을 읽고 안도의 숨을 내쉬었다. 희양 읍성 성주의 외동딸이라는 것을 그가 알아차린 모양이었다. 그렇다면 후환이 두려워서라도 포박을 풀어 줄 터였다.

"이제 내가 누군 줄 알았을 것이다. 어서 풀어 주지 못하겠느냐!"

"그래, 이제 알았느니라. 뜨끈뜨끈한 불알 달린 녀석인 줄 알았더니만 남장을 하고 있는 맛깔스러운 조개였구나. 헤헤헤, 이거 정말 호박이 넝쿨째 굴러 들어왔군. 그래, 어젯밤에 이 어른이 횡재하는 꿈을 꾸었더니만 하늘에서 큰 선물을 보냈구나. 애들아, 뭐 하느냐. 어서 산채로 끌고 가자."

사내가 주위를 에워싸고 있던 자들에게 소리쳤다.

도솔봉 정상이었다. 저 멀리 지리산이 마주하고 있었고, 그 발밑에 다사강이 비단처럼 너울거리고 있었다. 햇빛에 반사되어 보석처럼 빛나는 강변 모래와 물줄기가 공중으로 둥둥 떠오르는 듯했다.

도솔봉에서 구례현이 있는 북쪽으로 한 줄기의 산자락이 구불구불 뻗어 갔다. 그 산줄기가 다사강 물줄기 옆에서 우뚝 멈췄다. 갈증을 풀기 위해 물을 마시려는 자세처럼 보였다. 그 형상이 자라 같다고 해서 자라 오(鰲) 자를 써서 오산(鰲山)이라고 불렀다.

"산꼭대기까지 올라왔는데 무인지경입니다요."

월정이 지리산을 바라보고 있는 도선에게 말했다. 일손을 구하겠다며 산으로 데려왔던 스승의 어리석은 행위를 은근히 꼬집는 소리였다.

"어허, 이놈아. 왜 그렇게 눈이 어둡단 말이냐. 나는 온 천지에 사람이 보인다. 저기를 보아라, 아름다운 산천이 있고, 그 산천과 더불어 살아가는 수많은 사람들이 네 눈에는 보이지 않는단 말이냐.”

도선의 준엄한 목소리에 월정이 움찔했다. 억지를 부리는 이야기에 가까웠지만 감히 스승을 반박할 처지가 아니었다.

“뭐, 제자의 눈에는 보이지 않지만, 산골짜기 여기저기의 촌락에 사람들이 우글거리고 있기야 하겠습지요.”

“모두 이리 오너라. 내가 도솔봉에 오르면서 주변의 산세를 살펴보고 사람이 숨어 살 만한 곳을 찾았느니라. 만약에 너희들이 이 산에서 숨어 살겠다면 어느 곳을 택하겠느냐?”

현성이 제일 먼저 스승의 뜻을 간파하고 입을 열었다.

“숨어 살려면 세인의 눈에 잘 드러나지 않는 도린곁이라야 합니다. 그리고 찬바람을 피하고 물을 얻기 쉬운 곳이라야 생활하기가 쉬울 것입니다.”

“그게 바로 풍수지리에서 말하는 장풍득수의 기본 원리이니라.”

도선의 말이 끝나자 월정이 고개를 재빨리 돌렸다. 도솔봉 좌측 골짜기에 물줄기가 흐르고 있었다. 도솔봉 산자락이 바람을 막아주고 있었으며 골짜기도 은밀했다.

“저 골짜기에 도적들이 살고 있을 법합니다.”

“그렇다. 저기에서 일손을 구할 것이다.”

“예엣! 도적들에게 법당을 짓도록 시키겠단 말입니까?”

월정의 말에는 두 가지 뜻이 담겨 있었다. 흉악한 자들에게 신성한 불사를 맡길 수 없으며, 또 그들을 어떻게 부릴 수 있겠냐는 거였다. 도선이 그 뜻을 이미 알아채고 껄껄 웃었다.

"너는 범천의 권청(勸請)이나 전법도생(傳法度生)을 모른단 말이냐? 오늘 너희들이 숨어 사는 자들을 교화시켜야 할 것이니라."

제자들이 그 뜻을 알아차리고 머리를 조아렸다.

범천의 권청이란 부처가 대각을 이루고 나서, 무명의 캄캄한 어둠에 갇혀 있는 중생들이 심오한 진리를 알아들을 수 있을까 걱정하며, 교화 활동에 나서는 것을 망설이고 있었다. 그때 범천이 부처에게 진리의 '법바퀴〔法輪〕'를 굴려 달라고 청하자, 보리수 아래에서 일어나 중생 제도의 길에 나섰다는 것이다.

전법도생이란 위가 없는 바른 진리를 남에게 전해 주어 고해에 허덕이는 무명 중생을 깨우치는 것이었다. 그런 전법도생이 모든 보살의 한결같은 원력이고, 불자는 모름지기 언제 어디서나 전법도생을 생명으로 삼아야 한다고 했다.

도선과 제자들이 단풍나무 숲을 뚫고 골짜기 아래로 내려갔다. 한참이나 내려가자 몇 가닥의 연기가 피어오르는 것을 발견할 수 있었다. 초적들의 소굴이 있다는 것을 확신했을 때, 무기를 든 한 무리의 사내들이 숲 속에서 뛰쳐나오며 소리쳤다.

"멈춰라! 웬 놈들이냐!"

현성이 앞으로 나서며 합장했다.

"백계산 암자에 머무는 선승들이올시다. 이제 더러운 손을 깨끗이 씻고 부처님께 귀의하시는 게 어떻겠소이까?"

무리를 이끌고 있던 텁석부리 사내가 가소롭다는 듯 하늘을 쳐다보며 웃었다.

"웃기는 중놈들이로구나. 네놈들이 모시는 부처가 이 환도보다 더 대단하단 말이냐?"

그가 환도를 휘둘렀다. 싸늘한 빛살이 뻗치자 나뭇잎들이 낙엽 지듯 우수수 떨어졌다. 현성이 흉악한 기세에 눌려 뒷걸음쳤다. 범진이 대신 나섰다.

"칼을 함부로 쓰면 화를 부르는 법이올시다. 칼을 버리고 삼보에 귀의하십시오."

"감히 이 어른 앞에서 무슨 지랄 염불을 떨고 있단 말이냐. 목숨이 소중한 줄 알면 어서 무릎 꿇고 싹싹 빌어라."

텁석부리가 범진을 두 쪽으로 갈라 버릴 듯 환도를 내리쳤다. 범진이 콧방귀를 뀌면서 몸을 빙그르 돌렸다. 환도가 허공만 베었을 뿐이었다.

이번에는 범진이 공격했다. 어느 틈인지 그의 손에 향피리가 들려 있었다. 그 향피리가 바람 가르는 소리를 내더니 텁석부리의 견정혈을 가격했다. 텁석부리가 환도를 놓쳤다.

"어, 이런! 뭣들 하느냐! 일제히 쳐라!"

텁석부리가 황급히 물러서며 소리쳤다.

일곱 명의 사내들이 일제히 몰려들었다. 범진이 물레방아처럼 빙글빙글 돌면서 향피리를 단검 삼아 찌르고 베며 급소를 가격했다. 흡사 나비가 나뭇가지를 헤치며 나불나불 날아다니는 듯했다.

애당초 그들은 범진의 적수가 되지 못했다. 범진이 나비처럼 스쳐 지나갈 때마다 초적들이 비명을 지르며 뒤로 벌러덩 넘어졌다. 역부족임을 파악한 텁석부리가 제일 먼저 줄행랑을 놓았다. 나머지 초적들도 꽁지가 빠져라 도망쳤다.

도선과 제자들이 초적들의 소굴이 있는 골짜기로 접어들었다. 그들의 소굴은 얼핏 보아도 명당자리였다. 도솔봉의 산줄기가 소쿠리처럼 아늑하게 감쌌고, 활 한 바탕쯤의 앞쪽에는 하천이 흐르고 있어서 배산임수의 조건을 잘 갖추고 있었다. 그뿐만 아니라 울창한 수목과 기암괴석들이 어우러져 빼어난 풍광을 자랑하고 있었다.

"허참, 도적들도 보는 눈은 있어 가지고 명당을 골라잡았군."

월정이 히쭉 웃었다. 그런데 곧바로 입이 얼어붙고 말았다. 도망쳤던 초적들이 소굴에 있던 모든 식구를 불러 모아 진을 치고 있었다. 그 숫자가 사오십 명에 달했다. 무예 실력이 뛰어난 범진이었지만 간이 철렁 내려앉고 말았다.

"조금 전에는 자비를 베풀었지만 이젠 인정사정없다."

도망쳤던 텁석부리가 다시 나타나서 기세등등하게 굴었다. 그 텁석부리와 얼굴이 빼다박듯 닮은 또 하나의 텁석부리가 장창(長槍)을 비껴들고 나란히 서 있었다. 쌍둥이 형제인 모양이었다.

"어서 모든 잘못을 뉘우치고 부처님께 귀의하시오."

범진이 용기 내어 소리쳤다. 창을 든 텁석부리가 앞으로 나서며 눈을 부라렸다. 범진도 앞으로 나섰다. 텁석부리가 다짜고짜 창으로 찌르며 달려들었다. 미인이 바늘을 익숙하게 다루듯이 아주 매끄러운 동작이었다.

범진이 돌연한 공격에 놀라 헛바람 소리를 내며 옆으로 피했다. 그의 손에 들린 향피리로는 장창을 상대하기에 무리였다. 자칫 방심하면 싸리나무에 꿴 곶감 신세가 될 터였다.

기선을 제압한 텁석부리가 범진에게 터럭만큼의 여유도 주지 않았다. 그가 장창으로 낚싯대 드리우는 듯한 자세를 취하더니 곧바로 살쾡이가 쥐를 잡는 자세로 찔러 들어왔다.

범진이 꼼짝없이 당할 상황이었다. 그때 도선의 입이 벌어졌다.

"나를 잊고 마음으로 찔러라. 마음이 곧 칼이요, 칼이 곧 마음일 때 비로소 심검(心劍)을 이룰 수 있느니라."

도선의 목소리를 들은 범진이 태산처럼 우뚝 섰다. 장창이 목을 꿰뚫어도 상관없다는 자세였다. 텁석부리의 장창 끝이 미세하게 흔들렸다. 범진이 향피리를 앞세운 채 폭포수를 거슬러 올라가는 잉어처럼 솟구쳤다.

"억!"

창을 든 텁석부리 입에서 비명이 터져 나옴과 동시에 세 걸음 연속 후퇴했다. 환도를 든 텁석부리가 싸움판에 뛰어들었다.

"형님, 합공으로 요절을 냅시다."

두 텁석부리가 동시에 덤벼들었다. 짧고 긴 무기가 조화를 이루어 공수의 틀을 완벽하게 갖추었다. 범진이 곧장 밀렸다. 장창의 공격을 옆걸음으로 피하면 숨쉴 틈도 주지 않고 환도가 바람을 가르며 덮쳐들었다. 범진의 이마에 구슬 같은 땀방울이 맺혔다. 가지런했던 호흡이 불규칙하게 변했다.

현성과 월정이 안타까움을 이기지 못하고 스승의 얼굴을 바라보았다. 도선은 아주 느긋한 표정으로 싸움을 지켜보고 있었다. 범진이 절체절명의 위기에 처했을 때 도선의 입에서 염불이 흘러나왔다. 그의 왼손은 손바닥을 위로해서 배꼽 근처에 닿아 있었으

며 오른손 손가락 끝이 땅을 향한 항마촉지인(降魔觸地印) 자세를
취하고 있었다.

"나무아미타불 관세음보살."

크지도 적지도 않은 목소리였으나 선계에서 계곡물이 흐르는
것처럼 청아하여 뭇 사람의 마음을 사로잡고 말았다. 그 소리를
들은 사람들은 인간의 마음이란 맑고 밝은 것이며, 일체의 번뇌가
영원히 소멸된 자리라는 것을 깨우치고 있었다. 그러다가 마침내
염불하는 사람도 듣는 사람도 없는 상태로 변해 버리고 말았다.

순간에 지나지 않았지만 공격하는 자도 위기에 처한 자도 모든
동작을 멈추었다. 도선이 그 짧은 순간에 바람처럼 앞으로 튀어나
가 장창과 환도를 거두어들였다.

"어엇!"

졸지에 무기를 빼앗긴 텁석부리들이 헛바람 소리를 뿜어 내며
주춤주춤 물러섰다. 흡사 꼬리가 아홉 개 달린 여우에게 홀린 듯
좌우를 두리번거렸다. 에워싸고 있던 잔당들이 일제히 공격을 가
했다.

도선과 범진이 폭풍처럼 맞받아치며 초적들의 급소를 가격했
다. 초적 중 태반이 비명을 지르며 쓰러졌다. 그들은 오합지졸이
나 다를 바 없어서 도선과 범진의 적수가 되지 못했다.

"멈춰라! 냉큼 물러가지 않으면 이 여인의 목을 따고 말 테다!"

돌연한 소리에 모든 사람들의 동작이 멈췄다. 텁석부리가 한 여
인의 목에 비수를 들이댄 채 다가오고 있었다. 희양 성주의 외동
딸, 연주였다. 제자들도 연주를 발견하고 얼굴이 사색으로 변해

버렸다.

"너희들은 초적이 아니라 본래 부처이니라. 때를 놓치지 말고 너희들 안에 들어 있는 부처를 찾도록 하여라."

도선이 손에 들고 있던 주장자(拄杖子)로 땅바닥을 치며 말했다. 그 소리가 흡사 천상에서 들려오는 것처럼 장엄했다.

연주의 목에 비수를 들이댄 텁석부리의 몸이 부들부들 떨리기 시작했다. 손에 들린 비수가 땅에 떨어졌다. 무기를 들고 있던 자들이나 급소를 맞고 땅에 쓰러진 자들 모두 도선을 멀거니 바라보고 있었다.

"초적이 된 것은 너희들의 잘못이 아니다. 이젠 참회하고 부처님의 가피를 받아 성불의 길을 걸어야 할 때가 되었느니라."

텁석부리 형제가 무릎을 꿇고 머리를 숙였다. 잔당들도 따라서 무릎을 꿇고 머리를 숙이기 시작했다.

"미천한 것들을 거두어 주셔서 감사하옵니다."

"내가 너희들에게 들려줄 게송이 있느니라."

비의 보배는 허공에 가득하여 거듭 중생을 살리는데(雨寶益生滿虛空)
중생은 그릇대로 이익을 담아 얻는다(衆生隨器得利益)

도선이 일러준 게송은 '화엄일승법계도(華嚴一乘法界圖)'에 수록된 구절이었으며, 그 뜻은 '불법이 얼마든지 사람을 이롭게 하는데 사람들은 근기에 따라 그 몫을 얻는다'는 뜻으로 불법의 교화를 드러낸 말이었다. 그러니까 끊임없이 수행하여 선보(善報)를 지으라는 가르침이었다.

숲 속에서 새들의 노랫소리가 들려왔다. 햇볕이 따스하게 내려앉았다. 씨앗을 뿌리는 소중한 계절이었다.

3. 삼암사의 의미

'하나와 둘은 음양의 대립이옵니다. 그런데 하나를 더 보태면 화합과 안정 그리고 조화를 이룰 수 있습니다. 삼암사는 장차 분열된 겨레를 재통합시키는 아주 중요한 사명을 띠게 될 것입니다.'

숫자는 수량을 문자로 표시한 것이다. 그런데 오랜 옛날부터 우리 겨레는 '3'이라는 숫자를 신성하게 취급했다. 환인이 3위태백(三危太白)을 내려다보고 환웅에게 인간 세상으로 내려가도록 지시했다. 그때 천부인(天符印) 세 개와 3천의 무리를 주어 태백산 신단수 아래에 신시(新市)를 펼치게 했으며, 환웅은 풍사, 우사, 운사 이렇게 세 명을 거느리고 인간을 다스렸다.

우리 겨레는 왜 '3'이라는 숫자를 신성하게 여겼을까?

우선 숫자 '1'은 사물의 전체와 태극을 나타내며, 음양의 이치로 보면 어떤 수와도 섞이지 않은 순양(純陽)의 수였다. 또한 최초의 숫자이므로 모든 사물이 생겨난다는 뜻을 갖고 있었다.

숫자 '2'는 최초 순음(純陰)의 수였다. 또한 음과 양, 하늘과 땅,

남자와 여자처럼 둘이 짝하여 하나가 된다는 화합과 대립의 수를 의미했다.

숫자 '3'은 '1'과 '2'가 최초로 결합되어 생겨난 변화수였다. 따라서 음과 양의 조화가 완벽하게 이루어진 셈인데, 음양의 대립에서 하나를 더 보탬으로써 완성과 안정 그리고 조화를 상징하고 있었다.

노자도 숫자를 음양의 원리로 생각하여 '하나(태극)는 둘을 낳고, 둘(음양)은 셋을 낳고, 셋(조화)은 만물을 낳았다'고 했으며, 도교에서는 모든 것을 둘로 나눠 평형의 중심이 되는 최초의 강한 숫자를 '3'이라고 보았다.

불교에서도 예외는 아니었다. 불(佛)·법(法)·승(僧)을 삼보(三寶)라고 하여 이 셋이 모일 때 비로소 불교가 성립되었으며, 법당에는 법신(法身)·보신(報身)·화신(化身)의 삼존불(三尊佛)을 모셨다.

한문의 숫자 '3(三)은' 일(一)과 이(二)를 합한 것으로 보았으며 각기 하늘, 인간, 땅을 의미했다. 그리고 '3'은 너와 나 외에 셋이라는 수량을 알게 됨으로써 '그것'과 '세계'를 널리 인식하게 만들어 주는 아주 중요한 의미를 지닌 숫자였다.

울력에 직접 나선 도선이 암자의 법당 앞을 지나가다가 뭔가 끌어당기는 힘을 느꼈다. 괴이한 일이라서 걸음을 멈추고 법당의 열린 문 사이로 안쪽을 바라보았다. 깜짝 놀랐다. 모두 다 울력에 나서 눈코 뜰 새 없이 분주한 상황인데, 누군가가 삼존불 앞에서 천연덕스럽게 예불을 드리고 있었다.

"엇! 저 사람은……."

불사를 위해 소신공양을 했던 법성 노스님이었다. 그가 오체투지로 절을 올리고 있었다. 소신공양을 했던 사람이 다시 살아났다니 믿을 수 없었다. 자신도 모르게 들고 있던 나무를 놓쳐 버려 땅바닥으로 떨어졌다. 법당으로 다가갔다. 법성이 뒤돌아보며 빙그레 웃었다. 그가 웃는 모습을 처음으로 본 셈이었다.

"법성 노스님, 이게 어찌된……."

말이 끝나기도 전에 법성의 몸에 불이 붙어 활활 타올랐다. 불 속에서 한 송이 거대한 홍련이 피었다. 더러움 속에 있으면서도 물들지 않으며, 맑고 향기롭게 피어나고, 번뇌를 떨치며 마음을 올바로 닦아 주위를 맑게 밝히듯 피어나는 화중련(火中蓮)이었다.

"아!"

도선의 입에서 감탄사인지 비명인지 모를 소리가 튀어나왔다. 새로운 불사를 일으키기 위해 소신공양까지 감행했던 그가 환영으로 되살아나 빙그레 웃어 주었던 것이다. 아마 불사가 시작되자 기쁨을 참지 못하고 잠시 환생했던 모양이었다.

"나무아미타불. 극락왕생(極樂往生) 하소서."

'극락왕생' 이란 서방 극락세계에 다시 태어날 것을 기원하는 것이었다.

불교에서는 사람이 죽은 후에 다른 세상에서 태어나기를 기원하는데, 극락왕생 외에도 시방세계의 불국토에 다시 태어나기를 기원하는 시방왕생, 미륵보살이 계시는 도솔천에 다시 태어나기를 기원하는 도솔왕생 등이 있었다.

도선이 불사 현장을 둘러보았다. 백계산으로 이어진 자드락길을 따라 목재를 실은 우마차들이 밀려오고 있었다. 이젠 연못의 흔적을 찾아보기 힘들었다. 그동안 숯으로 메우고 그 위에 흙을 올려 달구질과 땅고름을 하여 법당 터가 완벽하게 준비되었다.

불사 현장에서 가장 활발하게 움직이는 사람은 풍수지리를 공부하는 월정이었다. 법당 주변의 낮은 야산에 야생 동백나무를 옮겨 심거나 씨를 뿌리는 일도 그가 도맡아 감독했다. 이제 세월이 흐르면 무성한 동백 숲으로 변해 지기(地氣)가 흩어지고 달아나는 것을 막아 줄 터였다.

법당을 짓는 데도 풍수지리학이 동원되었다. 물론 법당이 들어설 위치와 방향이라든지 법당을 세우는 택일까지 도선이 정했지만, 나머지 부분은 월정이 맡아서 처리했다.

궁원이나 사찰도 양택에 해당되었다. 이런 양택을 세울 때 담장이나 바깥문을 먼저 지으면 안 되었다. 그 밖에 나무를 거꾸로 하여 기둥을 쓴다든지 기둥이 헛되이 달려 있는 것도 엄격히 금했다.

"그거 혹시 벌레 먹었거나 벼락 맞았던 나무가 아닌지 잘 살펴보시구려."

월정이 나무를 운반하는 사람들에게 말했다.

"이거 백운산 계곡에서 가져온 실한 나무이외다."

"알았소, 늘 이야기하지만 나무 하나에도 정성이 깃들어야 한다는 거 잊지 마시구려."

월정은 벌레 먹거나 벼락 맞은 나무 외에도 말라죽은 나무, 마른 뽕나무, 단풍나무, 대추나무 등이 끼어들지 않도록 철저히 조사했다.

　도편수는 겨냥도를 놓고 법당 세울 궁리에 여념이 없었다. 대들보가 치우친다거나 마룻대가 조금이라도 기울지 않도록 세심한 주의를 기울이고 있었다.

　도솔봉 골짜기의 산채에 모여 살았던 초적들이 도선의 설법에 감화되어 무기를 던져 버리고 머리를 깎았다.

　"큰스님, 울력은 저희들에게 맡기시고 쉬십시오."

　텁석부리 종걸과 종준 형제가 도선 곁으로 다가와서 머리를 조아렸다. 텁석부리는 그대로였지만, 머리를 박박 밀어서 희고 푸르스름한 빛으로 번득거렸다. 그날 이후로 텁석부리와 그 부하들이 자발적으로 머리를 깎고서 행자의 길에 들어설 것을 맹세했다. 초적에서 불자로 환골탈태한 모습이었다.

　그들은 조세와 노역의 부담감을 이기지 못하고 유민이 되어 떠돌다가 같은 처지에 놓인 자들을 규합하여 백운산 도솔봉 골짜기에 산채를 꾸리고 살았다. 그러던 차에 도선을 만나 새로운 길을 걷게 된 것이다.

　"불사에 동참하는 것은 불보살의 길을 가는 것인데 어찌 쉽겠느냐. 예전에 내가 선지식을 찾아뵙기 위해 웅천의 성주사를 갔을 때 동방대보살께서 이렇게 말씀하셨느니라. '석존께서도 진흙을 밟으셨는데 내가 어찌 편하겠느냐'고 말이다."

　도선의 머리에 동방대보살 무염 스님의 모습이 생생하게 남아 있었다. 그는 불도를 이루는 데 신분 차별을 두지 않았으며, 육체적인 고난을 당연한 것으로 받아들여 직접 물을 긷고 땔감을 나르는 일까지 마다하지 않는 등 평소에 몸소 노동하는 실천적인 수행을 게을리 하지 않았던 인물이었다.

"불사를 일으키는 울력도 소중하지만 수행에 게으름이 없도록 하여야 할 것이니라."

"명심하겠사옵니다."

"이번 울력을 끝내게 되면 내가 너희들에게 큰 선물을 내릴 것이니라."

"미천한 저희들에게 새 길을 걷도록 일깨워 주신 은혜도 벅차온데 감히 무슨 선물을 바라겠사옵니까?"

"아니다. 너희들에게 줄 선물을 이미 생각해 두었느니라."

"외람된 질문이옵니다만, 그 선물이 무엇인지요?"

"너희들이 터를 잡고 살았던 도솔봉 아래의 골짜기에 또 하나의 사찰을 건립하여 너희들이 성불할 수 있는 도량으로 삼도록 할 것이다. 절 이름도 이미 지어 놓았느니라. 너희들의 성불을 염원하는 뜻에서 성불사(成佛寺)라고 부를 것이니라."

"미천한 저희들이 어찌 감히 성불을 바라겠습니까."

"그게 아니다. 장차 바르게 정진하면 구름 사이를 벗어난 달처럼 세상을 밝게 비출 수 있을 것이니라."

"성불사, 성불사라고 하셨사옵니까? 필히 성불할 수 있도록 용맹 정진할 것이옵니다."

종걸과 종준 형제가 합장했다.

대화를 끝낸 도선이 백계산 줄기를 따라 올라가다가 창공에 우뚝 선 도솔봉과 백운산의 정상인 송낙봉으로 고개를 돌렸다. 보면

복수록 명산이었다.

이 백운산을 답산(踏山)하여 풍수지리 공부를 더욱 심화시키고, 골짜기마다 사찰을 건립하여 이 산을 송두리째 불도량이 되도록 할 계획이었다. 특히 삼암사 중의 하나인 운암사를 백운산 자락에 세울 계획을 궁리하는 중이었다.

도선이 백운산 전체를 유심히 바라보는 까닭은 또 있었다. 장차 분열될 삼국을 통합할 큰 인물은 필히 이 산의 정기를 받아야 모든 것을 완성할 수 있었다. 미지의 그를 위해 기도를 올리고 명당 터를 물색하는 일도 남아 있었다.

공양간 아궁이에 불을 지피던 보연화의 눈동자에 붉은 꽃망울이 맺혀 있었다. 그는 감히 올려다볼 수도 없는 지고한 분이었다. 그런데 그를 사모하는 마음이 걷잡을 수 없이 피어나 괴롭기 짝이 없었다.

여인의 예감은 날카로운 법이었다. 그날 희양 성주의 외동딸 연주가 암자로 찾아왔을 때, 그녀의 눈빛이 무엇을 말하고 있는지 쉽게 알아차릴 수 있었다. 그녀는 분명 도선을 사모하고 있었다.

보연화가 연주의 그런 심정을 읽고 나서 심란해지고 말았다. 겉으로는 아주 평범하고 차분하게 그녀를 대했지만 속으로는 신경이 바짝 곤두서는 경계심이 들었다. 그게 질투망상(嫉妬妄想)이나 다를 바 없다는 것을 알고 있었지만 그런 질투심을 자제한다는 것은 인력으로 어려운 일이었다.

"아참, 내 정신 좀 봐."

보연화가 화들짝 놀라며 아궁이 속의 장작불을 끄집어냈다. 이제 가마솥의 밥은 잿불로 뜸을 들이기만 하면 그만이었다. 자리에서 일어났다. 밥을 뜸 들이는 동안 짬을 내어 도선의 승복을 빨래할 생각이었다.

요즘 도선이 법당을 짓는 울력에 직접 참여하느라 승복은 땀이 차고 먼지투성이였다. 울력에 직접 나서지 말고 지시를 하거나 참선이나 했으면 좋으련만 그 옹고집을 꺾을 사람은 아무도 없었다.

지저분한 승복을 그냥 입고 다니도록 내버려 둘 수 없었다. 그래서 보연화는 누가 시키지도 않았지만 하루가 멀다 하고 승복을 빨래하여 울력이 끝난 뒤에 벗어 놓은 도선의 지저분한 승복과 바꿔치기 해 놓곤 했다.

보연화가 빨랫감이 든 광주리와 재를 걸러서 얻어 낸 잿물을 챙겨 들고 공양간 밖으로 나가다가 발이 땅에 붙어 버린 사람처럼 우뚝 멈췄다. 도선이 백운산 줄기를 바라보고 있었다. 그를 훔쳐볼 때마다 심장이 두근거렸다. 그 소리를 들킬까 봐 가슴을 졸이곤 했다. 눈을 지그시 감으며 생각에 잠겼다.

'내가 올라가지도 못할 나무를 쳐다보는 것은 아닐까? 아무래도 좋아. 그분을 바라보기만 해도 마냥 가슴이 뛰는 걸 어떻게 해.'

"보연화야, 빨래하러 가느냐?"

도선의 목소리에 보연화가 정신을 번쩍 차렸다. 그에게 마음을 들킨 것 같아 화들짝 놀라며 입에서 나오는 대로 말했다.

"승복을 빠는 것뿐만 아니라 마음까지 깨끗이 씻으려 하옵니다."

"공부가 몰라보게 늘었구나."

도선이 미소를 지었다.

보연화가 빨랫감이 든 광주리를 옆구리에 끼고 총총걸음으로 비탈을 내려갔다. 계곡을 타고 흘러내리는 맑은 물소리가 마음을 씻어 주고도 남음이 있었다.

백운산의 옥류 청계(玉流淸溪)와 태고의 신비를 그대로 간직한 울창한 삼림은 하늘나라 선녀들이 내려와 목욕을 즐길 만한 비경이었다.

주위의 풍광이 너무나 아름다웠지만 그런 것에 눈길을 빼앗기고 있을 틈이 없었다. 서둘러 빨래를 끝내고 수많은 사람들의 공양을 위해 분주하게 뛰어야만 했다.

광주리에 든 도선의 승복을 맑은 계곡물에 담그려던 보연화가 동작을 멈췄다. 그냥 물속에 담그기가 아까웠다. 도선의 체취가 물씬 풍겨 나는 승복을 가슴에 꼭 끌어안고 눈을 살포시 감았다. 가슴이 화끈거리면서 방망이질하는 느낌이 전해졌다. 이렇게 도선의 승복을 껴안고 있을 수 있다는 것만 해도 크나큰 행복이라는 생각이 들었다.

지축을 울리는 말발굽 소리가 느닷없이 들려왔다. 그 소리가 보연화의 행복한 꿈을 깨뜨렸다. 눈을 번쩍 뜨고 바라보았다. 희양읍성 쪽에서 기마대가 뿌얀 먼지를 휘날리며 달려오고 있었다.

보연화가 엉거주춤 일어서는 동안이었다. 창과 칼로 무장한 기마대가 벌써 보연화 앞에 도달하더니 급하게 멈췄다.

"스님, 길 좀 물어보겠소. 이번에 불사를 일으키는 낡은 암자가 백운산 골짜기 어디엔가 있다고 들었는데 찾아가려면 어느 길로 가야 하오?"

기마대의 선두에 섰던 사내가 물었다.

"어인 일로 찾으시는지요?"

보연화는 그들이 희양 읍성의 군사들이 아니라는 것을 눈치 채고 되물었다. 그곳 군사들이라면 불사를 일으키고 있는 장소를 모를 리가 없었다.

"그런 것은 물어볼 필요가 없소. 어서 길만 가르쳐 주시구려."

"어디서 오신 분들이며, 무슨 용무로 누구를 찾으시는지 먼저 말씀해 주시지요?"

"어허, 바쁜 사람들에게 꼬치꼬치 캐묻지 말고 어서 길이나 가르쳐 주시오."

"죄송하오나 이 납자의 물음에 답하지 아니 하면 가르쳐 드릴 수 없사옵니다."

보연화는 정체불명의 무장한 군사들이 다짜고짜 길을 묻자 알 수 없는 불안감이 밀려왔다. 혹시 도선의 신변에 무슨 위험이 닥치지나 않을까 하는 염려 때문이었다.

"고집이 보통 아닌 스님이로군. 그러면 혹시 도선 스님이라고 아시오?"

"알고 있사옵니다만, 무슨 연유로……."

보연화의 말이 끝나기도 전이었다. 사내가 화를 벌컥 내며 낮춤말을 터뜨렸다.

"어허, 답답한지고! 우리는 도선 스님을 승평 읍성으로 불러들이라는 명을 받잡고 오는 길이니라. 냉큼 길을 가르쳐 주지 못하겠느냐"

그의 목청이 너무나 위압적이어서 보연화의 입이 그만 얼어붙고 말았다. 말을 하자니 도선이 해를 당할 듯싶었고, 가만있자니 목이 뎅겅 잘릴 분위기였다. 하지만 목이 잘릴지언정 사모하는 도선에게 해를 가하도록 놓아둘 수 없는 일이었다.

"이 남자는 알려 드릴 수 없소. 차라리 나를 베시려면 베시오."

보연화가 땅바닥에 덜퍼덕 주저앉았다.

"어, 저런! 저런!"

기마대를 이끄는 사내가 느닷없는 상황에 처해 난색을 표하고 있을 때 뒤따르던 사내가 입을 열었다.

"불사를 일으키는 곳이 바로 저기인 모양이옵니다. 일하는 인부들이 보이고 흙먼지도 피어오릅니다."

기마대들이 사내가 가리키는 좌측 산비탈 위쪽을 바라보았다. 불사를 일으키는 현장이 틀림없었다. 때마침 목도질로 나무를 운반하는 인부들이 숲 사이로 살짝 나타났다가 사라졌다.

"여봐라, 냉큼 저곳으로 달려가자!"

기마대들이 먼지만을 남겨 놓고 암자 쪽으로 달려갔다.

보연화의 손이 부들부들 떨렸다. 혹시 사모하는 도선에게 무슨 탈이라도 날까 봐 가슴이 철렁 내려앉으면서 정신이 아득해지고 말았다.

무장한 군사들이 말을 타고 느닷없이 들이닥치자 불사 현장이 소란스럽게 변해 버렸다. 처음에는 희양 읍성의 군사인 줄 알았다. 그런데 그게 아니었다. 희양 읍성 군사들이라면 이렇게 무례하지 않았을 터였다. 무슨 사단이라도 났나 싶어서 모두 다 일손을 멈췄다.

"여봐라! 이곳에 도선 스님이라는 분이 있느냐?"

기마대 대장이 외치면서 불사 현장 구석구석과 법당 안까지 기웃거렸다.

목수의 대패질을 돕던 범진이 심상치 않은 분위기를 파악하고 앞으로 나서서 합장으로 예를 올렸다.

"어디에서 오신 뉘신지요?"

"승평의 박언지 성주님을 모시는 강주라고 하오."

"저의 스승님을 찾으시는군요. 스승님께서는 저기에서 흙일을 하고 계십니다."

범진이 불사 현장의 우측 편을 가리켰다. 도선은 기마대들의 느닷없는 방문이 전혀 놀랍지 않은지 흙일에 열중하고 있었다. 기마대 대장, 강주의 눈이 휘둥그레졌다. 믿어지지 않는 모양이었다. 강주가 도선에게 다가가서 물었다.

"정녕 그대가 신승이라고 소문났던 도선 스님이십니까?"

"도선은 맞소이다만 신승이라는 소리는 과분하외다."

"본관은 승평의 강남 대군(江南大君) 박언지 성주님을 뫼시는 비장 강주라고 하오. 장군께서 스님을 찾으시니 함께 가 주셔야겠습니다. 말을 준비해 왔으니 어서 오르시지요?"

강남 대군 박언지는 경명왕의 일곱 번째 아들로서 승평 지역을 장악하고 있는 세력이 가장 강성한 호족이었다. 그래서 보통 사람

이라며 그의 이름만 들어두 벌벌 떨 정두였으나 도선은 천연더스
러울 정도로 침착했다.

"무슨 일 때문이라고 하더이까?"

"그건 잘 모르겠고, 아무튼 중요한 일인 것만은 틀림없어 보였
습니다."

"빈도는 이곳에서 불사를 일으키는 일이 더 중요하오."

도선이 다시금 흙을 이기기 시작했다.

"어허, 이러시면 아니 되오. 성주님의 명을 받잡고 왔다가 이행
하지 못하면 내 체면이 뭐가 되겠소이까. 어서 말에 오르시지요."

강주가 거듭 채근했으나 도선은 아랑곳하지 않았다. 마치 흙 이
기는 일이 재미있어서 '울력 삼매'에 빠지기라도 한 것처럼 보였다.

"말에 아니 오르시면 강제로라도 데려갈 수밖에 없소이다."

분위기가 이상야릇하게 변했다. 도선의 제자들이 바짝 긴장하
며 가까이 다가왔다. 도선을 보호할 생각이었다. 제자 중에서 무
예가 뛰어난 범진이 예리한 눈초리로 사태의 추이를 살펴보고 있
었다.

"강제로 데려가서 무엇에 쓴단 말이오? 강제로 데려간 그 몸뚱
이는 허깨비에 지나지 않는 법이오. 그리고 그대에게 충고 하나
하겠소. 남에게 덤비고 화를 내는 것은 똥을 집어 든 이나 다를 바
가 없다는 것을 알아야 하오."

도선이 허리를 펴며 껄껄 웃었다. 강주가 자존심이 상해 얼굴이
상기되었으나 감히 함부로 대하지 못하고 참는 모습이었다.

"지금 허깨비라도 데려가야 할 판외다. 제발 도와주시오. 거듭

말씀드리지만 응하지 않으면 강제로 데려갈 수밖에 없소이다."

강주가 어찌할 바를 모르고 제자리에서 바장였다. 도선이 웃음을 중단하고 제자들을 향해 소리쳤다.

"뭣들 하느냐? 불사보다 더 중요한 것이 없다고 했지 않더냐? 어서 울력을 계속하여라."

말을 끝낸 도선이 제자리에 앉아 가부좌를 틀고 참선에 들어갔다. 불사에 참여했던 사람들이 울력에 다시금 나섰으나 범진만이 도선의 옆에 지켜 섰다.

"어서 도선 스님을 말에 태워라!"

강주가 소리치자 부하 두 명이 달려들었다. 범진이 합장하고 앞을 가로막았다. 강주가 전광석화처럼 환도를 뽑아 들어 범진의 목에 댔다. 방해하면 목을 치겠다는 뜻이었다.

범진은 강주의 환도쯤이야 얼마든지 대처할 수 있었다. 그런데 저항하지 말라는 도선의 목소리가 귓속에서 모기 소리만큼 가느다랗게 들려와 동작을 멈추고 말았다.

"꼼짝도 않습니다."

도선을 일으켜 세우려던 군사들이 낭패한 얼굴을 한 채 강주를 돌아보았다.

"이런, 이런, 둘이서 한 사람을 들지 못하다니 말이나 되느냐. 그런 완력으로 어떻게 전쟁터에 나갈 수 있더란 말이냐."

강주의 꾸짖음이 끝나기도 전에 군사 두 명이 더 가세하여 도선을 들어 올리려고 했다. 그런데 끙끙거리며 힘만 쓸 뿐 전혀 들어 올리지 못했다. 그 광경을 지켜보고 있던 범진도 믿어지지 않는다는 듯 눈동자가 휘둥그레졌다.

도선이 땅바닥 깊숙이 박힌 바위 덩어리처럼 꼼짝달싹하지 않자 강주의 얼굴이 하얗게 질리고 말았다. 도선이 평범한 스님이 아니라는 것은 이미 알고 있었지만 이렇게 불력이 강한지 미처 몰랐던 것이다.

강주가 땅바닥에 무릎을 털썩 꿇었다.

"스님, 무례를 범했사옵니다. 용서하여 주시옵소서. 스님, 저는 명을 받잡은 일개 비장에 지나지 않사옵니다. 저의 처지를 생각하여 뫼시도록 허락하여 주시옵소서."

강주의 애원이 끝났으나 도선은 가부좌를 풀지 않았다. 그 대신에 도솔봉으로부터 맑은 바람이 한 줄기 흘러 내려와 사람들을 적셨다. 범진이 상황을 알아차리고 강주에게 말했다.

"스승님께서 승낙하신 것 같소이다. 어서 뫼시도록 하시오."

강주가 부하들에게 도선을 말에 태우도록 지시했다. 부하들이 도선을 들어 올렸다. 꼼짝달싹도 하지 않던 도선이 마치 종잇장처럼 가볍게 들어 올려졌다. 하지만 가부좌를 풀지 않은 상태라서 말에 태울 수 없었다.

난감한 표정을 짓던 강주가 부하들에게 지시했다. 두 필의 말 등에 나무들을 올리고 그 위에 도선을 태웠다. 가마도 수레도 아닌 우스꽝스럽기도 하고 괴이하기도 한 운반 수단이었다.

"여봐라, 어서 가자!"

도선을 대동한 기마대가 승평을 향해 황급히 떠났다.

사모하는 정이 넘치면 인간이 바보처럼 되는 모양이었다. 사내 뺨칠 정도로 당당했던 기개도, 뭇 사내의 시선을 한 몸에 받았던 그 찬란함도 봄눈처럼 흔적 없이 사라져 버렸다. 사모하는 정이란 자신의 비어 있는 부분을 발견하는 것인지도 모른다. 언제부터인지 연주는 텅 빈 가슴을 발견했고, 그 가슴속에 누군가가 들어와 앉기를 바라는 마음이 애타게 피어오르고 있었다.

연주의 두문불출이 벌써 열흘째였다. 처음에는 그럴 수 있으려니 생각했던 김흥광 성주도 가슴이 바짝 타올랐다. 무슨 사연인가 알아보기 위해 유모에게 동태를 조심스럽게 살펴보라고 일렀지만 아무런 정보도 얻어 낼 수가 없었다.

김흥광 성주가 연주의 기분을 돌려놓기 위해 생쇠골에 있는 웅음소까지 직접 찾아가서 보도 한 자루를 선물로 마련했다. 내친김에 준마도 한 필 구했다. 이 정도면 연주의 입이 귀밑에 걸리고도 남을 거라는 계산이었다.

오늘도 연주는 방 안에 틀어박혀 동경으로 자신의 얼굴만 바라보고 있었다. 어릴 때는 모든 사람들이 자신만을 바라봐 주기 원했다. 그런데 지금은 오직 한 사람만이 자신의 곁에 있어 주면 더 이상 소원이 없었다. 그런데 사모하는 임은 너무나 목석같아서 고통스럽기만 했다.

인연을 가장하기 위해 백운산에 올랐다가 초적에게 붙잡히는 초라한 꼴을 보였다는 것이 연주의 자존심에 큰 상처를 내고 말았다. 뭔가 멋지고 우아하게 보이려고 노력했는데 그런 계획이 완전히 구겨지고 만 꼴이었다.

도선은 자신의 목숨을 구해 주고 나서도 전혀 자랑스러운 표정을 짓지 않았다. 보통 사람이었으면 의기양양하다 못해 군주처럼 굴었을 텐데 그는 석불처럼 아무런 내색도 하지 않았다. 그런 모습에 연주가 완전히 빠지지 않고 배길 수 없었다.

동경에 비친 얼굴이 수척하게 변해 있었다. 그동안 식음을 전폐하다시피 하면서 지내 왔던 탓이기도 하지만 마음고생이 그만큼 심했다는 증거였다.

"연주 아가씨, 성주님께서 찾으십니다."

유모의 목소리가 들려왔다.

"유모, 나 혼자 있게 내버려 두면 안 돼?"

"아가씨, 그러시면 아니 되옵니다. 예전처럼 활기찬 모습을 보여 주세요."

유모가 방문을 열고 안으로 들어왔다. 그리고 동경을 멍하니 바라보고 있는 연주의 머릿결을 매만져 주었다.

"도대체 무슨 일이 아가씨를 이렇게 슬프게 했단 말입니까?"

"아무것도 아니야."

"다른 사람이라면 몰라도 젖어미인 저한테는 이야기해 주셔야지요?"

"싫어. 아무한테도 이야기할 수 없어."

"성주님께서 좋은 선물을 준비하셨대요. 얼른 나가 보셔요."

유모가 연주의 손을 잡고 끌었으나 꼼짝도 하지 않고 엉뚱한 이야기를 꺼냈다.

"유모, 어떤 사람을 기쁘게 해 드리려면 어떻게 해야 되죠?"

유모가 잠시 생각하더니 입을 열었다.

"그건 그 사람이 좋아하는 것을 해 드리는 것이 최고예요."

"그 사람이 좋아하는 거라고……."

연주가 생각에 잠겼다. 그가 가장 좋아할 만한 것이 무엇인지 궁리하다가 눈을 번쩍 떴다. 바로 그거였다.

"유모, 아버님은 어디에 계시죠? 지금 당장 뵙고 싶어요."

유모가 연주의 돌연한 변화에 깜짝 놀랐다.

"지금 사랑채에 계십니다. 성주님께서 비밀에 부쳐야 한다고 말씀하셨습니다만, 생쇠골에서 가져온 보검과 준마 한 필의 선물이 기다리고 있답니다. 어떠세요? 그만한 선물이라면 호감이 가시지요?"

유모가 연주를 더 기쁘게 해 주기 위해 선물 이야기를 은근히 끄집어냈다. 그런데 연주는 신통치 않은지 무덤덤한 표정이었다.

연주가 유모에게 머리 손질을 해 달라고 부탁하더니 옷깃을 여미고 밖으로 나갔다. 열흘 내내 방구석에서 구들더께처럼 지냈던 사람이라고 믿어지지 않을 만큼 활기찬 걸음걸이였다.

사랑채에서 보검을 만지고 있던 성주가 연주의 출현에 얼굴이 밝아졌다. 계집아이답지 않게 좋아하던 보검과 준마를 선물로 준비해 놓았으니 연주가 동하지 않을 리 없다는 생각을 하면서 속으로 웃음을 지었다.

"연주야, 이게 너에게 줄 선물이니라. 이건 생쇠골에서 제작된 보검 중에서 단연 으뜸이니라. 여기를 보아라. 광채가 예사롭지 않구나."

성주가 보검을 앞으로 내밀었다. 역시나 칼날에서 뻗치는 검기가 예사롭지 않았다. 하지만 연주는 보검을 보면서 시큰둥한 반응을 보였다.

"아니, 맘에 들지 않더란 말이냐? 어허, 네가 이런 보검을 보고도 기뻐하지 않다니 놀라울 일이로구나. 도대체 무슨 일이라도 있더란 말이냐?"

"아버님, 드릴 말씀이 있사와요."

"그래, 허심탄회하게 말해 보아라."

"일전에 사냥을 갔다가 백운산 계곡에 숨어 사는 초적들에게 봉변을 당한 적이 있사옵니다."

"뭐라고! 내 딸이 백운산 계곡의 초적에게 봉변을! 내 이놈들을 그냥 두지 않을 것이니라."

성주의 목소리가 커졌다. 금지옥엽인 외동딸에게 감히 봉변을 주었다는 초적들을 그냥 둘 수 없는 노릇이었다. 성주가 노기를 감추지 못하고 박우태 비장을 불렀으나 연주가 가로막았다.

"아버님, 소녀의 이야기를 찬찬히 들으시와요."

연주가 봉변당했던 사연을 낱낱이 고했다. 그 사연을 듣는 동안 성주가 몇 번이나 노발대발하면서 당장이라도 군사를 이끌고 백운산을 이 잡듯이 뒤질 태세였다.

"걱정 마라. 그놈들을 당장에 토포하여 너의 서운한 마음을 달래 줄 것이니라."

"아닙니다. 늦었사옵니다. 그들은 이미 머리를 깎고 산문에 들어가 버렸습니다."

"도선 큰스님이 너를 구해 주고 그놈들도 그렇게 만들었단 말이
냐?"

"그렇사옵니다."

"도적의 무리를 간단하게 교화시키다니 역시 도선은 신승이로
구나."

"아버님, 소녀의 부탁을 들어주시려는지요?"

연주가 예전과 전혀 다르게 성주의 팔을 붙잡으며 어리광을 피
웠다. 성주는 외동딸이 사내처럼 구는 것이 탐탁지 않았는데, 여
인의 본래 모습으로 돌아가고 또 이처럼 애교까지 떨자 내심 기분
이 흐뭇해졌다. 그렇게 사내처럼 굴더니만 때가 되니까 어쩔 수
없는 모양이로구나 하는 생각까지 들었다.

"무슨 부탁이냐? 네가 원하는 것이라면 뭐든지 들어주마."

"정말이죠?"

"아무렴."

"아버님, 이 소녀의 소원입니다. 부디 절을 하나 지어 주시와요.
그 절의 이름은 운암사라고 할 거예요."

"뭐라고! 절을 하나 지어 달라고?"

성주의 눈이 휘둥그레졌다. 전혀 예상치 못했던 이야기였으며,
절을 지어 무엇에 쓰려는지 도무지 짐작하기조차 어려웠다. 그런
데 연주가 이미 사명(寺名)까지 지어 놓고 있는 것을 보면 그냥 해
본 소리가 아니라는 것을 알 수 있었다.

"생명의 은인인 도선 큰스님께 그 절을 선물하고 싶어요."

연지는 도선이 삼암사 중의 하나인 운암사를 백운산 계곡에 짓기

위해 애태우고 있다는 것을 알고 그에게 힘이 되어 주려고 했다.

"연주야. 그건 어렵겠다. 일전에 불사를 돕기 위해 어마어마한 재물을 지출하지 않았더냐. 그런데 또 불사를 일으키려면 어려움이 많구나."

"아버님께서 소녀의 소원을 들어주지 않으신다면 차라리 머리를 깎고 중이 되겠어요."

연주가 다부진 목소리를 토해 냈다.

"어허, 도선이 신승인 줄 알았더니만 요승인 모양이구나. 희양 읍성의 모든 재물을 거덜 내려고 작정하더니 이젠 내 딸아이까지 빼앗아 가게 생겼으니 말이다."

성주의 말은 허튼소리가 아니었다. 사찰 하나 짓는 게 보통 어려운 일이 아니었다. 그런데 도선이 백운산을 온통 불도량으로 만들겠다고 나서더니 이젠 딸아이까지 홀린 모양이었다. 이러다가 무슨 큰 봉변이라도 당할지 모른다는 생각이 들었다.

"아버님, 이번에 불사를 도운 것은 희양 땅을 비보하기 위한 것이라서 결국 아버님께 큰 이익으로 돌아올 것입니다. 풍년이 들고 백성들이 태평하면 그게 곧 희양 읍성의 복이 아닌지요. 그런데 이번에 소녀가 지어 달라는 사찰은 국태민안을 위한 불사이옵니다. 불사에 동참하는 시주를 아끼지 않으면 우리 가문의 자자손손이 크나큰 복덕을 받게 될 것입니다. 그게 얼마나 좋은 일입니까."

연주가 조목조목 거론하면서 자신의 의사를 밝혔다. 물론 그녀의 마음속에는 희양 땅의 비보와 국태민안이라는 거창한 의의도 있었지만 사실은 도선에게 환심을 사 보겠다는 속내가 더욱 깊었다.

성주가 눈을 감은 채 골몰하기 시작했다. 일전에 도선이 '세상을 아우를 수 있는 큰 뜻을 펼치라'고 했던 소리가 귓속에서 쟁쟁하게 되살아났다. 하지만 조그만 읍성의 성주로서 불사를 거듭 일으키는 일이 결코 만만치 않았다.

"어허, 도선. 도선."

성주의 입에서 '도선'이라는 소리가 자꾸만 튀어나왔다. 비록 풍족하지는 않았지만 별다른 문제없이 지내 왔던 나날이었다. 그런데 도선이 희양 고을을 찾아오면서부터 뭔가 변화의 조짐이 싹트고 있었다.

어떤 스님이 수레도 가마도 아닌 어정쩡한 운반 수단에 의해 실려 오고 있었다. 기마대가 이끄는 두 필의 말 위에 나무들을 가로질러 놓고 그 위에 사람을 태웠다는 것도 우스꽝스러웠지만, 가부좌를 튼 스님이 석불처럼 꼼짝하지 않고 앉아 있는 모습이 무척이나 기이했다. 그런 희한한 구경거리 때문에 승평 고을의 저잣거리가 술렁거렸다.

"어허, 앉아 있는 모습이 흡사 불상 같구먼."

"신기하네그려. 저렇게 앉아 있으면 말에서 굴러 떨어져야 할 텐데 꼼짝도 않구먼."

"혹시 도술을 부리는 스님이 아닐까?"

"도술을 부릴 수 있다면 구름을 타고 날아가지 왜 저렇게 가겠나."

"그건 그렇지만 아무래도 심상치 않은 스님일세."

사람들은 박언지 성주의 비장인 강주가 이끄는 기마대 행렬을 수가락으로 가리키거나 혹은 뒤따라가면서 해여 무슨 흥미로운 일이 벌어지지 않나 기대하고 있었다.

기마대가 동계(東溪, 동천)의 징검다리 부근을 건너기 시작했다. 맑은 물이 찰랑대며 비단처럼 흘러내리고, 빨래터의 아낙네들이 두드리는 방망이 소리에 황새들이 날아올랐다가 앉기를 반복하는 풍광이 그림 같았다.

동계를 건너 조금 나아가자, 왼편으로 서계(西溪, 옥천)를 두르고 뒤편은 산자락에 둘러싸인 승평 읍성이 나타났다. 비록 흙으로 쌓은 성이었지만 견고하게 보이고 규모도 제법 커서 승평군의 위용이 얼마나 대단한지 보여 주고 있었다.

기마대가 읍성의 남문을 통과하여 박언지의 저택에 당도했다. 솟을대문 좌우로 행랑채가 즐비하게 늘어서 있어서 저택에 딸린 식솔들의 숫자가 얼마나 많은지 짐작할 수 있었다.

강주 비장이 노둣돌〔下馬石〕을 밟고 내려서더니 도선 옆으로 다가갔다.

"도선 스님, 도착했습니다. 이제 내리시지요."

여태 불상처럼 꼼짝도 하지 않았던 도선이 그제야 눈을 크게 떴다. 눈빛이 형형했다.

"성주님께 이미 통기했사옵니다. 별당으로 가시지요."

도선이 말에서 내리자 강주 비장이 앞장서서 안내했다. 행랑 마당 여기저기에 박언지의 사병들이 무술 연마에 여념이 없었다. 해룡창(海龍倉)을 통해 들어온 물화를 창고에 보관하는 하인들의 움직임도 부산했다.

중문을 지나 사랑 마당으로 들어가자 행랑 마당의 분주하고 소란스러움은 찾아볼 길이 없이 고요하고 말끔했다. 별당 앞에는 잘 가꾸어진 정원이 있어서 박언지의 고아한 인품을 느낄 수 있었다.

"도선 큰스님, 어서 오시오."

박언지 성주가 정원의 연못 옆에서 서성거리고 있다가 도선을 발견하고 종종걸음으로 달려왔다. 안내를 하던 강주 비장이 흠칫 놀라는 눈치였다.

일찍이 성주가 손님을 이런 식으로 맞이하는 것을 본 적이 없었다. 다른 때에는 사랑채나 별당 안에서 기품 있게 앉아서 손님의 예를 받기 일쑤였으나 오늘은 전혀 달랐던 것이다. 강주 비장이 놀란 나머지 뒤돌아 도선을 바라보았다. 신승이라고 추앙받았다는 이야기를 들은 적이 있지만 이토록 대단한지 몰랐기 때문이다.

도선은 불사 현장에서 흙일을 하다가 왔기 때문에 손발이 흙투성이였고 승복도 깨끗하지 못했다. 하지만 그런 차림을 전혀 부끄러워하는 기색이 없었고 오히려 당당했다. 더군다나 성주가 흙투성이인 도선의 손을 아무 거리낌 없이 덥석 잡는 것을 보자, 강주 비장은 불손하게 굴었던 일이 생각나서 가슴이 철렁 내려앉았다.

"나무아미타불, 그간 무고하셨는지요?"

"무고하고 싶어도 그럴 수가 없었소이다. 큰스님께서 본관을 도와주셔야겠소이다."

성주가 도선의 손목을 잡은 채 별당 안으로 들어갔다. 곧이어 차를 끓일 물이 준비되어 왔고, 은은한 다향이 실내에 흐르기 시작했다.

"도의 드려아 될 일이 무잇입니까?"

도선이 입을 열어 물었다.

"거두절미하고 이야기 드리겠소이다. 본관이 관할하는 승평 일 대에 우환이 끊이질 않고 있소이다. 질병이 창궐하고 때때로 왜의 해적들이 출몰하여 백성들을 괴롭히고 있소이다. 도선 큰스님이 비보 풍수를 한다고 들었습니다. 승평 지역을 비보하여 모든 우환 이 근절될 수 있도록 부탁드리는 바이오."

도선은 박언지 성주가 개인의 발복을 위해 세간에 나도는 음택 풍수를 부탁할 줄 알았는데 고을 비보에 대해 거론하자 빙그레 웃 었다.

"성주님의 높은 뜻에 감동했사옵니다. 백성을 사랑하는 것이야 말로 고을을 다스리는 근본이옵니다. 강구연월(康衢煙月)이라 했습 니다. 성주님의 높은 뜻에 힘입어 승평 거리마다 밥 짓는 연기가 피어올라 달을 그을리게 만드는 평화롭고 넉넉한 풍경이 머잖아 펼쳐지게 될 것이옵니다."

"오, 그게 정말이오. 그렇게 된다면 더 이상 소원이 없소이다."

박언지 성주가 밝은 표정으로 호방한 웃음을 지었다. 그런데 도 선이 정색을 하면서 엉뚱한 이야기를 꺼냈다.

"성주님, 고을과 나라 중에서 어느 것이 더 소중하옵니까?"

"왜 갑자기 그런 질문을 하시오. 고을이나 나라나 모두 소중한 것이 아니겠소이까."

"그렇다면 성주님의 부탁을 들어드리는 대가로 빈도의 부탁을 하나 들어주셔야겠습니다."

"오호, 무슨 부탁이오. 말씀해 보시구려."

"제 이야기를 잘 들어 보십시오."

도선이 몰락의 길을 걷고 있는 신라 왕조에서부터 피폐해진 백성들의 상황을 낱낱이 이야기했다. 그리고 머잖아 나라가 분열될 것을 예언하면서, 국토 비보를 위한 삼암사 건립의 필요성을 강조했다.

박언지 성주는 도선의 이야기를 들으면서 차가 식어 가는 줄도 몰랐다. 그만큼 놀라운 이야기였으며, 자신의 장래와도 연관성이 깊었기 때문이다.

"오호, 도선 큰스님의 이야기는 천기누설처럼 하늘이 정해진 비밀스러운 운명을 밝히는 것이나 다름없었소이다. 그런데 본관이 삼암사 건립에 일조를 해야 할 이유가 무엇이며, 그 대가는 어떻게 되오?"

"삼암사 중에서 두 개소의 사찰이 성주님의 관할 지역에 세워질 것입니다. 그중에서 성주님이 일으킬 불사는 한 개소면 충분하옵니다. 그리고 불사를 일으킨 공덕으로 새 왕조에 일익을 담당하는 인재가 성주님의 가문에서 나올 것입니다."

박언지 성주의 눈빛이 반짝거렸다. 도선의 이야기대로라면 분열된 나라가 다시금 통합되었을 때 자신의 가문에서 공신(功臣)이 나온다는 것이었다. 그건 가문의 자랑일 뿐만 아니라 승평 지역의 부흥을 꾀할 수 있는 아주 좋은 계기가 되기도 했다.

"도선 큰스님, 그런데 한 가지 의문이 남았소이다. 왜 하필이면 사찰을 세 곳이나 세우는 것입니까?"

"하나와 둘은 음양의 대립이옵니다. 그런데 하나를 더 보태면 화합과 안정 그리고 조화를 이룰 수 있기 때문입니다. 삼암사는 장차 분열될 겨레를 재통합시키는 아주 중요한 사명을 띠게 될 것이옵니다."

도선이 숫자 '3'에 관련된 모든 이야기와 의미를 낱낱이 설명해 주었다.

"오, 그런 깊은 뜻이 담겨 있었구려. 도선 큰스님, 굳이 대가를 바라고 하는 이야기가 아니외다. 본관의 관할 지역이라니까, 마땅한 장소만 알려 주신다면 본관이 두 곳의 사찰을 모두 책임지겠소이다."

"성주님은 삼암사 중에서 한 개소의 사찰에만 인연이 닿을 뿐입니다. 송광산(조계산) 남동쪽 기슭에 비로암(毘盧庵)이 있는데, 그 암자를 중건하여 선암사(仙岩寺)라고 이름을 붙이면 되옵니다. 성주님, 만약에 더 도와주시겠다면 강주 땅에 세 번째의 삼암사인 용암사(龍岩寺)가 순조롭게 들어설 수 있도록 협조해 주시옵소서."

"강주의 호족이라면 강주 장군 윤웅(閏雄)입니다. 마침 본관이 그를 잘 알고 있으니 얼마든지 협조를 구할 수 있소이다."

"감사하옵니다. 그러면 밖으로 나가셔서 빈도와 함께 승평 고을을 한 바퀴 돌아보시지요."

도선의 이야기에 박언지 성주가 수하에게 나들이 준비를 명했다.

승평 읍성 밖으로 한 무리의 행렬이 빠져나왔다. 비장들과 수십 명의 사병들이 성주와 도선을 호위하는 행차였다. 성 밖의 백성들이 머리를 조아리며 길을 비켰다. 나들이 행렬의 선두에 섰던 도선이 별안간 움직임을 멈췄다. 그리고 승평 읍성 뒤편으로 병풍처럼 두르고 있는 산을 뚫어지게 바라보고 있었다.

"도선 큰스님, 왜 그러십니까?"

박언지 성주가 묻자 도선이 청산유수처럼 이야기하기 시작했다.

"승평의 진산인 저 산은 사슴 형국이며, 주록혈(走鹿穴)이 있습니다. 그래서 기린 인(麟) 자에 발굽 제(蹄) 자, 인제산이라 부르는 게 좋을 듯싶소이다. 그리고 이 승평 고을은 세 뫼와 두 내〔三山二水〕가 잘 어우러져 경치가 빼어날 뿐만 아니라 고을 사람들이 순박하고 또 미인이 많이 태어나는 곳입니다. 왜냐하면 땅은 각각 그 땅과 유사한 것을 낳으며, 사람이란 모두 그가 사는 곳의 기를 닮기 마련이기 때문이올시다."

박언지 성주가 흐뭇한 표정을 짓다가 이내 어두워졌다.

"도선 큰스님, 기린이라면 평화와 번영을 의미하는 상스러운 동물이며, 기린이 달리는 형국이라면 길지라는 생각이 듭니다. 그런데 승평 고을에 우환이 그치지 않는 이유가 도대체 무엇인지 궁금합니다."

"어느 곳이라도 완벽한 땅은 없습니다. 그래서 비보가 필요하다는 것입니다."

"풍수지리로 볼 때 승평 고을의 흠은 어떤 것입니까?"

"빈도를 따라오시지요."

도선이 우측으로 방향을 틀어 서계를 건넜다. 이십 리 길을 가자 인제산 좌측에 있는 운동산(雲動山)이 나타났다.

"성주님, 이 산을 자세히 보시기 바랍니다. 거대한 암반들이 흡사 호랑이 위턱과 아래턱에 박힌 이빨 형상이지 않습니까? 풍수지리에서 이런 산을 맹호출림(猛虎出林) 형국이라고 말합니다. 다시 말씀드려서, 배고픈 호랑이가 숲을 뛰쳐나오고 있으니 연약한 사슴이 위태로울 수밖에 없다는 것입니다. 외람된 이야기를 드립니다만, 이런 이유 때문에 승평 고을에 험하고 어두운 기운이 드리워져 있는 것입니다."

"도와주시오. 험하고 어두운 기운을 걷어 내려면 어떻게 해야 하오?"

"운동산의 호랑이 입부터 막아야 합니다. 호구에 해당되는 저 지점에 암자를 세우십시오. 그리고 읍성에서 북쪽으로 오 리쯤에 비봉포란(飛鳳抱卵) 혈이 있사온데, 그곳은 용의 정기가 한꺼번에 모여 지세가 강하니까 사찰과 불탑을 세워 누르시기 바랍니다. 그런데 명심해야 할 것은 성주님의 재력이 아니라 승평 고을 사람들의 뜻을 모으는 시주에 의해 암자와 사찰이 세워져야 한다는 것입니다. 또 하나 말씀드릴 것이 있사옵니다. 승평 고을의 어두움을 환히 밝히기 위해 읍성 앞에 장명석등(長明石燈)을 세우시기 바랍니다."

말을 끝낸 도선이 성주를 데리고 읍성 북쪽 오 리쯤에 있는 골짜기로 안내했다. 석현천에서 맑은 물이 흘러내리고 있었다. 도선이 천의 우측 골짜기로 접어드는 입구의 한 지점을 가리키며 사찰 터를 잡아 주었다.

"도선 큰스님, 내친김에 송광산 비로암까지 가서 세세한 지시를 해 주시는 게 어떻겠소이까?"

박언지 성주의 부탁이었다.

"여부가 있겠습니까."

성주가 비로암에 가기 위해서 날렵한 기마대 몇 명을 골라 뽑아 곧장 달려갔다. 산길을 따라 재를 넘자 건너편에 송광산의 자태가 드러났다. 기암괴석과 울창한 숲으로 아우러진 계곡 사이로 흘러 내리는 물줄기가 명주처럼 보였다.

"저기가 바로 국토를 비보하기 위한 삼암사의 수찰(首刹)인 선암사가 들어설 곳입니다."

도선은 비로암이 자리 잡고 있는 지점을 가리키며 풍수지리학을 이용하여 설명하기 시작했다. 북동과 북서쪽에 깊은 계곡이 발달해 있으며, 양 계곡에서 흐르는 물이 비로암을 감싸고 돌다가 동남쪽에서 합해지는 형국이었다.

비로암 일대는 형국론에 입각해서 보면 장군대좌형(將軍臺座形)의 혈이 있는 곳이었다. 특히 주산 뒤에는 장군을 호위하는 장졸 격인 좌천을(左天乙)과 우태을(右太乙)이 자리하고 있으며, 혈의 좌우에는 깃발처럼 생기고 칼이나 북처럼 생긴〔左旗右鼓〕 형국의 산이 있어서 최상의 명당에 해당되었다. 혈은 배꼽이나 단전 부근인데, 비로암이 바로 그 지점에 자리 잡고 있었다.

"도선 큰스님, 본관은 아무리 보아도 이해하기 힘드오. 형국론이란 게 도대체 무엇이오니까?"

박언지 성주가 고개를 갸웃거리자 도선이 풍수지리의 형국론에 대해 설명했다.

"산이 모양을 동물이나 식물 등의 물체에 비유하여 혈을 찾는 방법을 형국론이라 합니다. 그러니까 우주 만물은 저마다 모양이 있기 마련이고, 그것에 상응하는 기가 있는 법입니다. 그렇지만 형국론만으로 혈을 찾는 것은 어렵습니다. 용과 혈과 사격(沙格, 주변의 산)과 물을 보고 혈을 찾는 공부를 해야지 비로소 눈이 떠지기 시작하거든요."

도선이 설명을 끝내고 비로암을 향해 발걸음을 옮겼다. 계곡물이 노래하고 산이 두 팔을 흔들며 도선 일행을 환영했다. 은은한 풍경 소리가 바람에 실려 계곡 아래로 너울너울 떠내려 왔다.

백제 성왕 7년(528)에 아도화상이 터를 잡아 세웠던 조그만 비로암 지붕 위에서 한 줄기 밝은 빛이 하늘로 뻗어 올라갔다. 그동안 숲과 계곡에 숨어 지내다가 바야흐로 용틀임을 하는 순간이었다.

4. 삼라만상은 하나다

우주의 모든 존재와 현상 그 자체가 생성되고 존재하고 멸하는 법칙이 하나! 곧 나는
너의 다른 모습이요, 너는 또 다른 나의 모습이었다.

인도의 승려 법구(法救)가 인생에 지침이 될 좋은 시구만을 모아
만들었다는 《법구경(法句經)》에서 '삼라(森羅)와 만상(萬象)은 하나
의 법으로 새겨진 것이다'고 했다. 여기서 '삼라'는 우주를 채우
고 있는 온갖 사물이고, '만상'이란 우주에서 일어나는 온갖 현상
이나 형체를 말했다.

'삼라만상이 하나의 법으로 새겨진다'는 의미는 우주의 모든 존
재와 현상 그 자체가 생성되고 존재하고 멸하는 법칙이 하나라는
것을 말했다. 그래서 곧 나는 너의 다른 모습이요, 너는 또 다른
나의 모습이었다.

수많은 산줄기와 계곡을 갖고 있는 장엄한 백운산도 멀리서 보
면 하나의 산일 뿐이다. 물론 그 하나 속에 수많은 동식물이 꿈틀

거리고, 바람과 구름도 일렁인다. 하지만 결국은 하나의 산일 뿐
이다. 그리고 그 산이 나요, 내가 곧 그 산이며, 더 나아가 삼라만
상이 곧 나요, 내가 곧 삼라만상인 셈이었다.

해가 바뀌면서 봄이 다시 찾아왔다. 지난해에 백계산에서 일으
켰던 불사의 마무리 작업이 한창이어서 얼마 후면 개당 법회를 열
수 있었다. 다만 아쉬운 것이 있다면 아직까지 적당한 사명을 정
하지 못하고 있다는 점이었다.

백계산 산자락의 낮은 구릉에 뿌렸던 동백 씨앗이 새싹을 내밀
었다. 주변의 야산에서 옮겨 심은 동백들도 잔뿌리를 제대로 뻗어
이파리에 싱그러운 빛이 감돌았고, 선홍빛 동백꽃이 매달려 장관
을 이루고 있었다. 장차 동백 숲이 울창해지면 사찰 터의 허약한
지세가 완벽하게 비보될 터였다.

삼암사 중 하나인 운암사의 불사도 백계산 중턱의 앵소유지형
(鶯巢柳枝形) 명당 터를 잡고 활발하게 진행되고 있었다. 그건 희양
의 김흥광 성주와 그의 외동딸, 연주의 아낌없는 도움 덕택이었다.

승평 땅의 비보사찰은 이미 완료되었다. 운동산의 호구에 세웠
던 암자는 도선암(道詵庵)이라 칭했고, 석현천이 흘러내리는 계곡
의 비봉포란 혈에 세웠던 사찰은 항림사(香林寺)였다.

그 비보사찰들은 승평 사람들의 십시일반과 자발적인 울력으로
건립되어서 의미가 남다를 수밖에 없었다. 특히 승평 사람들의 불
심으로 세워졌던 비보사찰이라서 그 효과가 더욱 뛰어나 고을을
휩쓸었던 우환이 말끔히 가셨다. 게다가 장명석등까지 들어서자

험악하고 어두웠던 기운이 자취를 감추고 말았다.

승평의 박언지 성주가 비보사찰의 효과를 단단히 보게 되자 감사의 뜻으로 우마차에 곡식을 바리바리 실어 보냈다. 그 속에는 도선을 위해 만든 승복까지 들어 있었다.

도선이 도솔봉으로 올라가는 중턱의 너럭바위 아래에서 가부좌를 틀고 참선 삼매에 들었다가 눈을 번쩍 떴다. 벌써 며칠 동안 '산천 만다라' 라는 화두를 안고 참선하는 중이었다. 이곳에서 결가부좌를 하고 있으면 백운산의 바람소리와 물소리 그리고 동식물의 모든 움직이는 소리가 설법이어서 마음이 편안했다.

백운산 정상의 송낙봉으로부터 능선이 굼실굼실 흘러내리다가 우뚝 솟구친 억불봉이 눈에 들어왔다. 도선이 불심으로 모든 중생을 다스린다는 뜻의 '억불(億佛)'이나 '업굴(業窟)'이라는 이름을 붙였던 산봉우리였다.

억불봉의 꼭대기 부근에 아직 녹지 않은 눈이 남아 있어서 희끗희끗했다. 언제 보아도 웅장한 목성이요 화성의 산봉우리였지만 오늘따라 그 자태가 더욱 장엄했다.

풍수지리에서 산의 형태를 나타낼 때 성(星)이나 요(曜)로 칭하는 경우가 있었다. 그 이유는 하늘에 있는 성요(星曜)가 지상에서 그 형상을 드러내고 있는 것으로 생각하기 때문이다. 이런 성체(星體)는 오성(五星)과 구요(九曜)가 기본이 되며, 이것들이 변해서 다양한 형상을 나타내고 있었다.

오성이란 다섯 가지 성신(星辰)으로 곧 오행을 의미하는데, 산이 직립하듯 솟아 있는[直] 형태는 목성(木星)이요, 화염같이 아주 뾰

족한[銳] 형태는 화성(火星)이요, 펴펴한[方] 형태는 투성(十토)이
요, 위부분이 둥글고 아래가 넓게 퍼져 종을 엎어 놓은[圓] 형태는
금성(金星)이요, 굽이쳐 움직이는 파도[曲] 형태는 수성(水星)이었다.

오성은 다른 이름으로 불리기도 했다. 목성은 세성(歲星)이요,
화성은 형혹성(熒惑星)이요, 토성은 진성(鎭星)이요, 금성은 태백성
(太白星)이요, 수성은 신성(辰星)이었다.

구요는 오성의 변격으로 이루어지며 탐랑성(貪狼星), 거문성(巨
文星), 녹존성(祿存星), 문곡성(文曲星), 염정성(廉貞星), 무곡성(武曲
星), 파군성(破軍星), 좌보성(左輔星), 우필성(右弼星)이었다.

억불봉에 시선을 빼앗기고 있던 도선이 깜짝 놀랐다. 억불봉 뒤
편에서 하얀 기운이 솟구쳐 하늘과 맞닿고 있었다. 구름이나 안개
의 조화가 아닌 신령스러운 기운임에 틀림없었다. 뭔가 퍼뜩 느껴
지는 것이 있었다. 도선이 자리에서 벌떡 일어나려다가 그만 신음
을 터뜨리고 말았다.

두 다리가 가부좌를 튼 자세 그대로 무릎이 굳어 버리고 허리도
나무토막처럼 변해 움직여지지 않았다. 게다가 목에서 타는 듯한
갈증까지 느꼈다.

참선을 할 때 조심해야 할 것이 여러 가지가 있는데 뭔가를 소
홀히 했던 모양이었다. 더군다나 봄이라고 하지만 산중의 기온이
차갑기 그지없어서 보통 사람이라면 하루도 버텨 내기 힘든 상황
인데 벌써 여러 날을 지냈던 것이다.

도선이 몸을 더 이상 억지로 움직이지 않고 운기 조식을 취하기
시작했다. 지리산 화엄사 연기암의 원담 스님에게 배웠던 달마의

《역근경》이었다.

　호흡을 가다듬고 기를 아래로 내려 회음혈과 백회혈을 거쳐 다시금 단전으로 일주천시켰다. 그런데 어찌된 일인지 굳어 버린 몸이 좀처럼 풀어지지 않았다. 다시금 《역근경》을 되풀이하면서 회복시키려고 노력했으나 허사였다.

　'어, 내가 이러다가……'

　순간 불길한 생각이 먹구름처럼 덮쳐들면서 혼란에 빠지기 시작했다. 죽음이 결코 두려웠던 것이 아니었다. 해야 할 일이 산더미처럼 쌓였다는 미련 때문이었다. 전국 방방곡곡을 다시 돌며 풍수지리를 심화시키고 정리하는 작업, 국토 비보를 위한 삼암사의 완공, 장차 분열될 겨레의 재통합을 위한 초석도 다져 놓아야 했다. 그리고 평생을 기도하며 살아 가실 어머니의 얼굴도 떠올랐다.

　"어허, 벌써 천운이 다했단 말인가. 아니다. 그럴 리가 없어. 나는 아직 인연이 다하지 않았어."

　도선의 입에서 힘찬 목소리가 튀어나왔다. 굳은 의지의 표현이었다.

　그가 눈을 지그시 감고 화엄사 구층암의 덕장 스님에게 배웠던 질병에 관한 공부들을 되새김질하기 시작했다. 덕장 스님과 주고받았던 이야기들이 귓속에서 되살아났다.

　"인간의 질병에 대해 기록해 놓은 경전이 있느니라. 그게 바로 《인왕경》《법화경》과 더불어 호국 삼부경으로 일컫는 《금강명최승왕경》이니라."

　"그 경전에는 어떤 설법이 담겨 있는지요?"

"참회 멸죄라는 내성적이며 종교적 인간으로서의 행동을 가르치고 있다. 한편으로 호국 안민이나 자기 희생과 이타 등을 강조하고 있어서 밀교 색채가 농후한 경전이니라."

"그 경전의 질병에 관한 내용을 들려주십시오."

"나에게 배운 침술을 더욱 심화시키려면 앞으로 그 경전을 필히 공부해야 할 것이다. 우선 잘 들어라. 우주 삼라만상은 지, 수, 화, 풍으로 되어 있다는 것을 잘 알고 있을 것이다. 그런데 이런 4대의 부조화가 곧 질병의 원인이 된다고 했느니라."

덕장 스님이 자세하게 가르쳐 주었다. 그 경전에는 1년이 화시(華時), 추시(秋時), 한시(寒時), 열제(熱際), 우제(雨際), 빙설(氷雪)의 6기로 나누어지며, 이런 기후 변화에 따라 4대에도 변화가 온다고 했다. 그런데 기후 변화를 무시하거나 음식을 잘 조절하지 못하면 질병에 걸릴 수밖에 없었다.

《불의경(佛醫經)》이라는 경전에도 4대의 부조화로 발생하는 질병의 수는 각각 101가지이기 때문에 총 404가지라고 되어 있었다. 그리고 풍대(風大)가 세력이 커지면 기(氣)가 증가하고, 화대(火大)가 커지면 열(熱)이 증가하고, 수대(水大)가 커지면 한(寒)이 증가하고, 지대(地大)가 증가하면 힘(力)이 증가한다고 했다.

도선은 '오래 앉아 있고 눕지 않는 것'이 질병의 원인 10가지 중에서 하나라고 적혀 있는 《불의경》을 떠올리며 참선 중에 적절하게 포행(布行, 산책하듯 가볍게 걸으면서 몸을 푸는 행위)하지 않았던 잘못을 깨달았다. 그리고 굳어 버린 몸을 풀기 위해 한동안 노력하게 되자 어느 정도 몸이 회복되기 시작했다.

"큰스님! 큰스님! 어디에 계세요!"

산 아래쪽에서 도선을 찾는 소리가 연이어 들려왔다. 희양 성주의 외동딸, 연주의 목소리였다.

'어, 무슨 일이지?'

도선이 대답하려고 했으나 타는 듯한 갈증을 느끼고 있어서 목소리가 잘 나오지 않았다. 자리에서 일어나서 한 걸음을 내딛다가 그만 나무토막처럼 쓰러지고 말았다. 균형을 잡기 위해 손을 허우적거렸다. 어떤 나뭇가지가 손에 붙잡히더니 도선의 몸무게를 이기지 못하고 그만 부러지고 말았다.

"계향 정향 혜향 해탈향 해탈지견향(戒香 定香 慧香 解脫香 解脫知見香) 광명운대 주변법계 공양시방 무량불법승(光明雲臺 周遍法界 供養 十方 無量佛法僧)."

보연화가 암자의 법당에서 예불문을 외우며 예불을 올렸다. 절을 할 때마다 며칠 전에 공부했던 《법구경》의 주옥같은 설법이 마음속에 또렷하게 되살아났다.

"마음은 동요하기 쉽고, 혼란하기 쉬우며, 지키기 힘들고, 억제하기 힘들다. 또한 마음은 잡기도 어려울 뿐만 아니라 가볍게 흔들리며, 탐하는 대로 달아난다. 단지 지혜 있는 사람만이 이를 바로잡는다. 마음은 보기 어렵고 미묘하나, 지혜 있는 사람은 이 같은 마음을 잘 다스린다. 마음을 잘 다스리는 사람이 곧 안락을 얻는다."

보연화가 마음을 안정시키기 위해 백팔 배를 올렸다. 하지만 쉽사리 진정되지 않았다. 마음속에 자꾸만 풍랑이 일었다. 거센 바람을 일으켰던 장본인은 희양 성주의 외동딸인 아리따운 연주였다. 흔들리지 않으려고 입술을 깨물었으나 그 바람이 너무나 거세어서 풍랑은 끝내 잦아지지 않았다. 그녀의 입에서 경전 외는 소리가 흘러나왔다.

"……색불이공 공불이색 색즉시공 공즉시색 수상행식 역부여시(色不異空 空不異色 色卽是空 空卽是色 受想行識 亦復如是)……."

《반야심경》에서 나오는 구절이었다. 보연화가 현성 스님에게 경전 풀이를 부탁했던 적이 있었다. 그가 설명해 주었다. 자신의 몸을 위시한 모든 현상계는 텅 빈 공과 다르지 않다고 했다. 텅 빈 공 또한 자신의 몸이나 현상계와 다르지 않다고 했다.

"부처님, 이 납자에게 깨달음을 주시옵소서."

보연화는 아무리 애써도 공하다는 의미가 무엇인지 이해하기 힘들었다. 현성이 해 주었던 이야기가 되살아났다.

"이 삼라만상에 고정불변한 것은 아무것도 없는데, 우리는 껍데기에 불과한 자신에게 집착하고 있습니다. 특히 보이지 않는 감정에 집착함으로써 빚어지는 문제가 큰 상처를 주기 마련이지요. 마음의 평온을 이룩하려면 집착을 끊어야 합니다."

"인연 따라 왔다가 인연 따라 간다고 했듯이, 인연이라는 것은 실제로 존재하는 것이지 않습니까."

"인연은 자꾸 변합니다. 결코 영원한 것이 아니지요. 우리의 눈에 존재하는 것처럼 보이는 것도 인연이 다해 흩어지면 없어지기 때문에 인연 역시 공입니다."

현성은 그런 이야기 외에 더욱 자세한 설명을 덧붙였다.

이 세상에서 고정된 실체는 아무것도 없었다. 모든 것은 생성, 변화, 발전하다가 종국에 가서 소멸하기 때문이었다. 이것을 불교에서는 성주괴공(成住壞空), 생주이멸(生住離滅)이란 말로 설명했다.

또 현성이 말하기를 반야란 모든 사물의 실체를 꿰뚫어 보는 안목이며, 곧 공의 실상을 깨닫는 일이라고 했다. 그리고 이런 반야의 지혜를 통해서 성불이 가능하다고 일러 주었다.

보연화는 매일 오체투지로 절을 올리곤 했지만, 오늘따라 백팔 배를 올리는 것이 나무나 힘들었다. 그만큼 번뇌가 크다는 증거였다.

도선을 짝사랑하고 있는 희양 성주 외동딸, 연주의 마음은 칡넝쿨처럼 끈질겨 보였다. 그런 느낌이 들수록 보연화의 마음은 초조해졌고, 번뇌가 더께처럼 쌓여 갔다.

삼암사 중의 하나인 운암사의 불사에 희양 성주가 시주를 했던 것도 따지고 보면 연주의 입김이 강렬하게 작용했기 때문이었다. 그리고 연주는 운암사 불사가 시작되자마자 백계산 출입이 눈에 띄게 늘어났다. 불사 현장을 둘러본다는 핑계로 도선과 가깝게 지내려고 하는 수작임을 보연화는 이미 눈치 채고 있었다.

오늘도 그랬다. 암자로 찾아오자마자 운암사 불사 현장은 건성으로 돌아본 뒤에 월정에게 도선의 행방부터 물었다. 며칠째 백운산에 들어가서 참선 중이라고 이야기하자 동생, 식을 억지로 끌고 산으로 올라갔다.

보연화는 산으로 올라가는 연주의 뒷모습을 보자 가슴이 울렁거리고 머리에서 어지럼증이 일어 공양간을 지키고 있을 수 없었다. 그래서 마음을 진정시키려고 법당에 들어와 예불을 올리는 중이었다.

보연화가 도선을 남몰래 사모하는 것만 해도 버거웠다. 그런데 희양 땅의 최고 실력자인 김흥광 성주의 외동딸과 경쟁해야 할 상황까지 발생하자 눈앞이 캄캄해지고 말았다. 그래서 번뇌도 가라앉힐 겸 불력을 얻고 싶어서 지극 정성으로 예불을 올리고 있었다.

"보연화, 어서 나와 봐요."

얼마 전부터 공양간의 일을 도맡아 하기 시작하는 공양 보살이 법당으로 찾아왔다. 공양 때가 가까워지자 일손이 부족한 모양이었다.

"공양간 일은 저녁에 도와 드리면 아니 될까요? 지금은 예불을 드리고 싶거든요."

"공양간 일 때문이 아니라 어떤 스님이 찾아오셨거든요."

"스님이 찾아오셨다고요? 그런 일이라면 다른 스님에게 말씀드리지 않고서……."

보연화가 머뭇거리다 자리에서 일어났다.

도선이 승평 고을을 비보하여 우환이 사라졌다는 소문이 떠돌자 풍수지리를 배우겠다는 사람들이나 문하에서 불법을 닦겠다는 스님들이 제법 많이 찾아왔다. 그래서 그런 일로 또 누군가가 찾아왔나 보다 하는 생각이 들어 시큰둥하게 여기고 있었다.

보연화가 법당 밖으로 나갔다. 웬 스님이 등을 돌리고 뒷짐까지 진 채 백운산을 바라보고 있었다. 틀림없이 인기척을 들었을 텐데 꼼짝도 하지 않았다. 예사 스님이 아니라는 느낌이 들었다. 불법을 닦겠다고 찾아오는 스님들 대부분이 허리를 깍듯이 숙이고 머리를 굽실거리기 일쑤였다.

"나무아미타불. 스님, 어인 일로 찾아오셨는지요?"

보연화가 공손하게 물었다. 스님은 백운산의 경치에 정신을 빼앗긴 채 아무런 말대답이 없었다. 그녀도 스님이 바라보는 곳으로 눈길을 돌렸다.

백운산이 불타오르듯 진달래가 만발해 있었다. 보연화가 화려하고 장엄한 연분홍 물결 속으로 풍덩 빠져 버리고 싶은 충동을 느끼면서 옛 생각에 사로잡혔다.

예전에 이맘때면 산에 올라갔던 초군(樵軍, 나무꾼)들이 진달래꽃을 꺾어 나뭇짐에 끼워 마을로 내려오곤 했다. 그건 나뭇짐이 아니라 '꽃짐'이나 마찬가지였다. 그러면 마을 왈가닥 아주머니가 몰래 뒤로 다가가서 초군의 바짓가랑이를 훌러덩 끌어내렸다. 초군이 어찌할 줄 몰라 당황하고 있을 때 마을 아낙네들이 우르르 달려들어 그 진달래꽃을 빼앗아 가곤 했다.

보연화의 얼굴이 붉어지더니 덴겁하며 움찔거렸다. '진달래에 볼때기 덴 년'이라는 속된말이 떠올랐기 때문이다. 불자의 길을 걷고 있으면서 아직도 마음을 다 비우지 못한 자신이 너무나 부끄러웠다.

"도선 스님은 어디에 있소이까?"

천둥처럼 우렁찬 목소리에 보연화가 화들짝 놀랐다. 고개를 급히 돌렸다. 몸집이 우람하고 숯검정을 칠해 놓은 것처럼 눈썹이 짙은 스님이 두 주먹을 허리에 붙인 채 빙그레 웃고 있었다.

"법명이 어떻게 되시는지요?"

보연화가 흐트러졌던 마음을 추스르며 두 손 모아 합장했다.

"아 거, 법명인지 똥 덩어린지 그게 다 무슨 소용이야. 삼라만상이 공한 것이라고 했는데, 그까짓 허섭스레기 같은 법명이야 불쏘시개감도 아니 되는걸 뭐. 그저 도선이라는 스님이 있는 곳이나 알려 주시구려."

스님의 자세뿐만 아니라 말투가 다분히 시건방지고 오만불손하기 짝이 없었다. 그렇지 않아도 마음이 뒤숭숭했던 보연화가 참지 못하고 눈초리를 치켜세웠다. 더군다나 도선을 공경하는 기색이 전혀 없어서 배알까지 꼴린 상황이었다.

"아마 방부 들이러 온 모양인데, 이곳은 막돼먹은 땡땡이중을 받아주는 곳이 아니어요."

"허참, 보아하니 식차마나 같은데, 아 거, 눈초리가 손돌이추위보다 더 매섭구먼. 어휴 추워라. 이러다가 불알이 꽁꽁 얼어붙게 생겼네."

스님이 한술 더 떠서 지껄였다. 보연화가 입심에 눌리면 안 된다는 생각이 들어 더욱 매섭게 쏘아붙였다.

"쓸모없는 불알 하나 달렸다고 되우 자랑이군요. 그런데 그게 어떻게 생겼는지 모르지만 불성이라곤 눈곱만큼도 없는 모양이지요?"

"허허, 도선이 신승이라더니 이 사미니한테 이따위 몽니나 부리도록 가르쳐 놓은 걸 보니까 천하의 요승일세. 허허, 그냥 두면 아니 되겠어. 그런데 신승이건 요승이건 어디에 있는지 알아야지 구위 먹든 삵아 먹든 할 게 아닌가. 이거, 이거, 오랫동안 못 보았더니 둔갑술이라도 살짝 배운 게야 뭐야. 도대체 어디로 사라진 게야?"

스님이 왕방울 같은 눈을 부라리며 법당과 불사 현장 여기저기를 돌아보았다. 보연화는 그가 장난꾸러기 같기도 하고 정신이 살짝 나간 사람 같기도 해서 더 이상 어떻게 대처해야 좋을지 모르다가 '오랫동안 못 보았다'는 소리에 그만 움찔해서 물었다.

"예전부터 도선 큰스님을 아는 사이이옵니까? 어떤 관계이옵니까?"

"사형이지."

"어느 분이 사형이란 말입니까?"

"도선이 사형이든 내가 사형이든 그게 무슨 상관이야. 그런 관계 역시 똥 덩어리만큼도 못한 거지 뭐."

스님이 두 주먹을 허리에 붙인 것도 모자랐는지 배까지 앞으로 불쑥 내밀며 위세를 떨었다. 그건 허세가 전혀 아닐 듯싶었다. 보연화는 그의 말투나 도도한 자세로 보아 도선의 사형일지도 모른다는 생각이 들었다. 더 이상 무례를 범하면 큰일이다 싶은 생각이 들어 태도를 달리했다.

"스님, 요즘 며칠째 저희 큰스님께서 참선 중이시옵니다."

"며칠째 참선? 허허, 강산이 한 번 변한다는 세월이 흘렀는데 고작 이따위 절집이나 짓고 있으니 그놈의 잘난 참선이라는 것도 별게 없구먼. 혹시 뒷간에서 끙끙거리고 똥 덩어리나 쏟아 내며 참선한다고 억지를 부리는 것은 아니요?"

스님이 말끝마다 '똥 덩어리'라는 단어를 달고 다니자, 보연화는 다시금 화가 치밀었다. 그것도 하늘 같은 스승님에게 천하의 요승이라면서 '똥 덩어리'라는 표현을 쓰다니 괘씸하기 짝이 없었다.

"스님이 얼마나 대단한지 모르겠지만, 말끝마다 똥 덩어리 운운하면서 이 납자가 존경해 마지않는 도선 큰스님을 욕되게 하지 마셔요."

"똥 덩어리가 뭐 어때서? 허허, 사미니, 지금 그대가 입고 있는 승복은 똥을 닦아 낸 천을 주워서 만든 것이 아니던가? 그리고 부처도 똥 막대기인데 뭐. 아 거, 머뭇거리지 말고 그 요승이 참선한다며 끙끙거리고 있는 뒷간이 어디에 있는지 알려 주기나 해."

스님이 클클거렸다.

보연화가 또다시 움찔했다. 스님의 말마따나 승복은 똥을 닦고 버린 천을 줍고 기워서 만들었다는 뜻으로 분소의(糞掃衣)라고 했다. 또 현성 스님에게 들은 이야기지만, 조사님들의 어록에는 똥 오줌 냄새가 진동한다는 거였다.

"백운산의 도솔봉 중턱쯤에 있는 큰 바위 아래에서 참선 중일 것입니다."

보연화가 제정신을 퍼뜩 차리며 손가락으로 가리켰다.

"그 손가락이 되우 예쁘구먼."

스님이 다시금 클클거리더니 보연화가 가리키는 산 중턱을 향해 성큼성큼 걸어갔다. 보통 스님들의 걸음걸이와 전혀 딴판이었다.

수행자들은 걷는 것을 수행과 전법의 기본으로 삼는다고 했다. 그래서 걷는 법도 다양했다. 스님들의 걸음걸이에는 참선 도중에 가볍게 걷는 경행(經行)이나 포행(布行)에서부터 예불이나 공양을 드리러 갈 때 단체로 걷는 안행(雁行, 기러기처럼 길게 줄을 이어 걷는 걸음) 등이 있었다.

흔히 스님들의 걸음걸이를 잘 표현한 말로 일족삼례(一足三禮)나 우행호시(牛行虎視)라는 것이 있다. 그건 한 걸음 한 걸음 참배하는 심정으로 걸어가야 하고, 소처럼 조심스럽게 걷되 호랑이 눈처럼 시퍼렇게 살아 있어야 한다는 뜻이었다. 그리고 보보청풍기(步步淸風氣)라고 해서 한 걸음 한 걸음 떼어 놓을 때마다 발치에서 서늘한 바람이 일어나야 한다고 했다.

그런데 도선을 찾아온 스님의 걸음걸이는 산속에 숨어 사는 초적의 무지막지한 걸음걸이나 다를 바가 없었다. 보연화가 고개를 갸웃거리다가 어떤 생각이 퍼뜩 스치고 지나가자 스님을 소리쳐 불렀다.

"스님, 잠깐만 기다리셔요. 이 납자가 길라잡이로 앞장서겠사옵니다요."

보연화는 도선이 참선하는 장소를 알고 있었다. 아무도 몰래 산에 올라 그의 모습을 먼발치에서 바라보며 가슴을 졸이곤 했기 때문이다.

"연꽃 같은 사미니가 길라잡이라? 그렇다면 지옥으로 따라간다고 해도 좋지 뭐."

스님이 누런 이를 드러내 놓고 클클거렸다.

보연화가 길라잡이를 자처했던 것은 스님을 위해서가 아니었다. 한 식경 전에 도선을 찾아 산으로 올라갔던 연주가 생각났다.

도선 옆에 그녀가 붙어 있을 것을 생각하니 가슴이 저리기 시작했다. 그녀에게 도선을 빼앗길 수 없다는 생각이 퍼뜩 스쳐 지나가자 앞장서서 산토끼처럼 날렵하게 산길을 타기 시작했다.

연주가 도선을 애타게 불렀다. 그런데 산울림만 구슬프게 들려올 뿐 대답이 없었다. 가슴이 철렁 내려앉았다. 그분은 철새나 뜬구름 같았다. 아니 어쩌면 형체도 없는 바람일지도 몰랐다. 그는 방방곡곡을 답산하고 풍수지리학을 심화시키겠다는 명분으로 말없이 훌쩍 떠나 버릴지도 모르는 불안감을 내포하고 있었다.

"식아, 왜 가만있니. 너도 외쳐 봐."

연주가 괜히 동생을 보챘다.

"어디로 잠시 떠나셨나 봐. 그렇지 않으면 외치는 소리를 듣지 못했을 리 없거든."

"그런 소리 말고 너도 외쳐 보라니까."

"누나는 왜 이렇게 안달하는 거지? 혹시 스승님을 좋아하는 거 아니야?"

"그래, 좋아한다면 네가 어쩔 거야."

연주가 군밤을 한 대 먹이고 다시금 도선을 소리쳐 불렀으나 여전히 산울림만 들려올 뿐이었다. 괜히 가슴이 떨리면서 슬픔이 몰려들었다.

산기슭에 무리 지어 피어 있는 진달래가 아름다움보다 서글픔으로 다가왔다. 갑자기 모든 꽃잎이 후드득 떨어지고 시퍼렇게 멍든 것처럼 잎사귀들이 돋아날 것만 같았다. 그분이 있어서 더욱 따스하고 포근하게 느껴졌던 백운산이 자꾸만 삭막하게 느껴졌다.

"식아, 아무래도 이상하다. 도선 큰스님께서 무슨 변고라도……."

괜히 그런 말을 꺼냈다가 부정이라도 탈까 봐 입을 다물어 버렸다. 만약에 어떤 불상사라도 생겼다면 그분 옆에서 목숨을 끊고 함께 눕고 싶었다.

"스승님은 보통 사람과 달라. 아무런 일도 없을 거야."

식이 입을 삐쭉거렸다.

"아니야. 예감이 썩 좋지 못해. 식아, 너는 여기서 기다려. 내가 찾아볼게."

연주가 식을 양지 바른 곳의 낙락장송 옆에 기다리게 해 놓고서 몸을 날렸다. 어린 식을 데리고 다니면 발이 늦을 수밖에 없었다. 혼자 떨어진 식이 불안한 눈동자를 굴렸지만 보살펴 줄 여유가 전혀 없었다.

"큰스님! 큰스님!"

연주가 외쳐 부르는 소리에 산새들이 놀라 날개를 퍼덕거리며 하늘로 솟구치곤 했다. 마음이 조급했다. 너무나 허둥대는 바람에 자칫하면 절벽 아래로 떨어질 뻔했다. 아직 물이 오르지 않고 잎조차 돋아나지 않아서 가시가 더욱 날카로운 청미래 덩굴과 찔레 덩굴이 살갗을 후벼 팠지만 아픈 줄도 모르고 길길이 뛰어다녔다.

하루라도 못 보면 궁금하고 애틋했다. 그래서 찾아왔던 길이었고, 또 긴요한 정보를 알려 줄 것도 있었다. 그런데 어디로 갔는지 도무지 찾을 길이 없어서 미칠 것만 같았다.

한편, 참서 장수에서 쓰러졌던 도선은 타는 듯한 갈증을 느꼈다. 혀가 종잇장이나 마른 낙엽처럼 바삭거렸다. 두통과 함께 어지럼증이 몰려왔다. 굳어 버린 관절에서 우마차의 삐거덕거리는 소리가 나는 듯했다. 이러다가 모든 뼈마디가 낱낱이 분리되어 버리고 종국에 가서는 바싹 말라 한 줌의 바람이 되어 흩날릴 것 같았다.

이대로 쓰러져 눈을 감으면 모든 계획이 물거품으로 변할 것이 뻔했다. 나뭇가지를 붙들며 일어서려고 안간힘을 썼다. 가지가 또 부러졌다. 바닥으로 나뒹굴었다. 산 아래에서 연주의 부르는 소리가 귓전을 두드렸다. 부축해 달라고 소리치고 싶었지만 입이 바싹 말라 버려 말이 튀어나오지 않았다.

쓰러진 자세에서 다시금 운기 조식을 취하려다가 부러진 나뭇가지에서 수액이 방울방울 떨어지는 것을 발견했다. 워낙 목이 말라서 이것저것 생각할 겨를 없이 그 수액을 빨아 마셨다. 달콤했다. 갈증을 느꼈을 때 빨아 마셨기 때문이 아니라 원래 물맛이 달콤한 모양이었다.

한참이나 수액을 빨아 마셨다. 종잇장이나 낙엽처럼 바삭거렸던 혀가 부드럽게 변했다. 그뿐만 아니라 삐거덕거리는 소리가 날 것 같았던 관절이 부드럽게 움직이고 있었다. 흐린 정신도 한결 맑아지는 듯했다.

잘 믿어지지 않아서 무릎 관절을 폈다 구부렸다 해 보았다. 아직 원활하지는 못했지만 현저하게 좋아진 것을 알 수 있었다. 그 모든 것이 이 나무에서 흘러내리는 수액을 빨아 마신 덕분이었다.

"허참, 신통하다. 이건 하늘과 땅이 내린 신비의 생명수로구나."

도선의 입에서 감탄사가 저절로 튀어나왔다. 삼라만상이 하나의 법으로 새겨진다는 의미를 잘 알기는 했지만, 둘이 아니라 하나라는 것을 직접 체험하는 순간이었다. 나무의 수액을 마시면 몸의 일부분이 되고, 죽어서 땅에 묻히면 나무의 새 잎과 가지로 변할 터였다.

"이 수액 몇 방울이 내 눈을 밝게 틔어 주어 하늘이 저토록 푸르다는 것을 알겠구나. 삼라만상이란 비록 모양이나 성질을 달리할지언정 근본은 하나로구나. 그렇구나. 삼라만상이 나요, 내가 곧 삼라만상일지니, 이런 오묘한 법을 마침내 터득했도다."

도선의 얼굴에 한소식 했다는 빛이 역력했다.

"큰스님, 큰스님, 왜 이러세요."

등 뒤에서 연주의 놀란 음성이 들려왔다. 도선은 한소식 했던 것에 취한 채 신비의 생명수를 정신없이 빨아 마시고 있었다.

그 나무는 백운산 고지대 여기저기에 자생하고 있는 단풍나무 종류였다. 그 나무껍질은 회색빛을 띠고 있었다. 머지않아 연한 노란색 꽃을 수줍게 피우고 나서, 손바닥 모양의 잎이 매달려 한여름을 시원하게 만들어 주고, 가을이 되면 타는 듯 붉은 단풍으로 물들어 버리는 나무였다.

연주는 도선이 부러진 나무를 붙든 채 입으로 빨고 있는 모습이 너무나 괴이해서 잠시 어찌할 바를 모르다가 덮치듯 달려가서 그를 부둥켰다. 여태 목 놓아 불렀어도 대답이 없었다는 것도 이상했지만 이해하기 힘든 행동을 하고 있다는 게 너무나 염려스러웠다.

"큰스님, 정신 차리셔요. 왜 이러세요?"

연주의 품에 안긴 도선이 고개를 천천히 들었다.

"연주 아가씨, 내가 오묘한 법을 터득했소이다."

"오묘한 법이라니요?"

"나는 너의 다른 모습이요, 너는 또 다른 나의 모습이올시다."

도선이 말했던 이야기의 의미를 찬찬히 짚어 보던 연주의 볼이 발갛게 물들기 시작했다. '내가 너요, 네가 나' 라는 말은 둘이 하나라는 뜻이었다. 그건 남녀 관계로 볼 때 부부처럼 한 몸뚱이라는 뜻이었다.

"아이, 몰라요."

연주가 부끄러움을 이기지 못하고 도선의 가슴에 머리를 파묻었다. 그의 가슴은 백운산보다 바다보다 하늘보다 더 넓고 포근했다. 그의 품속에 푹 파묻혀 마냥 행복한 꿈만 꾸고 싶었다.

도선이 달콤한 수액을 머금고 있었던 나무를 다시금 바라보다가 그것이 뼈에 이로운 수액이라는 사실을 깨닫게 되었다. '뼈에 이로운 물' 이라는 말을 한자어로 정리해 보면 '골리수(骨利水)' 였다.

"아, 골리수, 이게 바로 골리수요."

도선이 엉뚱한 소리를 내며 연주를 밀쳐 냈다. 몽환적인 분위기에 깊이 빠져 있던 연주가 아직도 정신을 차리지 못하고 물었다.

"그게 뭔데요."

"이 나무에서 신비한 수액을 발견했소이다. 뼈를 이롭게 해 주는 신비한 수액을 찾았단 말입니다. 이건 정말 대단한 발견이올시다."

"예? 방금 뭐라고 하셨지요?"

연주가 제정신으로 돌아왔다. 도선이 흥분을 감추지 못하며 보물이라도 되듯 붙잡고 있는 부러진 나무를 바라보았다. 백운산 일대에서 흔하게 볼 수 있는 단풍나무 일종이었다. 그건 사랑에 취해 있던 연주를 맥 빠지게 만드는 일이었다. 다시금 정열 속으로 빠지고 싶어 도선을 껴안으며 나지막하게 소리했다.

"사모하고 있었어요. 꼭 껴안아 주시와요."

연주의 목소리가 가늘게 떨렸다.

보연화가 지칠 줄 모르고 산을 올랐다. 마치 축지법을 쓰는 듯한 손잰 걸음걸이라서 뒤따르던 스님이 혀를 내두를 정도였다. 그녀에게 이 정도의 산비탈은 아무런 장애가 되지 못했다. 맨손으로 절벽을 기어오른다고 해도 거칠 것이 없었다. 그런 괴력을 발휘할 수 있었던 것은 도선을 연주에게 빼앗길 수 없다는 경쟁심 때문이었다.

"어허, 그 요승이 축지법이라도 가르친 게요, 아니면 남몰래 산토끼 뒷다리만 삶아 먹기라도 했던 거요? 천천히 갑시다."

스님이 투덜거렸으나 보연화는 아무런 대꾸 없이 허위단심으로 산을 오르다가 낙락장송이 멋들어지게 서 있는 곳에서 성주의 외동아들, 식을 발견했다. 그는 불안한 눈동자를 굴리며 낙락장송 아래에서 바장이고 있었다.

"도련님, 왜 혼자 계십니까?"

"스승님이 보이지 않아요."

"그게 무슨 말씀이셔요?"

"누나가 계속 소리쳐 불렀는데도 아무런 대답이 없었어요."

"뭐라고요!"

보연화의 가슴이 철렁 내려앉았다. 백운산에 맹수가 들끓었다. 도선이 혹시 무슨 변고라도 당하지 않았나 싶은 마음이 들자 아득한 절벽 아래로 떨어지는 느낌을 받았다. 여기서 한가하게 말이나 주고받을 수 없었다. 평소에 도선이 참선하던 너럭바위 아래를 향해 몸을 날렸다.

"어이쿠!"

보연화의 입에서 비명이 터져 나왔다. 급하게 몸을 날리다가 그만 돌부리에 걸려 넘어지고 말았다.

"이런, 이런, 축지법을 배운 줄 알았더니만 추락하는 법을 잘못 배웠던 게로구먼."

스님이 혀를 끌끌 차며 보연화를 부축했으나 아무렇지도 않다는 듯 벌떡 일어서서 산비탈을 올라갔다. 다리에서 통증이 느껴졌다. 아마 어딘가가 삔 모양이었다. 하지만 그게 걸림돌이 될 수 없었다. 호흡이 가빴다. 그것 역시 아무런 걸림돌이 되지 못했다.

너럭바위 근처에 도달한 보연화가 우뚝 서고 말았다. 도선과 연주가 껴안고 있는 장면을 목격했기 때문이다. 그녀는 말로 이루 표현할 수 없는 하늘의 버거운 무게를 느끼며 그대로 굳어 버렸다. 마른 하늘에서 수많은 바위들이 떨어져 나약한 몸뚱이를 짓이겨 버리는 듯한 고통이 엄습했다.

"헤헤헤, 이젠 미혹의 세계를 벗어나 완전히 득도하셨군요. 사형, 감축드리옵니다."

스님이 클클거리더니 땅바닥에 넙죽 엎드려 절을 올렸다.

"아니, 이게 누구야. 똥싸개 현오가 아니던가?"

도선이 눈을 크게 떴다.

"사형, 무정하옵니다. 떠날 때 통기해 주기로 해 놓고 여태 여기에서 꽁꽁 숨어 지내다니 말입니다. 이 현오를 모른 체하고 성불하실 줄 알았습니까. 어림없습니다요. 이젠 사형이 혼자 떠나지 못하도록 빈대처럼 따라붙을 것입니다요."

현오 스님이 벌떡 일어서더니 도선에게 달려갔다. 어린아이처럼 그의 품에 안기며 눈물을 글썽거렸다.

연주는 느닷없이 정체불명의 스님이 나타나서 행복한 꿈을 깨뜨리자 입이 불어 터졌다. 이럴 수 없는 노릇이었다. 천신만고 끝에 얻은 행복한 꿈의 시간대였는데, 화척(禾尺, 고리 세공업이나 도살을 전문으로 하는 천민. 무자리)처럼 막돼먹은 자가 불쑥 나타나 훼방을 놓으니 기가 찰 노릇이었다. 하지만 그런 내색을 밖으로 드러낼 상황이 아니었다.

"큰스님께서는 평안하시던가?"

도선이 곡성 대안사의 혜철 스님 안부를 물었다.

"큰스님께서는 열반하신 지 벌써 네 해나 지났습니다."

"뭐라고……."

도선이 대안사가 있는 쪽을 향해 무릎을 털썩 꿇고 삼배를 올렸다. 청해진으로 가는 길목에서 운명적으로 만났고, 그 후 동리산 대안사에서 '무설지설 무법지법'의 오묘한 이치를 깨닫게 해 주었으며, 《강서지법》이라는 풍수지리를 전수해 주었던 하늘같은 은사 스님에 대해 지극 정성을 다하는 예였다.

현오가 혜철 스님이 열반했던 당시의 상황을 이야기해 주었다.

그는 향년 77세인 861년(경문왕 원년) 봄 2월 6일에 아무런 병 없이 홀연히 세상을 떠났다. 열반한 그의 몸 상태는 사지와 몸체가 흩어지지 않고 얼굴빛이 평상시와 같아서 흡사 살아 있는 모습 그대로였다. 제자들이 슬퍼하며 대안사 근처의 송봉에 법구(法軀, 스님의 시신)를 안치하고 돌을 다듬어 부도를 세웠다.

"사형, 큰스님이 열반하시기 전에 사형을 얼마나 보고 싶어 했는지 모르실 것입니다. 사형이 대안사를 떠났을 때도 남모르게 가슴 아파했습니다. 산길을 따라 내려가던 사형의 모습이 나무숲에 가려 보이지 않자 뭐라고 했는지 아십니까? 산길 좌우에 있는 나무들을 죄다 베어 버리라고 했습니다. 왜 그랬겠어요. 떠나가는 제자를 오래도록 지켜볼 수 없다는 게 안타까웠기 때문입니다."

도선은 아무런 말도 하지 못했다. 혜철 스님이 물려주었던 나경패철을 꺼내 손으로 쓰다듬었다. 예전에는 숲 속에서 지저귀는 산새들의 소리가 흥겨운 노래였는데 지금은 구슬픈 울음소리로 들렸다.

"큰스님이 열반하시기 전에 사형에게 남긴 것입니다요."

현오가 서찰 봉투를 건넸다. 도선이 생전의 스승에게 예를 올리듯 고개를 숙이며 서찰을 받아들고 펼쳤다. 마치 용이 날아갈 듯 꿈틀대는 서체로 '옥룡자(玉龍子)'라는 세 글자가 쓰여 있었다. 스승이 도선에게 내린 법호였다.

"아참, 사형이 인연 있는 곳을 찾아 머물면 이것도 준비해서 가져다 드리라고 했습니다."

"뭔데?"

"선차를 제공하는 차나무 씨앗입니다."

현오가 바랑 속에서 차나무 씨앗이 든 오쟁이를 꺼냈다. 도선은 그게 단순한 차나무 씨앗이 아니라 혜철 스님의 자상한 마음이라는 것을 느끼고 있었다.

"그 씨앗을 사찰 주변에 뿌려 모든 불자들에게 선차일미(禪茶一味)의 깊은 뜻을 가르칠 것이니라. 자, 이제 우리 모두 산을 내려가도록 하자."

도선은 하얀 기운이 치솟던 억불봉 쪽을 잠시 바라보다가 걸음을 옮겼다. 당장 내일이라도 억불봉을 넘어가서 그 신령스러운 기운의 정체가 무엇인지 직접 확인해 볼 요량이었다.

현오가 우측에 서서 참새처럼 조잘대며 해후의 기쁨을 만끽했다. 연주가 도선의 좌측에 바투 달라붙었다. 행복한 꿈이 잠시 깨졌던 게 아쉬웠다. 그 꿈을 다시 이어 가고 싶었다.

보연화는 감히 도선과 나란히 걷지 못하고 식의 손을 잡고 뒤따랐다. 괴로웠다. 모든 사람을 제치고 도선과 단둘이서 걷고 싶었다. 식이 도선이라도 되듯 손을 으스러지도록 붙잡았다. 발목이 시큰거렸다. 조금 전에 넘어지면서 삔 곳의 통증을 이제야 느꼈다.

"큰스님, 긴히 드릴 이야기가 있사온데요……."

연주가 주위 사람들을 의식하며 말을 멈췄다.

"뭔데 그러시오? 아무런 걱정 말고 이야기해 보시오."

"조심하셔요. 아버님은 큰스님께서 승평에 비보사찰을 세웠던

게 별로 탐탁지 않은 듯 보였습니다. 그리고 승평의 박어지 성주님
께서도 큰스님이 희양 땅에 주석하시는 것을 시기하고 있습니다.”

도선은 그 이야기를 묵묵히 듣고만 있었다. 예전부터 이미 짐작
했으며 징후가 보였던 일이지만, 각 지역의 호족들이 패권을 장악
하기 위해 세 불리기에 본격적으로 나섰다는 것을 느낄 수 있었다.

호족들이 꿈틀거리고 있다는 것은 중앙 권력이 자꾸만 붕괴되어
가고 있다는 것을 의미했으며, 나아가서 국토의 분열을 예고하는
것이었다. 도선의 눈앞에 피바람이 몰아치는 광경이 선하게 떠올
랐다. 그럴 때면 가장 애꿎게 당하는 사람들이 힘없는 백성이었다.

도선은 어떤 수단을 강구해서라도 파국을 막아 보고 싶었지만
이미 불가항력이라는 것을 잘 알고 있었다. 신라의 국운이 쇠퇴하
기 시작했던 것은 어제오늘이 아니었으며, 이런 상황에서도 나라
를 바로잡아 보려는 움직임은 찾아볼 길이 없었다.

“나무관세음보살.”

도선의 마음이 초조해졌다. 하루빨리 삼암사를 완공하고, 분열
된 겨레를 하나로 통합할 수 있는 훌륭한 인물을 찾아내야만 했다.

산길을 내려오던 도선이 억불봉 뒤편에서 하얗게 피어올라 하
늘과 맞닿았던 신령스러운 기운을 떠올리며 앓는 소리를 내뱉었
다. 현오가 깜짝 놀라서 물었다.

“사형, 왜 그러십니까? 어디 몸이라도 불편하십니까?”

“아무것도 아니네.”

도선이 고개를 흔들었다. 하얗게 피어올랐던 그 기운은 하늘과
땅이 교감하면서 생겨나는 조화가 틀림없었다. 그렇다면 억불봉

뒤편 어느 곳에 새 왕조와 관련된 무엇인가가 있을 법했다. 그런 소중한 이야기를 아직 함부로 발설할 단계가 아니었다.

"큰스님, 백계산에 세우고 있는 사찰의 이름을 아직도 정하지 못하셨나요?"

연주가 방긋거리며 도선에게 물었다. 삼암사의 세 사찰이나 승평의 비보사찰 이름까지 모두 정했으면서 아직까지 도선이 주석할 사찰만은 이름이 정해지지 않아서 무척 궁금했던 참이었다.

"마침 조금 전에 정했소이다."

"아이, 궁금해요. 뭐라고 지으셨어요?"

"은사 스님께서 빈도에게 옥룡자라는 법호를 내리셨소이다. 그래서 그 사찰을 옥룡사(玉龍寺)라고 할 것이외다."

"오! 옥룡이라, 그거 정말 대단한 의미네요. 옥은 영생을 의미하며 악귀를 쫓는다고 해서 아주 진귀하게 여기는 거잖아요. 그리고 용은 더 말할 필요도 없지만, 상서롭고 신령스러운 동물이거든요. 아이, 정말 큰스님과 딱 어울리네요."

연주가 자신의 일처럼 기뻐했다.

"사형, 웬 군사들이 몰려오고 있습니다."

현오가 퉁방울눈을 굴리며 산 아래를 가리켰다. 오륙십 명에 달하는 군사들이 깃발을 휘날리며 산길을 따라 다가오고 있었다. 예사롭지 않은 일이라서 모두 당황하는 눈치였으나 도선만은 달랐다. 그는 차분한 표정으로 억불봉 쪽을 자꾸만 흘깃거리며 산을 내려갔다.

"큰스님, 군사들의 깃발을 살펴보니까 승평 고을 김총(金摠) 장

군의 사병들이 분명합니다. 그런데 그들이 웬일로 여기까지 왔을
까요?"

　연주가 깃발을 살펴보고 군사들의 정체를 파악해 냈다. 맹호 그
림이 들어 있는 깃발 아래 오색 술이 주렁주렁 매달려 있었다. 그
리고 중앙의 원 안에 김(金)이라는 글씨가 또렷이 적혀 있었다.

5. 백학동과 청학동

'지리산과 백운산은 다사강을 사이에 두고 동서로 나누어져 서로 경쟁하는 듯하면서도 부족한 지기를 보완하고 있느니라. 지리산에 청학동이 있으니 백운산에 백학동이 있다는 것은 당연한 이치니라.'

태초에 기가 가장 먼저 생겨났으며 그 기가 작용하여 만물이 형성되었다고 한다. 그리고 그 형성 과정은 음양과 오행의 법칙에 의해서 이루어졌다고 한다. 그래서 우주의 본원을 기로 보았고, 그 기는 무소부재(無所不在), 불생불멸(不生不滅), 무시무종(無始無終)의 존재로 여겼다.

무극(無極)과 태극(太極) 사이에 있는 기가 만물을 형성하려면 먼저 음과 양으로 갈라지게 된다. 그 결과 하늘과 땅, 남자와 여자, 삶과 죽음이 생겨났다. 그런데 이런 음양은 단순히 대립하는 것이 아니라 화합하고 상호 제휴하면서 만물을 형성해 나간다.

음양에서 파생된 오행(木, 火, 土, 金, 水)은 우주의 모든 삼라만상의 생멸을 결정 짓는다. 이런 오행을 색깔로 표현하면 목은 청색,

금은 백색, 화는 적색, 수는 흑색, 토는 황색이다. 그리고 청색은
동쪽·봄·간장(肝腸), 백색은 서쪽·가을·폐장(肺臟), 적색은 남
쪽·여름·심장(心臟), 흑색은 북쪽·겨울·신장(腎臟), 황색은 중
앙·비장(脾臟)을 상징한다.

아무튼 예로부터 동양 사람들은 인간을 포함한 모든 삼라만상
이 음양오행의 법칙이 따라 움직인다고 믿었다. 땅의 학문인 풍수
지리 역시 음양오행 법칙과 밀접한 관계를 갖고 있었다.

도선은 승평 고을의 호족인 김총 장군을 보자마자 내심 놀랐다.
이제 갓 약관에 접어든 나이에 강남 대군 박언지 성주와 쌍벽을
이루는 승평의 호족으로 성장했다는 점과 영웅호걸의 면모를 유
감없이 갖추고 있었기 때문이다.

박언지 성주가 너그럽고 호방한 인품을 지녔다면 김총 장군은
대쪽 같은 기질에 영웅의 풍모를 갖추고 있어서 승평 고을에 해가
두 개나 떠 있는 셈이었다. 어쩌면 그들은 두 개의 해가 아니라 하
나이면서 둘이고, 둘이면서 하나인 음양인지도 몰랐다.

백계산 불사 현장을 찾아온 김총 장군의 사병들도 주인을 닮아
예의 바르고 겸손했다. 도선은 김총의 부름에 아무런 조건 없이
응했다. 도선을 호위한 군사들이 지나갈 때마다 고을 사람들은 김
총의 사병들이 지나가는 것을 알아차리고 허리를 굽히며 진심으
로 반기는 표정이었다.

김총의 사병들이 도선을 안내한 곳은 뜻밖에도 송광산 계곡에
있는 선암사였다. 김총은 예불을 올리고 있다가 도선을 마치 스승

이나 되는 것처럼 극진하게 맞이했다.

"도선 큰스님, 먼 길을 왕림하시느라 얼마나 노고가 많았습니까. 진즉 뵙고 싶은 마음이었으나 이제야 인사를 드리게 되었사옵니다. 제가 직접 찾아가 뵈시지 못한 죄 너그럽게 용서해 주십시오."

김총은 호족의 위세를 전혀 부리지 않았다.

"인연이 있어서 만나 보게 되는 것이니 그런 소리는 거두시오."

"큰스님께서 이 비로암을 비보하여 선암사로 세웠다는 이야기를 들은 적이 있사옵니다. 저도 뭔가 해야 할 일이 있으면 말씀해 주십시오."

도선은 김총이 자신을 찾았던 의도에 대해 어느 정도 짐작하고 있었지만 이렇게 적극적으로 나올 줄 몰랐다. 이미 박언지 성주와 고을 백성들의 힘으로 비로암을 중수해서 선암사를 세웠는데 이제 와서 어떻게 할 수 없는 노릇이었다.

"장군은 선암사와 별다른 인연이 없어 보입니다."

도선이 김총의 인품을 저울질해 볼 요량으로 매정하게 잘라서 말했다.

"선암사와 인연이 없다 하셨습니까? 정말 안타깝습니다. 그렇지만 제가 할 수 있는 일이 뭔가가 있을 터인데 그것이라도 알려 주시기 바랍니다. 이 선암사가 국토를 비보한다고 들었는데, 저도 나라를 위해 뭔가 일조를 하고 싶어서 부탁드리는 것입니다."

김총이 간절하게 부탁했다. 다른 호족 같았으면 위압적으로 모든 일을 해결하려고 덤볐을 게 뻔했다. 그런데 김총은 젊은 혈기가 넘쳐흐르고 있음에도 불구하고 그것을 자제할 줄 아는 겸손의

미덕까지 갖추고 있었다.

도선은 그의 관상과 언행에서 승평 고을 백성들이 우러러볼 수밖에 없을 거라는 진단을 했다. 다만 한 가지 흠이라면 너무나 대쪽 같은 성격을 갖고 있어서 오히려 손해 볼 경우가 생길 수도 있다는 거였다. 하지만 손해를 본다고 해도 만인에게 존경받을 수 있는 관상을 지니고 있어서 무척이나 호감이 가는 인물이었다.

"비로암을 중수하여 선암사를 창건하는 일은 박언지 성주와 인연이 닿는다고 보았습니다. 그리고 박 성주의 후예는 장차 새 나라가 일어설 때 공신이 될 인연까지 갖고 있었지요. 장군께서 불사에 동참하실 의향이 있으시다니까 이런 제안을 하겠소이다. 장군께서 빈도를 도와 몇 가지 비보를 해 주시면 좋겠소이다."

"어떤 비보이옵니까? 그게 무슨 일이든 신명을 다할 것입니다."

"선암사의 법당에 철불(鐵佛) 한 기를 모시도록 하고, 경내에 연못을 한 군데 파도록 하십시오."

한 지역의 호족에게 철불 하나 올리고 연못 하나 만들라는 이야기가 어쩌면 우습게 보고 하는 소리로 들릴 수도 있었다. 그런데 김총의 표정은 진지했다.

"여부가 있겠습니까. 큰스님의 지시를 그대로 따르겠습니다. 그런데 철불을 모시고 연못을 파야 할 이유에 대해 알려 주시면 아니 되겠습니까?"

도선이 국토 비보를 위해 삼암사를 세우고 있다는 뜻을 밝히고, 철불과 연못의 비보 기능에 대해서 설명하기 시작했다.

"그 비보 철불은 지기를 눌러 산천 지세의 무게중심을 잡아 주는 역할을 할 것입니다. 비보 연못은 이곳을 감싸고 도는 양 갈래 물줄기가 만나기 직전의 수구(水口)에 자리 잡아야 합니다. 그 연못은 지기가 빠져나가지 못하고 머물게 하는 비보 기능을 갖게 될 것입니다. 연못을 만든 다음에 그 이름은 삼인당(三印塘)이라고 하십시오."

도선이 삼인당은 제행무상인(諸行無常印) 제법무아인(諸法無償印), 열반적정인(涅槃寂精印)이라는 불교의 중심 사상을 나타낸다고 알려 주었다. 그리고 연못의 위치를 잡아 주고, 어떤 형태로 만들 것인지에 대해서도 설명했다.

삼인당은 달걀 형태의 연못이어야 하며, 연못 가운데 알 모양의 섬을 만들어야 했다. 그렇게 만들어야 하는 이유는 달걀 형태가 자각각타(自覺覺他)이고, 알 모양의 섬이 자리리타(自利利他)라는 의미를 갖도록 하기 위해서였다.

"크게 깨우쳐 주셔서 감사하옵니다. 앞으로도 자주 왕림하셔서 저에게 많은 깨우침을 주시기 바랍니다."

김총이 합장했다.

"장군의 기개가 출중하고, 고을 백성들을 사랑하는 마음이 지극해서 드리는 말씀이오. 빈도의 문하에서 불도를 닦고 있는 제자가 있사온데, 필요하다면 수시로 내왕할 수 있도록 하겠소이다."

도선이 풍수지리를 깨달음의 방편으로 삼고 있는 월정을 염두에 두고 말했다. 그가 지금까지 터득했던 공부라면 김총을 얼마든지 도와줄 수 있었다.

슈펑의 박언지 성주는 도서암과 향림사를 세우고 난 뒤에 빈번하던 우환이 거짓말처럼 사라지자 도선의 비보사찰이 얼마나 대단한지 실감했다. 그뿐만 아니었다. 부인의 몸에서 한동안 태기가 없어 걱정이 많았는데, 우연의 일치인지 모르지만 비보사찰을 세운 뒤에 아기까지 들어섰던 것이다.

박언지 성주는 삼암사 중에서 수찰인 선암사를 세우게 되면 후손 중에서 공신이 나온다는 도선의 예언을 잊지 않고 있었다. 그래서 날씨가 따뜻해지면 선암사를 찾아가 예불을 올리려고 마음먹고 있었다. 그때 부인의 몸에서 태어난 아기까지 데리고 가서 부처님의 가피를 받도록 할 생각이었다.

그는 별당에서 서책을 뒤적거리다가 좀이 쑤셔서 더 이상 앉아 있지 못했다. 임신한 부인이 보고 싶었고, 뱃속에 든 아기가 혹시 탈이라도 날까 봐 걱정이었다. 장지문을 열고 밖으로 나가 사랑마당을 건너 안마당으로 들어섰다.

부인을 시중 드는 하녀들이 성주를 보자마자 킥킥거리고 웃었다. 벌써 안달이 나서 또 찾아왔느냐는 뜻의 웃음일 터였다. 불손하게 보이기도 했지만 전혀 괘의치 않았다. 사람이란 자신의 기분이 좋으면 천하가 모두 아름답고 사랑스럽게 보이는 법이었다.

"얘들아, 뭣들 하느냐. 바야흐로 봄이니라. 저 안마당에 예쁜 꽃들을 심어 환하게 만들도록 하여라."

멋쩍어서 던진 말이기는 했지만 의미가 전혀 없었던 것은 아니었다. 임신한 부인에게 아름다운 꽃을 구경시킴으로써 태교에 도움을 주고 싶었으며, 태어날 아기에게도 꽃과 같은 마음을 갖도록 해 주고 싶었다.

하녀들은 성주의 명이 떨어지자 당장 심을 꽃나무도 없으면서 부산하게 움직였다. 그럴 즈음에 안마당과 사랑 마당을 연결하는 일각대문에서 다급한 목소리가 들려왔다. 강주 비장의 목소리였다.

"성주님, 급하게 여쭐 게 있사옵니다."

"어허, 뭐가 그리 급하더란 말이냐. 잠시 기다리도록 하여라."

"그럴 여유가 없사옵니다."

강주 비장이 일각대문을 밀치고 안으로 들어왔다. 일개 비장이 안채로 향하는 일각대문을 감히 넘나들 수 없었다. 그런데 뭔가 무척 다급한 사태가 발생한 모양이었다.

성주가 안방 쪽을 아쉬운 눈빛으로 몇 번 바라보다가 사태의 심각성을 눈치 채고 강주 비장에게 다가갔다.

"성주님, 김총 장군의 수하들이 도선 큰스님을 뫼시고 선암사로 향했다고 합니다."

"뭐라고! 무슨 연유라고 하더냐?"

"자세한 것은 잘 모르겠사옵니다만, 아무래도 뭔가가……."

"당장 나들이 준비를 서둘러라."

강주 비장이 이야기하지 않아도 짚이는 것이 충분히 있었다. 김총이 도선을 자기 세력으로 끌어들여서 이 지역의 패자가 되려는 야심을 품었을 수도 있었다.

정예 기마대가 승평 읍성 밖으로 쏜살같이 빠져나갔다. 가장 선두에는 깃발을 든 기수가 달렸다. 그 깃발에 박언지 성주의 군사라는 것이 적혀 있었다. 그 다음에 강주 비장이 박언지 성주를 호위하며 달렸다. 맨 마지막에는 창칼로 무장한 오륙십 명의 용맹한 사병들이 따랐다.

박언지 성주의 기마대가 한 식경쯤 달렸을 때 다른 길에서 또 다른 기마대 행렬이 보이기 시작했다. 앞장서서 달리던 강주 비장이 이상한 분위기를 느끼고 기마대를 멈춰 세웠다.

"왜 그러느냐?"

박언지 성주가 물었다.

"정체를 알 수 없는 기마대가 이쪽을 향해 달려오고 있사옵니다."

말을 끝낸 강주 비장이 수하들에게 만약의 사태에 대비하여 전투태세를 갖추도록 지시했다. 모두 용맹하고 날렵한 일당백의 정예 요원만 가려 뽑았기 때문에 일사불란한 움직임을 보였다.

정체불명의 기마대가 점점 다가왔다. 선두에 내건 깃발이 보였다. 희양 읍성의 군사임을 알리는 깃발이었다.

"성주님, 희양 읍성의 김홍광 성주가 기마대를 직접 끌고 오는 듯하옵니다."

"김홍광 성주? 그가 왜?"

말이 끝나기도 전에 희양 읍성의 군사들이 전면에 도착해서 말을 멈췄다. 박우태 비장이 승평 읍성의 군사임을 알아보고 박언지 성주에게 예를 갖추었다.

"성주님, 오랜만이옵니다. 어디로 행차하시는 길입니까?"

김홍광이 박언지를 향해 예를 올렸다. 그의 옆에는 외동딸 연주가 마상에 앉아 있었다.

"아니, 성주가 여기까지 웬일이오?"

박언지가 대답을 회피하고 되물었다.

"송광산 선암사가 영험하다고 해서 예불 드리러 가는 길입니다."

김홍광 성주는 연주의 성화에 못 이겨 길을 나섰던 참이었다. 연주의 이야기에 따르면 김총 장군의 수하들이 도선을 자기 세력권에 가입시키기 위해 억지로 끌고 갔다는 거였다.

도선은 이미 벌써부터 신승으로 소문났고, 인근 고을에서 모두 다 탐내는 선승이었다. 그뿐만 아니라 당대 제일의 석학이라고 해도 과언이 아니라서 도선 같은 인재를 자신의 세력권에 가입시키면 이 지역을 제패하는 데 유리한 고지를 선점하는 결과를 낳을 수 있었다.

김홍광 성주는 도선의 유용 가치에 대해서 잘 알고 있었지만, 무엇보다 연주의 성화를 이길 수 없어서 곧바로 군사를 이끌고 송광산 선암사로 향했던 것이다. 그런데 우연히 승평의 박언지 성주를 만나자 속셈을 들켜 버린 것처럼 어찌할 바를 몰라 예불 드리러 간다는 핑계를 댔던 것이다.

"아, 그렇소이까. 나도 마침 송광산 선암사에 예불을 드리러 가는 길이었소이다. 여기서 만나다니 우연치고는 정말 대단한 우연이구려."

박언지 성주는 김홍광 성주가 도선 때문에 달려왔을 거라고 짐작하고 있었지만 모른 체 시침을 뗐다. 그리고 자신 역시 다른 호족에게 도선을 빼앗기고 싶지 않아서 달려가는 중이었으면서 예불을 핑계 삼았다.

승평과 희양의 군사들이 송광산 선암사를 향해 질주하기 시작했다. 백여 명이 넘는 기마대가 앞서거니 뒤서거니 하면서 무단히 게 질주하자 주변 촌락의 백성들이 무슨 전쟁이라도 벌어졌나 싶어 불안하게 여길 정도였다.

김총 장군의 호위병들이 선암사 아래에서 휴식을 취하고 있다가 백여 명이 웃도는 정체불명의 기마대가 질풍노도처럼 몰려오자 바짝 긴장했다. 비장이 나서서 만약의 사태를 위해 전투 준비 태세를 갖추었다.

도선과 한가하게 정담을 나누던 김총도 바짝 경계했다. 그러다가 박언지 성주와 김홍광 성주의 기마대라는 것을 파악하고 나서 일단 안심하는 눈치였다.

"김총 장군, 선암사에는 웬일로 왔소이까?"

박언지 성주가 김총에게 다가가서 물었다.

"성주님께서 선암사 불사를 일으켰다기에 예불을 드리러 왔습니다. 또 도선 큰스님께 가르침을 받고 싶어서 모셔 왔고요."

박언지 성주는 김총이 뭔가 거짓말로 둘러댈 것으로 생각했다가 곧이곧대로 이야기하자 말문이 막히고 말았다.

"김 장군, 희양 땅의 백계산에 주석하고 계시던 큰스님을 왜 강압적으로 모셔 간 게요."

이번에는 김홍광 성주가 나섰다. 그러자 도선이 껄껄 웃으며 대신 답했다.

"김홍광 성주님, 그간 평안하셨습니까. 중이란 뜬구름과 흐르는 물처럼 애착이 없이 가고 싶은 곳이면 어디든지 가고 떠나고 싶으면 언제든지 또 떠납니다. 성주님, 일전에 말씀드렸던 것처럼 삼암사의 수찰인 선암사가 바로 여기에 들어섰습니다. 이곳 불사는 박언지 성주님과 승평 고을의 백성들이 자발적으로 나서서 모든 일을 처리했습니다. 저기를 보십시오. 얼마나 훌륭한 사찰이옵니까. 이제 빈도는 선암사를 둘러보았으니 백계산으로 돌아갈 생각이옵니다."

도선의 이야기에 두 성주가 허탈하면서도 한편으로 안도의 표정을 지었다. 김총이 도선을 가로채려고 수작을 부리는 줄 알았는데 그게 전혀 아니었던 것이다.

"이렇게 한자리에 모이기도 힘든데, 제가 모든 분들을 뫼시고 가서 여흥 자리를 만들겠사옵니다. 사양하지 마시고 저를 따라오십시오."

김총이 어색한 분위기를 깨뜨렸다.

"김총 장군이 좋은 제안을 하셨소이다. 승평군 관할 지역의 호족들께서 한자리에 모일 수 있는 자리도 흔치 않을 것입니다. 기회를 놓치지 마시기 바랍니다. 그러면 빈도는 이만 실례하겠소이다."

도선이 말을 끝내고 선암사를 떠났다.

"쳇, 여 스님 밑에 그냥 있을 걸 그랬나 봐. 황소처럼 묶여 있으려고 여기를 찾아온 줄 아나 봐. 어허, 나를 두고 떠나면 발병 날 테니까 두고 보라지."

현오가 불사 현장을 돌아다니면서 연신 쫑알댔다. 십여 년 만에 어렵사리 다시 만난 사형이었다. 그래서 그를 따라 길을 나서고 싶었는데, 그 계획이 물거품이 되었기 때문이다.

두선이 현오를 원주(院主) 스님으로 임명했다. 그리고 자신의 부재 기간에 모든 업무를 대신 처리하도록 지시했다.

길을 따라 나서는 사람은 현성, 월정, 범진이었다. 그런데 세 제자도 현오처럼 얼굴빛이 별로 좋지 못했다. 그동안 울력에 지쳤던 터라 도선을 따라 강주에 가는 것이 기뻤을 텐데 그렇지 못한 이유가 있었다.

굴러온 돌이 박힌 돌 뽑아 낸다는 속담이나 주객전도(主客顚倒)라는 사자 성어가 있었다. 어느 날 갑자기 현오 스님이 백계산에 나타나서 옥룡사의 2인자 행세를 하기 시작했다. 그래서 못내 기분이 좋지 못했던 것이다.

그들은 도선의 법통을 이어받는 후계자가 되겠다고 경쟁하다가 현오한테 그 자리를 빼앗긴 꼴이 되고 말자 의기소침해지고 말았다. 도선은 그런 분위기를 아는지 모르는지 건너편의 억불봉만 뚫어지게 바라보고 있었다.

보연화가 먼 길 떠나는 일행을 위해 분주하게 움직였다. 비상식량으로 누룽지 말린 것과 여벌 옷을 바랑에 넣어 주었다.

그녀는 도선이 항상 옆에 있어 주었으면 하는 바람이었다. 옆에서 바라볼 수만 있어도 마냥 행복할 따름이었다. 그런데 그녀의 심사를 뒤틀리게 만드는 일이 또 발생했다. 도선이 강주로 떠나는 것을 어떻게 알았는지 연주가 길을 함께 나서겠다며 찾아왔던 것이다. 속상한 일이 아닐 수 없었다.

이래저래 길 떠나는 사람이나 남는 사람이나 분위기가 바닥으로 가라앉고 말았다. 하지만 연주만은 유독 싱글벙글이었다.

"아가씨가 따라나설 길이 아니외다. 우리는 만행(萬行)의 길을 떠납니다."

도선이 연주의 부푼 가슴에 못질하는 이야기를 꺼냈다. 꿈에 부풀어 있던 그녀의 얼굴이 한껏 일그러지고 말았다.

"지옥의 유황불 속이라도 따라갈 거예요."

"헛된 고집 피우지 마세요."

"피, 데리고 가 주시지 않으면 소녀 혼자서라도 청암 관광(聽闇 觀光)에 나설 거라고요. 이미 아버님께 허락도 받아 냈다고요."

연주가 성주의 외동딸다운 고집을 피웠다. '청암 관광'이란 어둠을 듣는다는 뜻으로서, 곧 형상이 있어 보이는 것은 물론 보이지 않는 인심이나 풍속 같은 것을 둘러본다는 뜻이었다.

도선이 끝내 허락하지 않고 산문을 나섰다. 연주가 대여섯 걸음 뒤쪽에서 강아지처럼 졸졸 따라갔다. 그런 광경을 지켜보는 보연화의 입이 아무도 모르게 삐쭉거렸다.

"저 산을 넘어 갈 것이니라."

도선이 손가락으로 억불봉을 가리킨 다음에 앞장섰다. 세 제자들의 눈이 휘둥그레졌다. 평소에도 도선의 속내를 짐작하기 어려웠고 모든 행동 또한 불가사의에 가까웠지만, 강주로 가는 편한 길을 놔두고 산봉우리를 넘는다는 것은 바보스러운 짓이었다.

"아하, 연주 아가씨를 떼어 놓을 심산인 모양이지?"

월정이 뒤따라오는 연주를 힐끗 돌아본 다음에 도반들에게 나지막하게 속삭이면서 키득거렸다.

"그게 아닐세. 스승님은 그런 잔꾀를 쓰는 분이 절대 아니잖아."

현성이 나무랐다. 그의 말이 옳았다. 도선은 억불봉을 오르면서 산세를 유심히 감결하고 뭔가 깊은 생각에 잠기곤 했다. 그냥 평범한 산행이 아니라 백운산 일대의 답산이 분명했다. 그런데 삼암사 중의 하나인 용암사를 세우기 위해 강주로 가야 하는 바쁘고도 소중한 목적이 있으면서 왜 이런 군더더기 행동을 하고 있는지 이해하기 힘들었다.

지천으로 널린 억새밭을 헤치고 억불봉 정상에 올랐다. 그곳은 하늘과 땅과 사람이 하나 되는 공간이기도 했다. 발아래에 희양 앞바다와 남해가 잔잔하게 펼쳐져 있었다. 북서쪽의 지호지간에 백운산 정상인 송낙봉이 자리했고, 마루금을 따라 끝없이 올라가면 백두대간에 닿을 수 있었다. 그러니까 백두대간의 지룡으로 뻗어 내렸던 호남 정맥이 남해를 앞에 두고 백운산으로 우뚝 멈춰서서 다사강을 사이에 두고 백두대간의 끄트머리인 지리산과 재회의 기쁨을 눈빛으로 나누고 있었다.

도선의 제자들이 너럭바위 위에서 환호성을 질렀다. 제아무리 수도승일지라도 억불봉 정상에서 느끼는 자연의 경이함을 억누르기는 힘들었다. 손에 잡힐 듯 가까운 푸른 하늘과 대조적으로 천 길 벼랑 아래에 펼쳐진 사바세계의 경관이 몸과 마음을 송두리째 앗아 갔다.

도선을 향한 일편단심으로 산길을 올랐던 연주가 벼랑 아래에 웅크리고 있는 계곡을 보고 그만 넋이 빠지고 말았다. 희양 땅에서 나고 자랐지만 처음 보는 절경이었다. 발아래 계곡에 천연의 조화로운 경관이 은밀히 감춰져 있었다.

깊은 계곡을 따라 명주 천을 늘어놓은 것 같은 물줄기가 흘러내리고, 골짜기마다 울울창창한 원시림과 기암괴석이 들어서 있었다. 폭포수 줄기가 하얀빛이 되어 하늘로 빨려 올라가는 듯한 착각을 일으키게 만들었고, 선경임을 입증하듯 백학들이 여유로운 날갯짓으로 청산 위에 떠 있었다.

"큰스님, 우리 희양의 백운산에 이런 신비의 계곡이 있다는 것이 놀라워요."

연주는 계곡의 비경에 넋을 빼앗겨 도선의 존재를 잠시 잊었다가 너럭바위 위에 앉아 참선 자세를 취하고 있는 그에게 다가가서 말을 걸었다.

도선은 아무런 말 없이 깊은 생각에 빠져 있었다. 억불봉 뒤편에서 하늘로 뻗쳤던 하얀 기운의 신비한 정체를 밝혀 보려고 했지만 쉽지 않았다.

'내가 헛것을 보았단 말인가? 아니다. 그럴 리가 없다. 하늘과 땅이 교감하던 그 하얀 빛은 분명코 헛것이 아니었다. 하늘과 땅의 교감, 하늘과 땅의 교감……'

도선의 머릿속에 '하늘과 땅의 교감'이라는 단어가 끝없이 반복되고 있었다. 하늘과 땅의 교감이란 곧 음양의 교감을 뜻했으며, 그런 조화는 예사롭지 않은 일이었다.

태초에 우주의 본원인 기가 음양으로 나누어지면서 하늘[陽]과 땅[陰]이 되었지만, 본래는 하나였다. 그런데 나누어졌던 음양이 교감했다는 것은 화합과 완성을 의미하고 있었다. 그런 기운이 감도는 곳은 필시 제왕의 터가 분명한데, 왜 이 계곡이 그러한지 쉽게 알아낼 수 없었던 것이다.

제자들과 연주는 도선이 돌부처처럼 꼼짝도 하지 않고 앉아 있자 기다리다 지쳐서 너럭바위 위에 털썩 주저앉았다.

"이런 식으로 산을 넘어 강주까지 가려면 잠시라도 해찰해선 아니 되네. 그런데 스승님께서 떠날 생각을 아예 하지 않고 있으니 미치겠어. 하, 어느 세월에 강주까지 가느냔 말이야."

월정이 투덜댔다. 그럴 만도 했다. 아침 일찍 길을 떠났으나 억불봉 정상에 도달하자 중화(中火, 길을 가다가 먹는 점심)참이 되어 버렸다. 산을 내려가서 인가를 찾아 하룻밤 신세를 지려면 길을 부지런히 재촉해도 부족한 감이 있었다. 게다가 꽃피는 춘삼월이라고 하지만 억불봉 정상으로 몰아치는 찬바람이 인내를 시험하기라도 하듯 뼈를 깎았다.

"월정, 아직도 조급한 성미를 못 버렸군. 스승님은 항상 깊은 뜻을 갖고 행동하시지 않던가. 잠자코 지켜보세."

현성이 곁눈질을 했다.

"우리의 목적지가 강주인데, 여기서 눌러앉아 버리면 어쩌겠다는 거야. 어허, 스승님께서 도술이라도 부려 강주 땅을 여기로 끌어 오려는 것은 아닐까?"

월정의 말에는 꼼짝하지 않고 있는 스승이 불만스럽다는 뜻이 내포되어 있었다.

"허참, 깊은 뜻을 모르면 잠자코 있으라니까 그러네."

"아참, 그건 그거고 말일세, 현오 스님이 스승님의 법통을 잇는 후계자가 되면 우린 뭐가 되나. 우리가 닭 쫓던 강아지 꼬락서니로 변하고 말았으니, 이거 원.”

“나도 그건 불만일세. 우리 중에서 후계자가 나올 줄 알았는데 스승님의 사제가 나타나서 주름잡고 있으니 김이 왕창 빠졌지 뭔가.”

두 사람의 대화에 범진이 끼어들었다.

“여보게들, 그냥 모른 체하고 있으면 아니 되네. 마침 강주로 가는 길에 현오 스님도 없고 하니까 스승님께 단단히 따져 보세.”

“암, 그래야지.”

세 사람이 의기투합한 채 도선을 돌아보았다. 그런데 도선은 엉덩이가 너럭바위에 붙어 버린 것처럼 아예 꼼짝도 하지 않았다. 어느 누구도 도선에게 말을 걸 수 있는 분위기가 아니었다.

땅거미가 내리기 시작했다. 선경을 자랑했던 계곡도 어둠에 묻혔다. 오로지 억불봉 정상에만 희뿌연 잔광이 남아 있었다. 도선을 물들였던 노을빛이 짙은 자주색으로 변하더니 급기야 먹빛이 되고 말았다. 억불봉 정상이 온통 먹빛으로 물들었으나 그때까지도 도선은 꼼짝하지 않았다.

제자들과 연주가 하룻밤 야숙할 암혈을 찾아보았다. 마땅한 데가 없었다. 할 수 없는 일이었다. 정상에서 조금 떨어진 바위 아래에서 웅크려 찬바람을 피할 수밖에 없었다. 하지만 밤을 지새우는 동안에 산꼬대(밤중에 산 위에 바람이 불어 몹시 추워지는 현상)로 이루 말할 수 없는 고통을 겪어야만 했다.

인고의 하룻밤이 지나고 새벽이 찾아왔다. 제자들과 연주는 너럭바위에 앉아서 참선하던 도선이 걱정되어 달려갔다. 도선은 끄덕도 하지 않은 채 자리를 지키고 있었다. 동녘의 지리산에서 뻗친 햇귀가 베틀의 모시 가닥처럼 보였다. 그 빛살이 억불봉과 도선의 몸에 감기고 있었다.

"큰스님……."

연주가 울상을 지으며 도선을 부르다가 멈췄다. 눈사람이 되어 버린 것처럼 도선의 장삼에 얼음 찌꺼기가 달라붙어 있었다. 하지만 도선의 얼굴은 평화롭기 그지없었다. 마치 억불봉 너럭바위의 한 부분인 양 의연하게 앉아서 춘삼월의 차가운 밤을 이겨 냈던 것이다. 제자들이 도선의 모습에 탄복하며 무릎을 꿇었다.

여태 꿈쩍도 하지 않았던 도선이 품속에서 나경패철을 꺼내더니 방위를 살폈다. 지리산은 동쪽이고 백운산은 서쪽에 자리 잡고 있었다. 그가 고개를 끄덕거리며 다사강 건너편의 지리산을 바라보더니 제자들에게 입을 열었다.

"너희들은 지리산 청학동을 아느냐?"

"신선이 청학을 타고 노닌다는 신비의 무릉도원 말씀이십니까? 혹시 스승님께서는 그곳에 가 보신 적이 있사옵니까?"

월정이 바투 다가와서 눈을 끔벅거렸다. 스승이 하룻밤을 참선으로 보내고 나서 뜬금없이 청학동 운운하자 도대체 무슨 이야기를 하려는 것인지 궁금했다.

"가 보았다고 할 수도 있고 아니 가 보았다고도 할 수 있느니라."

"그게 무슨 말씀이신지요?"

"내가 지리산 구령의 암자에서 참선 수도를 했을 때 청학동 소문을 듣고 찾아갔던 적이 있느니라."

“그래서 찾았다는 것입니까, 못 찾았다는 것입니까?”

“안타깝게도 찾지 못했느니라.”

“에이, 그러면 청학동에 못 가 보았다는 이야기시군요.”

“나는 이렇게 생각한다. 청학동은 도교의 신비주의적 색채가 짙은 이상향의 땅이다. 그러니까 우리가 마음속으로 그리는 고향이라는 뜻이지. 그래서 사람들의 마음에 따라 가 볼 수도 있고 못 가 볼 수도 있느니라.”

도선의 설명에 현성이 끼어들었다.

“그래서 스승님께서 가 보았다고 할 수도 있고 아니 가 보았다고도 할 수 있다고 말씀하셨군요. 그런데 스승님 말씀대로라면 청학동은 단지 우리의 마음속에 있을 뿐 실제로 없기 때문에 사실 있으나마나 하다는 뜻이 아니겠습니까?”

“허허, 그게 아니다. 청학동은 세상을 기다리는 보배이며, 동방의 으뜸이니라.”

“그렇다면 이번 나들이 길에서 청학동을 찾아보는 게 어떨까요? 제자도 무릉도원이 어떤 곳인지 구경하고 싶습니다요.”

“어허, 청학동이란 우리의 마음속에 있다고 했지 않더냐. 그곳을 찾아가려면 열심히 참선하여 진정한 나 자신을 찾도록 하여라.”

“진정한 참선 삼매에 이르려고 부단히 노력했습니다만 쉽지 아니했사옵니다. 어떻게 해야 옳은지요?”

“일념을 놓치지 아니하고 바르게 살펴보아야 한다. 그건 곧 깨어나 있어야 한다는 것이야. 깨어 있지 아니하고 집중한다는 것은 단순한 몰입일 뿐이지 참선 삼매가 아니니라.”

도선이 자리에서 일어나 억불봉 아래로 내려가기 시작했다. 월정이 강아지처럼 쪼르르 달라붙으며 물었다.

"스승님, 이젠 강주로 곧장 가실 것이옵니까?"

"그게 아니다. 청학동에 비견되는 백학동으로 갈 것이니라."

"옛! 백학동이라굽쇼? 제자는 그런 곳이 있다는 이야기를 들었던 적이 한 번도 없사옵니다. 도대체 청학동과 어깨를 나란히 하는 백학동이 어디에 있단 말입니까? 그곳도 마음속에 있는 것이옵니까?"

"마음속이 아니라 바로 우리 발밑에 그 소중한 백학동이 있느니라."

도선의 말 한 마디에 제자들은 물론이고 연주까지 깜짝 놀랐다. 무릉도원이나 다를 바가 없고, 청학동과 어깨를 나란히 한다는 백학동이 발밑에 있다니까 잘 믿어지지 않았다.

일행들이 가파른 산자락을 타고 내려갔다. 억불봉 정상에서 내려다보았던 선경이나 다를 바 없는 계곡으로 파묻히기 시작했다.

"큰스님, 이곳은 생쇠골로 가는 길 같사옵니다. 생쇠골에는 철을 제련하고 정련하는 웅음소라는 촌락이 있사온데, 그곳에서 생산되는 쇠와 무기는 천하제일이옵니다."

연주가 말했다. 평소에 말이 없던 범진이 최고의 무기라는 말에 귀가 번쩍 띄어 입을 열었다.

"그렇게 유명하외까?"

"이 환도가 웅음소에서 만든 건데 나라 안에서 최고를 자랑하는 보검이죠."

연주가 보검을 내밀며 뽐냈다.

"아가씨, 생쇠골의 기운이 저 섬으로 뻗어 가서 먼 훗날에 쇠로 더욱 유명해질 것이외다. 그래서 저 섬을 '쇠섬'이라고 부르는 게 좋을 것이오."

도선은 보검 따위에 아무런 관심이 없었고, 희양 땅의 풍수지리를 열심히 살펴보며 산을 내려가는 중이었다.

"저 무인도가 쇠섬이라고요?"

연주가 희양 앞바다 가까운 곳에 떠 있는 섬을 가리키며 되물었다.

"그렇소이다. 지금은 무인도지만 먼 훗날에는 수많은 사람들이 몰려들어 쇠를 다루게 될 것이외다."

"그게 정말이어요? 큰스님의 혜안은 정말 놀라워요."

도선은 더 이상 입을 열지 않고 억불봉 위로 치솟았던 하얀 기운을 떠올렸다. 그 신비로운 기운이 이 계곡에서 솟구쳤던 게 틀림없었다. 그리고 밤새 생각에 잠기면서 동쪽의 지리산에 청학동이 있으니까 서쪽에 해당되는 이 계곡이야말로 백학동이라는 확신을 갖기에 이르렀다. 이젠 그것을 확인만 하면 되었다.

한참이나 산비탈을 내려오다가 뒤돌아서서 억불봉을 바라보았다. 추측했던 것이 틀림없었다. 백학이 창공을 날다가 날개를 살포시 접으며 앉으려는 형국이었다. 도선이 땅에 엎드려 큰절을 했다. 제자들과 연주가 영문을 몰라 멀뚱멀뚱 바라보기만 했다.

"어서 절을 올리도록 하여라. 여기가 바로 백학동이니라."

"여기가 백학동이라는 근거는 무엇이옵니까?"

월정이 물었다.

"지리산과 백운산은 다사강을 사이에 두고 동서로 나누어져 서로 경쟁하는 듯하면서도 부족한 지기를 보완하고 있느니라. 그리고 음이 있으면 필히 양이 있고, 청이 있으면 필히 백이 있는 법이다. 진방(辰方, 동쪽)의 지리산에 청학동이 있으니까 태방(兌方, 서쪽)의 백운산에 백학동이 있다는 것은 당연한 이치니라."

"그렇다면 제자들이 절을 올려야 하는 이유는 또 무엇이옵니까?"

"백학동에서 하늘과 땅이 교감하는 신비한 기운이 뻗쳤느니라. 그건 여기가 제왕의 인연을 머금고 있는 땅이기 때문이다."

도선의 말이 끝나자 제자들과 연주가 땅바닥에 덥석 엎드려 절을 올렸다. 제왕의 인연을 머금고 있는 땅에 서 있다는 것만 해도 감격을 억누르기 힘들 지경이었다.

백학이 그들의 머리 위로 날아갔다. 세속에 초연한 고상한 자태였다. 백학은 지상과 천상을 소통해 주는 사자(使者)였다. 백학이 너울너울 날갯짓할 때마다 흰 빛살 한 가닥이 하늘로 솟구치고, 또 다른 가닥은 계곡으로 내려앉았다.

다사강 나루터에서 강을 건너 남해군 땅을 밟았다. 무주 관할 지역에서 강주 관할 지역으로 훌쩍 뛰어넘은 셈이었다. 그리고 신라 왕궁이 있는 금성(경주)도 점점 가까워지고 있었다.

다사강을 건너자마자 제자들이 도선에게 다가가서 물었다.

"스승님, 현오 스님에게 법통을 잇도록 할 것인지요?"

도선이 제자들의 마음을 모두 읽고 껄껄 웃었다.

“그만한 법기가 아니니라.”

“그렇다면 장차 누가 법통을 잇게 될 것인지요?”

“나는 그를 기다리고 있느니라.”

도선이 애매모호한 말을 했다. 제자들은 스승의 깊은 뜻이 무엇인지 감히 짐작조차 하지 못했다.

백두대간의 끄트머리인 지리산에서 낙남 정맥이 동남쪽으로 뻗어 내리다가, 남해 연안에서 금오산(金鰲山)이 외연히 솟아올랐다. 도선 일행이 그 산자락을 타고 오를 때 고갯마루 너머에서 검은 연기가 솟구치고 있었다. 고갯마루 건너편이라면 사수(사천)현이었다.

그 연기를 가장 먼저 발견한 사람은 도선 일행을 호위할 겸 앞장서서 걷던 범진이었다. 혹시 산불이라도 일어난 것은 아닌지 염려되어 고갯마루를 향해 달려갔다. 무예로 단련된 몸이라서 움직임이 야생동물처럼 날렵했다.

고갯마루까지 달려갔다가 뛰어 내려오는 범진의 표정이 매우 심각했다. 달려오는 모습도 허둥대고 있었다. 도선 일행이 바짝 긴장했다.

“스승님, 난리가 벌어졌습니다요. 촌락이 활활 불타고 있습니다.”

“도대체 무슨 일이더냐?”

“아마 도적이나 왜구의 무리가 촌락을 습격하여 약탈하는 것 같사옵니다. 너무나 흉흉하니까 잠시 머물렀다가 사수현으로 들어가는 것이 어떻겠사옵니까?”

“중생을 구제해야 할 우리가 도적 떼를 무서워해서 피하다니 말이나 되느냐. 그들을 교화시키지 못한다고 해도 살생만은 멈추도록 만들어야 하느니라."

도선이 범진을 밀치며 앞장섰다. 산길을 타는 그의 걸음걸이가 평범한 듯했지만 사실은 보통 사람이 달리는 것처럼 빨랐다. 예전에 지리산 화엄사의 덕장암과 구층암으로 가는 산길을 매일 밤 오르락내리락했고, 전국 방방곡곡의 명산대천을 바람처럼 떠돌아다녔던 솜씨가 그대로 남아 있었기 때문이다.

도선이 고갯마루에 올랐다. 불타는 냄새가 바람에 실려 훅 끼쳐왔다. 발아래 산골짜기에 있는 촌락들이 불타고 있었다. 병장기 부딪치는 소리도 어지럽게 들려왔다. 도적이나 왜구가 촌락을 습격하여 약탈하고 있는 게 틀림없었다.

"범진아, 살생을 막도록 하여라."

도선이 뒤따라오고 있던 범진을 향해 큰 소리로 외친 후에 고갯마루 아래로 몸을 날렸다. 범진과 연주가 그의 뒤를 따라 몸을 날렸다.

분탕질을 당하고 있는 촌락은 무간지옥(無間地獄, 8대 지옥 중에 가장 아래에 있는 지옥으로 고통이 잠시도 쉴 틈이 없다는 곳)처럼 아비규환이었다. 바짝 마른 초가가 불타오르면서 타닥, 타닥 하는 고통스러운 비명을 질러 댔다. 가축들이 어찌할 바를 모르고 우왕좌왕하다가 고통스러운 울음소리를 질러 댔다.

창칼에 희생당한 백성들이 피를 뿌린 채 고샅길에 널브러져 있었다. 이제 갓 걸음마나 시작했음직한 아이들이 죽은 부모를 붙들고 울음을 터뜨리다가 경기(驚氣)를 일으키며 부들부들 떨었다.

촌락을 습격한 무리들은 빨간 바지를 입고 있어서 '적고적(赤袴賊)'이라고 부르는 자들이었다. 백여 명의 도적들이 촌락의 식량을 약탈하면서 저항하는 백성들을 무참히 도륙하고 있었다. 사수현을 지키는 병사들이 대항했으나 적고적의 흉악한 기세와 숫자에 속수무책인 듯싶었다.

도선이 주장자로 땅을 치면서 적고적에게 호통 쳤다. 주장자에 매달린 고리에서 맑은 쇳소리가 울렸다.

"나의 굶주린 배를 채우기 위해 다른 중생을 살생하는 것은 크나큰 죄악이니라. 더 이상 악한 업보를 짊어지기 전에 당장 창칼을 거두지 못하겠느냐!"

이미 피 맛을 본 그들이라서 도선의 목소리가 귀에 들어올 턱이 없었다. 오히려 말을 탄 적고적이 환도를 휘두르며 도선에게 덤벼들었다. 눈 씻고 찾아봐도 피 묻은 환도에 자비는 있을 턱이 없었다.

"웬 놈이 시끄럽게 떠드느냐. 어서 목숨이나 내놓아라!"

"어허, 그 칼을 녹여 농사짓는 연장으로 만들지 못할꼬."

도선이 몸을 피하면서 주장자 끝으로 적고적의 팔꿈치 옆에 있는 곡지혈(曲池穴)을 가격했다. 침을 놓듯 정확하게 찔렀다. 적고적의 팔이 마비되면서 그만 환도를 놓치고 말았다. 당황한 그가 말을 돌려 쏜살같이 도망쳤다.

곧이어 칠팔 명의 적고적이 몰려왔다. 도선이 물레방아처럼 빙글빙글 돌며 주장자를 휘둘렀다. 워낙 재빨라서 주장자의 형체가 보이지 않을 정도였으나 자세히 보면 연이어 찌르고 베고 치는 동작들이 물 흐르듯 자연스러웠다.

기세 좋게 덤벼들었던 적고적들이 외마디 비명을 내지르며 땅바닥으로 뒹굴었다. 모두 급소를 가격 당해 신체의 일부가 마비되어 버렸다. 그들이 추풍낙엽처럼 쓰러지자 적고적의 우두머리가 수십 명의 무리를 이끌고 달려왔다. 마치 성난 파도가 덮쳐 오는 듯했다.

"떠돌이 중인 모양인데, 왜 나서서 목숨을 재촉하느냐. 더 이상 살기가 싫더란 말이냐."

"당장 살생을 멈추고 자비를 베풀어라. 나와 남이 다르지 아니하고, 나와 남이 둘이 아닌데 어떻게 살생할 수 있단 말인가."

"웬 참견이냐. 굶어 죽는 것은 싫다. 우선 내가 살아야 이 세상도 있는 것 아니겠느냐. 얘들아, 어서 저 떠돌이 중의 입을 닥치도록 하여라."

수십 명의 적고적이 한꺼번에 몰려들어 도선을 에워쌌다. 그들의 손에 들린 창칼이 숲을 이루었다.

도선이 새털처럼 허공으로 떠올라 적고적의 공세를 피했다. 뒤미처 도착한 범진과 연주가 싸움판에 끼어들었다. 범진의 손에는 향피리가, 연주의 손에는 환도가 들려 있었다.

도선의 주장자가 바람을 가를 때마다 적고적들이 비명을 내지르며 뒷걸음질쳤다. 범진의 향피리에서 기이한 바람 소리가 울릴 때마다 적고적들이 썩은 고목처럼 픽픽 쓰러졌다. 연주의 환도에 피를 흘리며 쓰러지는 자가 속출했다.

적고적 우두머리의 얼굴이 당황한 빛으로 물들었다. 그가 뿔고동을 불었다. 또다시 수십 명의 적고적이 몰려와서 싸움판에 가세했다.

범진이 향피리로 맞설 수 없어 바닥에 나뒹구는 환도를 집어 들었다. 목숨을 지키기 위해서 어쩔 수 없이 상대를 벨 수밖에 없는 상황이었다. 하지만 되도록이면 살생을 금하기 위해 환도를 함부로 휘두르지 않을 생각이었다.

범진의 이마에 구슬 같은 땀방울이 매달렸다. 살법(殺法)을 통해 활법(活法)에 이르기 위해 끝없이 연마했지만 아직 그 경지에 이르지 못했다. 하단전에 기를 모으고 호흡을 가다듬었다. 살생을 함부로 하지 않아야 한다는 마음 때문에 손에 들린 환도가 부들부들 떨렸다.

적고적의 창끝이 범진의 목을 비켜 갔다. 자칫했으면 목숨을 잃었을 판이었다. 정신을 곧추 세우며 발길질로 상대의 낭심을 걷어찼다. 상대가 김빠지는 소리를 내며 풀썩 쓰러졌다. 이번에는 세 명의 적고적이 동시에 덤벼들었다. 두 자루의 창과 한 자루의 환도였다.

"으랏차!"

사자후를 터뜨려 기선을 제압하고, 짓쳐 들어오는 두 자루의 창을 걷어 냈다. 하지만 환도가 혼을 부르며 가슴팍으로 달려들었다.

"헉!"

범진의 입에서 신음 소리가 튀어나왔다. 이대로 숨을 멈춰야 할 절체절명의 위기였다. 도적의 손에 허무하게 죽을 순 없었다. 허리를 활처럼 휘며 공세를 피했다. 그런데 상대도 만만치 않았다. 숨 쉴 틈도 주지 않고 두 번째 공세가 펼쳐졌다. 죽음이 눈앞이었다.

“어림없다!”

범진이 몸을 비틀면서 환도를 번개처럼 휘둘렀다. 한 줄기 붉은 피가 치솟았다. 그 피가 범진의 얼굴과 장삼에 튀었다. 적고적의 눈이 초점을 잃은 채 기울어지고 있었다. 환도를 잡은 범진의 팔이 땅으로 힘없이 처졌다. 피칠갑으로 변한 환도에서 핏방울이 뚝뚝 떨어지고 있었다. 기이한 일이었다. 떨어지는 핏방울 소리에 맞춰 귓전에서 목탁 소리가 울리고 있었다.

“네 이놈, 내 동무의 원수를 갚아 주마!”

말을 탄 적고적이 고함을 지르며 달려왔다. 범진이 환도를 다시 치켜들 용기가 나지 않아 멍하니 서 있을 뿐이었다. 바람을 가르는 환도 소리가 들려왔다. 그냥 눈을 감았다.

“챙그렁!”

범진은 쇠가 부딪치는 소리를 듣고 눈을 번쩍 떴다. 연주가 다가와서 상대의 환도를 맞받아쳐 위기를 모면해 주었다.

“뭐하세요. 싸워야 해요!”

연주가 범진의 등을 맞댄 채 소리쳤다. 그리고 다가오는 적고적을 향해 환도를 휘두르기 시작했다. 핏빛 도광이 후릿그물처럼 깔렸다.

“모두 물러가자!”

느닷없는 외침과 함께 뿔고동 나팔 소리가 울려 퍼졌다. 적고적들이 일시에 도망치기 시작했다.

강주성 쪽에서 엄청난 군사들이 몰려오고 있었다. 강주성의 군사들이 적고적을 물리치기 위해 달려오는 중이었다. 범진이 땅바닥에 털썩 주저앉았다.

"아미타불."

도선의 염불 소리가 귓전에 매달렸다. 비참하게 목숨을 잃은 백성들이 극락정토로 왕생하기를 서원하는 염불이었다.

6. 난세의 영웅들

'머잖아 군웅할거 시대가 도래, 분열 양상을 띠게 될 것입니다. 그래서 왕도보다 나라 전역에 비보사찰을 세워야 한다는 것입니다.' 이는 곧 호족 세력이 주체가 되는 국토 균형 개발을 의미하고 있었다.

태초부터 바다는 장엄한 은빛 물결을 출렁이며 그 자리에 있었다. 육지의 수많은 물줄기가 바다로 쉼 없이 흘러들었다. 바다가 그들을 불렀던 것이 아니라 물줄기가 낮은 곳으로 임했기 때문이다. 그런데 물이 흐르고 또 흘러와도 바다는 한 번도 넘치지 않고 고이기만을 거듭했다.

인간은 바다의 한없는 포용력 앞에서 감탄을 자아내기보다 원초적인 공포감을 느낄 수밖에 없었다. 특히 바다가 성낼 때면 태초의 무질서와 혼돈의 세계를 보는 듯했다. 그 어느 누구도 성난 바다를 잠재울 수 없었다.

바다는 서로 어우러지는 법을 잘 알고 있었다. 수많은 물줄기가 모여 하나의 소금물로 변하고, 그 품 안에 크고 작은 물고기와 해

초들이 어우러져 살아가는 터전을 만들어 주었다. 바다는 생명의 시원(始原)이기도 하지만 생의 마지막 넋이 춤추기도 하고 환생을 준비하는 넋이 출렁대기도 하는 곳이다.

꽃피는 춘삼월이 되었지만 바다에는 육지처럼 꽃이 피지 않는다. 하지만 바다에 꽃이 없는 것은 아니다. 석양을 받은 수평선에 까치놀 희번덕거리고, 바람 세차게 불어 물보라 하얗게 부서지면서 메밀꽃 인다.

능창이 압해 선창에서 바다를 우두커니 바라보고 있었다. 고기잡이를 나선 배들이 갈초도 쪽으로 향하고 있었다. 어선들의 뒤꽁무니에서 부채꼴 형태의 물결이 점점 퍼지더니 마침내 흔적도 없이 사라졌다.

그가 수평선 쪽으로 눈길을 돌렸다. 구릿빛 얼굴에서 햇빛이 부서지고 있었다. 바다를 장악하는 자가 천하를 호령하는 시대가 올 터였다. 그 꿈을 기필코 실현해야 한다는 각오를 새롭게 다지자 몸속에서 피가 끓었다.

"장군님, 언제 떠날 예정입니까?"

능창의 비장이면서 책사(策士)인 맹규가 다가와서 물었다. 예전에 그는 능창의 아버지인 압해 장군을 줄곧 모셨던 최고의 참모였다.

"오 장자께서 도착하면 곧바로 알리라 하시오."

오 장자는 금성(나주)의 호족인 오부순을 말했다. 그는 당나라에서 상인으로 활동하다가 수많은 재물을 모은 뒤에 금성 지역에 터를 잡은 인물이었다.

"이제 오 장자께서도 뒷전으로 물러설 때가 되었습니다. 허참, 그런데도 아직까지 버티시는 것을 보면 대단한 것인지 우매한 것인지 판단하기 어렵습니다. 하지만 그건 잘된 일이라고 여겨집니다. 우리 압해 세력이 서남 해안을 완전히 장악하기에 훨씬 유리하니까 말입니다."

청해진 대사 장보고가 암살당하고, 수년 후에 청해진마저 혁파되자 해상 무역의 맹주가 사라지고 말았다. 그래서 고만고만한 해상 세력들이 서로 우위를 차지하기 위해 아등바등하는 상황이었다.

압해 장군 역시 해상 무역의 맹주 자리를 차지하려고 노력하다가 늙고 병들기 시작하자 아들, 능창에게 모든 권한을 물려주었다. 그날 이후로 능창은 젊은 패기를 앞세워 인근 갈초도의 세력까지 통합하고, 해상 무역의 규모도 더욱 확장시키는 등 혁혁한 성과를 내고 있었다. 하지만 오부순은 뒷전으로 물러설 기미가 없었다.

"오 장자의 아들 다련이가 아직 어리지만 보통 그릇은 아닌 듯싶었소. 그의 아버지를 닮아 이재에 능하고 머리 회전도 빨라 보였거든요."

"이재에만 능해서 무엇 하겠습니까. 그건 장사꾼에 지나지 않습니다. 맹주가 되려면 이 넓은 바다를 품에 안을 그릇이 되어야 합니다."

맹규가 바다를 향해 두 팔을 벌렸다.

"강주 장군 윤웅과 송악의 왕융은 어떻다고 생각하시오?"

"윤웅 역시 늙고 패기가 부족해 맹주 자리를 넘볼 수 있는 인물이 못 됩니다. 그의 아들 일강은 나약한 문사의 냄새를 물씬 풍기고 있어서 부친의 대를 잇기 힘들 듯해 보였습니다. 그런데 왕융은 좀 다릅니다."

"어떻게 다르다는 이야깁니까?"

"청해진 대사께서 원통하게 눈을 감은 이후에 내실을 가장 많이 다진 자가 왕융입니다. 그의 부친 작제건이 더 활동할 수 있었음에도 불구하고 왕융을 앞세웠던 이유가 무엇이겠습니까? 무주공산이 되어 버린 맹주 자리를 젊은 패기로 선점하라는 뜻이었습니다."

송악의 호족 작제건은 아들 넷을 두었는데, 장남을 용건이라고 불렀다가 후에 왕융이라고 고쳤다. 작제건은 용모가 뛰어나고 인품도 출중한 왕융을 일찍이 앞세워 해상 무역을 더욱 확대해서 막대한 재화를 모으고 있었다.

"앞으로 내가 해야 할 일이 무엇이오?"

"이번에 강주로 가시게 되면 강주 장군 윤웅의 세력을 휘하로 끌어들여야 합니다. 만약에 그렇지 못하면 다른 자가 그 지역을 차지하고 말 것입니다. 그리고 기반을 더욱 공고히 하기 위해 선불교와 풍수지리학을 활용해야 합니다."

"바다 사람들에게도 풍수지리가 필요하단 말이오? 우린 배무이(배를 만드는 일)나 항해술이 더 중요한 게 아니오?"

"우리는 바다를 터전으로 하면서 뭍에까지 진출해야 합니다. 땅은 만물을 길러 내고 잉태하는 어머니입니다. 그러니까 풍수지리를 통해서 땅의 기운과 하늘의 기운이 조화를 이루어 왕성한 생명력을 갖춘 터를 잡게 되면 무한한 복락을 누리는 것은 물론이고 대업의 기운을 손쉽게 다스릴 수 있을 것입니다."

"무슨 말인지 잘 알았습니다."

말을 끝낸 능창이 수평선을 바라보았다. 그 수평선은 가도 가도 수평선이었다. 그처럼 바다의 크기를 감히 헤아릴 수 없듯이 사내대장부도 천하를 아우를 만한 웅대한 포부를 갖는 게 중요했다.

선창 쪽에서 뿔고동 나팔 소리가 들려왔다. 오부선의 선단이 나타났다는 신호였다. 능창이 배에 올라타고 힘차게 소리쳤다.

"출항하라!"

명령이 떨어지자마자 닻이 오르고 배가 출발하기 시작했다. 때마침 왕궁이 있는 금성(경주)으로 가야 할 장삿배 다섯 척이 뒤따랐다.

오부순 역시 강주로 가는 길에 몇 척의 장삿배를 데리고 가는 중이었다. 능창과 맹규가 오부순의 배에 올라 그에게 예를 올렸다.

"오 장자님, 그간 평안하셨사옵니까."

"날이 갈수록 능창 장군의 기개가 드높아지오. 머지않아 청해진 대사를 능가하는 자리에 오를 수 있겠구려."

오부순이 흰 수염을 쓰다듬으며 덕담을 건넸다.

"아직 어려서 모든 것이 부족하옵니다. 오 장자님께서 많은 지도 편달을 해 주시기 바랍니다."

"이제 나도 뒷전으로 물러설 때가 가까워진 것 같으오. 거친 바다를 누비고 다니기에 너무 늙었거든요."

오부순은 능창의 기개가 부러웠다. 능창이야말로 바다에서는 둘째가라면 서러워하는 용맹한 사나이였다. 오죽했으면 그의 별명이 수달이었을까.

선단이 해안을 따라 진도를 비켜 지나자 달마산과 대둔산의 위용이 드러났다. 조금만 더 가면 청해였다. 능창이 오부순에게 청해진에서 잠시 정박해 장보고의 넋을 기리자고 제안했다. 오부순도 능창의 제안에 찬동했다.

선단이 가리포를 지나 청해진 본영이 있던 장도에 정박했다. 한때 찬란한 영화를 자랑했던 장도는 개미 새끼 한 마리 없는 황량한 폐허로 변해 있었다. 난공불락의 성곽을 이루었던 섬 둘레의 목책에 이끼가 덕지덕지 끼고 따개비가 다닥다닥 달라붙었으며, 견고했던 토성 곳곳이 허물어져 옛 위용이 자취를 감추고 말았다.

능창과 오부순이 장도에 내렸다. 바다를 감시하던 망루가 비바람에 시달려 너덜거렸으며 섬 중앙의 가장 높은 곳에 있던 누각의 기와지붕이 망가져서 흉물스러웠다. 섬 곳곳에는 질그릇과 청자 파편들이 나뒹굴었다.

"청해진 대사께서 감의 군사라는 벼슬을 받았을 때 제가 여기에 와서 오 장자님을 처음 만나 뵈었습니다. 그때가 마치 엊그제 같습니다."

계속 침묵을 지키고 있던 능창이 입을 열었다.

"벌써 세월이 많이 흘렀구려. 그때는 능창 장군이 동자였는데 벌써 이렇게 성장했군요."

"청해진 대사님의 늠름했던 그때 모습이 아직도 눈에 생생합니다. 정말 안타깝고 원통한 일이었습니다."

능창과 오부순이 땅바닥에 엎드려 절을 했다. 원통하게 눈을 감앉던 청해진 대사 장보고에게 올리는 절이었다.

"인생이란 허무한 것이지."

오부순의 눈시울이 축축해졌다.

"비겁한 염장을 비명에 보냈으니 그나마 가슴이 후련합니다."

염장은 청해진 대사 장보고를 암살한 뒤에 아간(阿干)이라는 관등을 받고, 무주 별가(別駕, 주의 차관직)에 임명되었다. 그리고 청해진까지 손에 넣었다. 그러자 장보고의 비장 이창진이 무리를 이끌고 반란을 꾀했으나 실패했고, 그 후로 끈질기게 염장을 노린 끝에 결국 목숨을 취하기에 이르렀다.

신라 왕궁에서는 끝없는 불상사가 벌어지자 청해진을 아예 폐쇄해 버리고 거주민들은 벽골군(碧骨郡, 김제)으로 강제 이주시켜 벽골제 쌓는 노역을 시켰다. 그 바람에 청해는 무인도가 되고 만 셈이었다.

강주성은 백제 때 거열성(居列城)이었다. 흙으로 쌓아 올린 토성이었는데, 성 둘레가 팔백 보요, 높이가 세 길이나 되었다. 그리고 성곽 남쪽으로 남강이 도도하게 흘렀으며 서쪽으로 청천(靑川)이 흘러 천연 요새였다.

도선 일행이 강주 군사들의 안내로 강주 장군 윤웅을 쉽게 만날 수 있었다. 그는 도선 일행이 적고적을 물리쳤다는 보고를 듣고 만면에 웃음을 띤 채 반갑게 맞이했다.

"큰스님의 명성은 익히 들었습니다. 일전에 승평의 박언지 성주께서도 인편으로 소식을 전해 왔는데, 큰스님의 신통력이 하늘도 놀라게 한다고 들었습니다."

"과찬입니다."

"적고적의 노략질이 갈수록 흉포해지고 있어서 괴롭습니다. 이러다가 강주성까지 넘보게 생겼으니 말입니다."

"그들의 근거지가 어딘지 파악해 놓으셨습니까?"

"서남쪽에서 몰려온다는 것만 알 뿐입니다."

"군사를 동원하여 토포하여야 되지 않겠습니까?"

"그놈들의 규모가 워낙 커서 우리 힘으로 어찌할 수 없습니다. 그리고 땅에는 초적, 바다에는 해적, 이거 뿌리 뽑아야 할 무리들이 하나 둘이어야 말이지요."

윤웅은 도적들의 퇴치에는 별다른 관심이 없고, 아무쪼록 관할 지역에 큰 피해가 없기만을 바라는 눈치였다.

도선 일행이 윤웅의 안내로 누각에 올랐다. 해상 무역을 하는 각 지역의 호족들이 한자리에 모여 잔치를 벌이고 있었다. 상다리가 휘어질 정도의 진수성찬이 준비되었고, 풍악도 준비되어 있었다.

윤웅이 아들, 일강을 도선에게 소개했다. 모여 있던 호족들의 모습과 전혀 딴판이었다. 눈빛이 부드럽고 손 또한 매끄러워 한눈에 봐도 백면서생임을 알 수 있었다.

모여 있던 모든 호족들이 중년을 훨씬 넘어서 노년기에 접어들었는데, 그중에서 유별나게 젊은 사람이 한 명 끼어 있었다. 그는 강양군 의상현(宜桒縣, 의령)의 호족 왕봉규(王逢規)였다. 도선은 그의 우람한 신체와 날카로운 눈빛을 보고 언젠가는 강주 일대의 패자로 군림하게 될 것이라는 느낌을 받았다.

범진은 강주성에 도착할 때까지 줄곧 말이 없었다. 피를 뿌리며 목숨을 잃었던 적고적의 모습이 눈에 달라붙은 듯 떨어지지 않았다. 도선은 범진의 마음을 잘 읽고 있으면서 입을 다물고 있었다. 그 대신에 연주가 범진을 위로했다.

"범진 스님, 용기를 내셔요. 그건 살생이 아니라 활인이었어요. 흉악하게 날뛰던 그 적고적을 죽이지 않았으면 촌락 백성들이 얼마나 많은 죽음을 당했겠어요."

"불살생(不殺生)은 가장 큰 업이요, 또 정법의 종자로서 생사에 헤맬 때에는 오직 살생하지 않는 것이 귀의할 곳이 되고 구원이 되는 것이라고 했습니다. 따라서 생사의 어둠 속에 들어가서는 이 불살생을 등불로 삼아야 한다고 배웠는데, 이 손에 피를 묻히다니, 이 손으로 한 생명을 거두어들이다니, 이 납자는 법기가 못 되는 모양이외다."

범진의 말이 끝나자 현성이 나섰다.

"범진, 화랑도의 살생유택(殺生有擇)이라는 말도 잊었는가. 그리고 계를 지킨다는 것은 계의 올바른 정신을 지킨다는 것이지 계의 자구(字句)를 그대로 지키라는 것은 아닐세. 나는 범진 자네의 능력이 부러웠네. 부득이한 살생으로 선량한 백성들의 생명을 구했으니 그게 곧 자비행이 아니고 무엇이겠는가."

이어서 현성이 개차법(開遮法)에 대해 이야기했다. 부처는 계의 근본 정신을 잃는 것이 우려되어 '계는 지킴으로써 지키며, 파함으로써 지킨다. 계는 파함으로써 파하며, 지킴으로써 파한다'고 설법했다.

범진과 현성이 이야기를 나누고 있을 때 좌중에서 우렁찬 목소리가 터져 나왔다. 목소리의 주인공은 가장 젊은 호족 왕봉규였다.

"아직 몇 분이 도착하지 않았으니까 제가 잠시 여흥을 돋우기 위해 작은 재주나마 부려 보도록 하겠습니다."

말을 끝낸 왕봉규가 누각의 한가운데로 걸어 나왔다. 거구에다가 어깨가 떡 벌어진 모습은 마치 산악이 움직이는 듯했다. 게다가 그의 손에 들린 환도도 다른 것에 비해 훨씬 길어서 위압감을 느끼지 않을 수 없었다.

"작은 재주라는 게 무엇을 말하오?"

윤웅이 물었다.

"검무(劍舞)이옵니다."

"검무라면 저기에 있는 기녀들에게 시키는 게 더 좋지 않겠소."

"그런 검무는 시시합니다."

왕봉규가 환도를 뽑아 들었다. 도광이 싸늘했다. 그가 환도를 앞세우고 호흡을 가다듬었다. 태산이라도 압도할 듯한 자세였다.

"얏!"

그가 우렁찬 기합 소리와 함께 환도를 휘두르기 시작했다. 누각 안에 온통 싸늘한 도광이 가득 찼다. 그 위압감 때문에 숨을 내쉬기 어려울 지경이었다.

왕봉규가 몸을 빙글빙글 돌리다가 하늘로 치솟았다. 이어서 잉어가 물살을 가르고 올라가듯 환도로 찔러 갔다. 거기에서 동작이 멈추지 않았다. 이번에는 누각의 기둥을 모두 베어 낼 듯 환도를 크게 휘둘렀다. 그 위력이 너무나 거세어 때 아닌 북풍한설이 몰아치는 듯했다.

"얏!"

또다시 기합 소리가 울려 퍼졌다. 단전에 기를 모아 내지르는 소리라서 귀가 멍멍해지고 얼이 빠질 지경이었다. 그 기합 소리와 함께 치고 베는 동작을 연이어 펼쳤다. 구경하던 사람들은 간담이 서늘해서 엉덩이를 뒤로 내뺐다.

왕봉규가 기세를 더욱 떨치며 윤웅과 일강이 앉아 있는 곳으로 몸을 날렸다. 흡사 두 사람을 환도로 벨 듯한 기세였다. 윤웅이 두려움을 느끼고 눈을 질끈 감으며 몸을 움츠렸다. 일강은 뒤로 벌러덩 넘어지고 말았다.

"실례했사옵니다. 도법이 아직 서툴러 무례를 끼친 듯하옵니다."

왕봉규가 검무를 멈추며 윤웅 부자에게 사과했다.

도선이 눈살을 찌푸렸다. 왕봉규가 검무를 추겠다고 나섰던 심정을 훤히 꿰뚫고 있었기 때문이다. 그건 검무라기보다 도법 연습이었고, 자신의 능력을 과시해 보려는 수작이었다. 특히 윤웅 부자에게 위협적인 모습을 보여 줌으로써 심리적인 우위를 확보하겠다는 속셈이 뻔했다.

윤웅 부자가 질겁하자 좌중에서 웃음소리가 터져 나왔다. 또 젊은 호족 왕봉규의 도법을 칭찬하는 박수 소리도 울려 퍼졌다.

순풍에 돛을 단 능창과 오부순의 선단이 청해를 빠져나와 강주를 향해 나아갔다. 비췻빛 바다가 하늘빛을 품에 안고 하늘과 하나가 되어 버렸다. 바다는 맨발로 걸어가도 빠지지 않을 것처럼 매끄러웠다.

바다는 무한한 꿈이었다. 보석처럼 박혀 있는 섬들이 하나 둘 뒤로 밀려가면 또 다른 섬들이 연이어 나타나곤 했다.

"전방에 정체를 알 수 없는 선단이 나타났다!"

이물에 서서 전방을 살피던 도사공이 소리쳤다. 배에 탄 군사들이 일제히 군장을 갖추었다. 혹시 해적이 나타나서 배에 실린 물화를 강탈할지도 모를 일이었다. 오부선이 바짝 긴장하며 도사공에게 외쳤다.

"어디에서 온 누구의 선단인지 잘 살펴보아라."

오부선이 도사공에게 소리쳤다.

"깃발을 달지 않았습니다. 아마 왜구인 듯합니다."

"우리 선단으로 접근하는지 잘 살펴보아라."

"잠시 가까워졌다가 방향을 바꾸기 시작했습니다. 아마 우리 선단의 규모가 대단해서 겁을 집어먹고 피하는 듯싶습니다."

"그렇다면 잘되었느니라. 상관하지 말고 속히 지나가도록 해라. 강주에 어서 도착해야 하느니라."

오부선이 긴장을 풀며 자리에 앉자 능창이 말했다.

"오 장자님, 그냥 지나가면 아니 되옵니다. 왜구들을 깨끗이 제압해야만 되옵니다."

"시간을 지체할 수 없지 않소."

"단숨에 제압해 버리겠사옵니다. 저희 배로 갈아타도록 해 주십시오."

능창이 맹규 비장에게 눈길을 돌렸다. 그가 눈빛만으로도 무슨 뜻인지 알아차리고 자그마한 손도끼를 건넸다. 그리고 도사공에게 소리쳤다.

"압해 선단으로 배를 대도록 하여라."

오부순의 배가 압해 선단 가까이 다가가서 밧줄을 걸쳤다. 능창과 맹규가 밧줄을 타고 건너가서 배를 갈아탔다. 이물을 뾰쪽하게 만들어 빨리 달릴 수 있도록 만든 배였다. 오부순은 능창의 행동을 주의 깊게 살펴보기만 했다.

능창의 배가 쏜살같이 달리기 시작했다. 그 뒤로 압해 선단과 금성의 선단이 따랐다. 섬 뒤로 숨으려던 정체불명의 선단이 드러났다. 다섯 척의 배였는데 아무런 깃발도 달지 않았다는 것이 해적이나 왜구의 배임에 틀림없었다.

"배를 바짝 붙이도록 하여라."

능창의 목소리가 평소보다 훨씬 우렁찼다.

"저놈들은 악독하기로 이름난 왜구들입니다. 직접 나서지 마십시오. 혹시 무슨 불상사라도 날까 봐 염려됩니다."

맹규가 능창이 나서지 못하도록 말렸다.

"지체할 여유가 없습니다. 그리고 이번에 우리 압해의 위용이 어떤지 톡톡히 맛을 보여 주어야만 합니다."

능창은 왜구들뿐만 아니라 오부선에게도 압해의 능력이 어떠한지 보여 주고 싶었다.

섬 뒤편으로 도망치던 선단이 위험을 직감하고 화살을 쏘기 시작했다. 화살 깃으로 살펴보아 왜구임에 틀림없었다. 능창의 배에 탄 궁수들이 맞서서 화살을 쏘았다.

"배를 바투 대도록 하여라."

능창이 도사공에게 명령을 내린 다음 바다로 뛰어들어 잠수했다. 무기라곤 달랑 손도끼뿐이었다.

오부선이 싸움에 가세하지 않고 능창의 움직임을 유심히 지켜보고만 있었다. 능창이 바다 속으로 잠수하더니 한동안 모습을 드러내지 않았다. 잠수해서 숨을 쉬지 않고 십 리를 갈 수 있다는 소문이 나돌면서 '수달'이라는 별명이 붙었는데, 그 소문이 전혀 헛되지 않은 듯싶었다.

잠시 후였다. 오부선의 입이 벌어진 채 다물어질 줄 몰랐다. 왜선 한 척이 소란해지면서 점점 기울어지다가 바다 속으로 가라앉기 시작했다.

"와! 와!"

활을 쏘던 능창의 수하들이 두 손을 번쩍 치켜들며 함성을 내질렀다.

능창이 바다 속으로 잠수해서 왜선에 다가간 다음에 손도끼로 밑구멍을 냈다. 물이 콸콸 쏟아져 들어오면서 배가 침몰하기 시작했다. 왜구들이 바다로 허둥지둥 뛰어내렸다. 능창의 손도끼가 용서할 리 없었다. 바다가 피로 물들었다.

그는 여기서 그치지 않았다. 수달처럼 재빠르게 잠수하더니 다른 왜선으로 다가가 배 밑바닥에 구멍을 냈다. 그 배 역시 혼란에 빠지고 말았다. 배 위에서 우왕좌왕하다가 화살에 맞아 목숨을 잃기도 하고, 바다에 뛰어내린 자는 능창의 손도끼에 인생을 하직하고 말았다. 더러 능창을 맞상대하기 위해 바다로 뛰어든 자도 있었으나 적수가 되지 못했다.

두 척의 배를 박살 낸 능창이 왜구의 우두머리가 탄 배를 향해 잠수해 갔다. 그 배는 다른 왜선에 비해 규모가 컸다. 먼저 손도끼로 배 밑바닥에 구멍을 낸 후 위로 기어 올라갔다. 왜구들이 날카로운 왜검으로 상대했으나 능창의 무예 실력 앞에서 맥을 추지 못했다.

"네 이놈들, 감히 우리 해역에서 노략질을 하다니 용서할 수 없다!"

능창이 고함치며 불화살을 쏘기 위해 시위를 당기고 있던 왜구를 향해 덮쳐들었다. 그리고 불화살을 빼앗더니 왜선에 불을 붙였다. 왜선의 밑바닥은 구멍이 뚫려 물이 콸콸 쏟아져 들어왔고 뱃전은 불바다였다. 배에 타고 있던 왜구들이 목숨이라도 건지기 위해 바다로 뛰어들었다.

왜구 우두머리만이 왜검을 꼬나 쥐고 능창을 향해 덮쳐들었다. 능창이 코웃음을 치며 상대를 기다렸다. 왜검이 바닷바람을 가르고 능창마저 두 쪽으로 갈라 버릴 듯 험악한 기세로 밀려왔다.

능창이 몸을 좌우로 흔들어 상대를 교란시키더니 눈빛을 순간적으로 번쩍였다. 그와 동시에 손도끼의 날에서도 싸늘한 빛이 번쩍였다. 능창이 짓쳐 들어오는 왜검을 옆으로 살짝 피하면서 손도끼로 왜구의 머리를 가격했다.

호박이 두 쪽으로 갈라지는 듯했다. 분수처럼 뿜어 대는 피가 불타는 뱃전 위로 널렸다. 왜구 우두머리가 나무토막처럼 나뒹굴었다. 능창이 손도끼가 들린 오른손을 번쩍 치켜들었다. 피에 물든 손도끼가 햇빛을 받아 더욱 붉게 보였다.

"와! 와! 와!"

능창의 수하들이 함성을 내질렀다. 자신들이 모시는 능창 장군의 용맹성에 감탄하며 환호하는 소리였다.

왜선이 서서히 가라앉기 시작했다. 능창이 바다 속으로 뛰어들었다가 잠시 후에 자신의 배에 올랐다. 맹규가 다가와서 새 옷을 건네며 능창의 몸에 있는 젖은 물기를 닦아 주었다.

"정말 대단했습니다. 한 놈도 남기지 않고 전멸시켰습니다."

"늦었습니다. 어서 배를 강주로 돌립시다."

능창이 강주 쪽의 바다를 태연스럽게 바라보며 조용히 말했다. 조금 전에 큰 싸움을 했던 사람이라곤 믿어지지 않는 모습이었다.

오부선은 능창의 용맹성에 그만 주눅이 들고 말았다. 압해와 금성은 청해진 대사 장보고 시절부터 친교를 맺고 있었다. 특히 두 지역은 백제가 마한을 정복하기 전에 금천(錦川, 영산강) 유역을 중심으로 해서 모여 살았던 삼국의 불미국(不彌國) 후예들이었다. 그래서 남달리 친교가 두터운 편이었지만 만약에 서로 등을 돌리게 되면 무사하기 힘들 거라는 무서움이 닥쳐 왔다.

능창이 탄 배가 선두에 서서 항해했다. 그의 배에 내걸린 깃발이 자랑스럽게 펄럭였다. 깃발에는 능창이라는 글씨와 함께 수달의 그림이 그려져 있었다.

크고 작은 섬들이 요리조리 비켜 가면서 물길 3백 리의 그림 같은 한려수도를 따라갔다. 금성(경주)으로 가는 장삿배는 계속 직항했고, 능창과 오부선을 태운 배는 남강을 거슬러 강주 땅으로 접어들었다.

능창은 오랜 항해 끝에도 지친 기색이 전혀 없었다. 오히려 강주 땅에 발을 딛자마자 눈빛이 반짝거렸다. 책사인 맹규가 강주 장군 윤웅을 휘하로 끌어들이도록 해야 한다는 이야기를 잊지 않았기 때문이다.

강주성의 누각에는 벌써 모든 호족들이 모여 있었다. 윤웅이 능창과 오부선을 반갑게 맞이하면서 물었다.

"송악의 왕융 장군은 함께 오지 않았습니까?"

능창이 대답했다.

"예, 피치 못할 사정이 있어서 불참할 수밖에 없다는 전갈을 받았습니다."

"어허, 젊은 왕융이 건방지기 짝이 없구먼. 요즘 잘나간다고 우리를 무시하는 거야 뭐야."

"그러게 말입니다. 왕융이 당나라 무역 대부분을 장악하더니 거만해진 모양입니다."

왕융의 불참 소식을 들은 호족들이 투덜대기 시작했다. 이번 모임은 난립된 해상 무역을 조율하고, 해상 무역업자들끼리 연대를 맺기 위한 중요한 자리였다. 그런데 제일 앞서 가는 송악의 왕융이 불참했기 때문에 불만이 터져 나올 수밖에 없었다.

"조용히 하십시다. 아마 무슨 사연이 있었겠지요. 그리고 두 분은 자리에 앉으시지요."

윤웅이 능창과 오부선에게 자리를 권했다. 능창이 빈자리에 앉으려다가 언젠가 본 듯한 얼굴을 발견하고 멈칫했다. 눈을 반쯤 감고 참선 자세를 취하고 있는 스님이었다. 어린 시절에 청해진에서 만났던 적이 있는 도선이 분명했다.

"형님, 압해현의 능창이외다. 저를 몰라보겠습니까. 왕융, 그렇지, 예전 이름은 용건이었지요. 송악의 왕융도 장도에서 함께 만났던 적이 있지 않습니까?"

능창이 소리쳤다. 도선이 그를 바라보았다. 청해진 장도에서 만났던 능창이 어엿하고 늠름한 성인이 되어 눈앞에 서 있었다.

"그래, 청해진 대사님의 뒤를 이어 영웅호걸이 되겠다던 능창이로구나."

두 사람이 손을 맞잡으며 해후 상봉의 기쁨을 나누었다. 누각 안에 있는 모든 사람들의 시선이 두 사람에게 쏠렸다.

"형님은 무슨 일로 여기까지 오셨습니까?"

"삼암사 중의 하나인 용암사를 강주 땅에 세우려고 왔다."

도선이 시국 상황과 삼암사를 세우는 목적에 대해 간략하게 설명했다. 모든 호족들의 눈이 휘둥그레졌다. 기울고 있는 신라 왕조가 분열되었다가 재통합될 거라는 도선의 예언을 듣고 놀라지 않을 사람은 하나도 없었다.

윤웅이 나섰다.

"큰스님의 뜻은 승평의 박언지 성주님을 통해 익히 알고 있습니다. 본관이 불사에 적극 협조할 테니까 염려하지 마시지요."

윤웅의 이야기가 끝나자마자 왕봉규가 벌떡 일어서더니 도선에게 질문했다.

"큰스님께서 말씀하셨던 국토 비보사찰을 왕도가 아닌 이런 남쪽 변방에 세우는 이유가 무엇입니까?"

그의 질문은 대단한 의미를 갖고 있었다. 여태 기존의 사탑은 왕도에 건립되거나, 변방에 세우더라도 왕도를 중심으로 하여 배치되는 것이 원칙이었기 때문이다.

"날카로운 질문이었소이다. 머잖아 군웅할거 시대가 도래할 것입니다. 다시 말씀드려서 각 지역의 호족들이 저마다 일어서면서 분열 양상을 띠게 될 것입니다. 그래서 왕도보다 나라 전역에 비보사찰을 세워야 한다는 것입니다."

도선의 이야기는 호족 세력이 주체가 되는 국토 균형 개발을 의미하고 있었다.

왕봉규는 삼암사가 분열된 겨레를 통합하는 비보사찰이며, 그 사찰을 세우게 되면 전쟁이 끝나고 삼국이 통합된다는 이야기를 듣자 마음이 강하게 끌렸다. 그는 불력의 힘을 빌려 강주 일대뿐만이 아니라 분열된 나라를 재통합하는 주역으로 우뚝 서고 싶은 욕망이 불타올랐다.

"그런 깊은 뜻이 있다면 본관도 용암사 불사에 적극 나서겠습니다. 아니면 본관 혼자서라도 모두 해낼 용의가 있습니다."

"그러실 줄 이미 짐작하고 있었습니다. 용암사는 윤 성주님과 왕 장군께서 사이좋게 힘을 모아 불사를 일으키도록 하십시오. 그럼 용암사가 들어설 터를 잡아 드릴 테니 아랫사람을 딸려 보내 주시기 바랍니다."

도선의 이야기가 끝나자 윤웅과 왕봉규가 서로 바라보며 눈빛을 마주쳤다. 이번 불사를 서로 독차지하겠다는 경쟁심의 눈빛이었다. 그런 광경을 지켜본 도선이 껄껄 웃었다. 윤웅이 도선에게 눈길을 돌리며 물었다.

"큰스님께서는 일찍부터 신승이라는 칭송을 받았다고 들었습니다. 명당이란 어떤 곳을 말합니까?"

"음양이 부합하여 천지가 서로 통하며 내기(內氣)는 생명을 싹트게 하고 외기(外氣)는 형상을 이루는 법입니다. 이 내외 기가 잘 어우러진다면 풍수는 저절로 이루어집니다(陰陽符合, 天地交通, 內氣萌生, 外氣成形. 內外相乘, 風水自成)."

도선이 《청오경》에 나온 구절을 들려준 다음에 누각을 총총히 빠져나왔다. 능창이 뒤따라 나와서 도선의 팔을 붙들었다.

"형님, 지금 어느 사찰에 머물고 있습니까?"

"희양 백계산의 옥룡사일세."

"제가 형님을 찾아뵙든지, 아니면 형님께서 여가가 생기는 대로 압해현을 방문해 주시면 감사하겠습니다."

능창은 선 불교와 풍수지리를 적극 활용해야 한다는 책사 맹규의 이야기를 잊지 않고 있었다. 아주 예전부터 인연이 있었던 도선이 자신을 도와준다면 돛에 순풍을 단 것처럼 모든 일이 잘 풀어지리라 믿었다.

"아우, 천하를 쟁취할 욕심이 있던가?"

"솔직히 말씀드려서 청해진 대사님의 뒤를 잇고 싶습니다. 형님의 아낌없는 도움을 부탁드립니다."

능창의 말이 끝나자 옆에 서 있던 맹규가 무릎을 털썩 꿇었다.

"큰스님, 우리 장군님께서 웅지를 펼칠 수 있도록 도와주십시오."

“그렇다면 한 가지 일러 드릴 말이 있소이다. 석존께서는 사회적인 지위나 처자까지 버리고 고행에 들어갔습니다. 그러다가 그 고행마저 버렸습니다. 그릇을 비워야 마음의 자유를 담을 수 있는 법이외다. 비우시오. 모든 것을 말끔히 비우시오.”

도선이 장삼 자락을 떨치며 걸어갔다. 제자들과 연주가 뒤따랐다. 그 뒤로 윤웅의 아들 일강과 왕봉규의 비장이 말을 준비해서 따라왔다. 도선이 용암사 터를 잡아 준다고 했기 때문이었다.

“큰스님, 말에 오르시지요.”

일강이 도선에게 말을 권했다.

“말을 타고 갈 곳이 따로 있소이다. 국토 비보를 기원하는 매우 소중한 용암사 터를 잡으러 가는 길인데 어찌 편하게 갈 수 있단 말이오. 모든 정성을 다해야 명당을 찾아낼 수 있는 법이외다.”

그 말에 일강과 왕봉규의 비장도 말에서 내릴 수밖에 없었다. 도선이 강주에서 동쪽에 있는 합포현(合浦縣, 마산) 쪽으로 걸어갔다.

제법 높다란 산이 강주와 합포현 사이를 가로지르고 있었다. 도선이 그 산을 가리키며 월정을 향해 물었다.

“형세를 어떻게 보느냐?”

“산 주위로 남강이 휘감아 흐르고 있는 것으로 보아 청룡이 꿈틀거리며 강물 속으로 들어가는 듯하옵니다.”

“그렇다면 진혈(眞穴)은 어느 곳이 되겠느냐?”

“아마 용의 머리 부분이 아닐까 생각되옵니다.”

“진룡(眞龍)을 찾기는 쉬워도 진혈을 찾기란 쉽지 않다. 자칫하여 손가락 하나만큼만 비켜 가도 아니 되느니라. 참된 혈을 찾아

내려면 여러 가지 조건이 구비되어야 하느니라.”

도선이 진혈에 관련된 몇 가지 조건에 대해 설명했다.

진혈은 무조건 진룡에 맺히게 되어 있었다. 진혈의 앞쪽에는 주산(主山, 혈이 맺히는 산. 흔히 ‘진산’이라고도 함)과 마주 보고 솟아오른 산이나 물이 있어야 했다. 진혈의 뒤에는 낙산〔樂山, 내룡이 방향을 90도로 바꾸는 회룡입수(回龍入首)를 할 때에 내룡의 뒤쪽에서 내룡의 생기를 받쳐 주는 산〕이 솟아올라야 했다. 진혈은 좌측의 청룡과 우측의 백호가 아름다워야 했다. 만약에 그들이 달아나거나 등을 돌리는 형세를 취하고 있으면 진혈이 맺히지 않았다. 그리고 물이 나누어지고 합쳐지는 경계가 분명해야만 했다.

“명심하겠사옵니다.”

월정이 머리를 조아렸다.

“예전에도 이야기했지만 인체의 혈도 마찬가지이기 때문에 모두 명심해야 할 것이니라.”

도선이 현성과 범진을 둘러본 뒤에 골짜기를 향해 걸었다. 한참이나 올라가자 비스듬하게 누운 너럭바위가 보였다. 도선이 그 근처에 이르러 주장자로 한 곳을 짚었다. 삼암사 중의 하나인 용암사 터가 결정되는 순간이었다.

뒤따라왔던 일강과 왕봉규의 비장은 도선과 그의 제자들이 무슨 이야기를 나누고 있는지 전혀 이해하지 못했다. 다만 도선이 주장자로 한 곳을 짚자, 그곳에 나무 말뚝을 박아 표시했을 뿐이었다.

7. 어머니

머리를 파르라니 깎은 어머니가 합장을 한 채 고개를 숙이고 있었다. 득도했다는 도선의 눈에서 눈물이 흘러내렸다. 그것은 인간성을 무시하지 않으면서 인간성을 초월한 눈물이었다.

제비가 급강하와 급선회를 반복하며 원을 그리듯 하늘 높이 날아올라 까만 점으로 변했다가 사라졌다. 하늘에는 제비의 흔적이 하나도 없었다. 하늘은 하늘일 뿐이었다.

잠시 시야에서 사라졌던 제비가 어느 틈에 나타나 깃으로 연못의 물을 차고 맵시 있게 솟구쳤다. 잔잔한 수면 위에서 물결이 파상문을 그리더니 이윽고 거울처럼 변했다. 수면 위에는 제비의 흔적이 하나도 없었다. 물은 물일 뿐이었다.

법등행이 요사채 툇마루에 앉아 제비의 움직임을 그윽한 애정으로 지켜보고 있었다. 지난해 제비들이 요사채 처마 밑에 집을 지어 놓고 중양절(음력 9월 9일)에 떠났다. 그러더니 올해 삼월 삼짇날(음력 3월 3일)에 다시금 돌아와 보금자리를 꾸몄다.

제비들이 이렇게 양수가 겹치는 날에 떠났다가 또 찾아온다고 해서 길조(吉鳥)로 여겼다. 그런데 법등행에게 제비는 길조 외에도 또 다른 의미가 있었다. 법연지가 암자를 홀연히 떠난 뒤로 제비들은 법등행의 도반이기도 했고 스승이기도 했다. 제비들의 움직임이나 지저귀는 소리는 불법이요, 일불승(一佛乘, 모든 중생을 구제하고 깨닫게 하는 부처의 가르침을 이르는 말)의 원음(圓音)이었다.

처마 밑이 갑자기 시끄러워졌다. 어미 제비가 먹이를 물어 온 모양이었다. 고개를 들어 제비 집을 바라보았다. 새끼들이 노란 입을 쩍쩍 벌리며 먹이를 서로 달라고 아우성이었다. 그 광경이 너무나 흐뭇해서 법등행의 입시울에 잔잔한 미소가 매달리다가 가슴 한 구석이 저리기 시작했다.

지난번 월암사에 내려갔을 때 법등행은 아들, 도선의 소식을 들었다. 도선이 희양 백계산에 옥룡사를 세웠는데 수많은 제자들이 몰려들어 북새통을 이룬다는 거였다.

그런 소식을 들은 즉시 한달음에 달려가서 도선을 와락 껴안고 헤어져 지냈던 그동안의 회포를 맘껏 풀고 싶은 생각이 굴뚝같았다. 하지만 그녀는 아들이 보고 싶은 마음을 발뒤꿈치로 꾹꾹 누르며 참아야 했다. 도선의 공부에 방해물이 되고 싶지 않았다. 그게 자식을 갖고 있는 이 세상 모든 어미의 마음일 것이다.

법등행의 눈시울에 이슬이 맺혔다. 누가 지켜볼 사람도 없었지만, 재빨리 옷섶으로 닦아 냈다. 약해지는 것은 패배하는 것이라고 여겼기 때문이다.

텅 빈 암자를 둘러보며 법연지를 떠올렸다. 그 비구니가 온다

간다 말없이 암자를 떠난 이유는 달바우 때문일 것이다.

달바우는 질그릇 장사로 재미를 보고 나서 청자 판매에도 손을 뻗쳐 큰 재물을 모았다는 소문이 나돌았다. 그는 재물을 이용해서 월암사를 좌지우지할 만큼 큰 세력까지 갖고 있었다.

언제부터인가 달바우가 도선을 핑계 삼아 암자에 빈번하게 들락거리기 시작했다. 법등행은 그의 거들먹거리는 태도와 도선을 무시하는 말투가 뜨악해서 피하고 싶었으나 막을 도리가 없었다.

암자를 들락거리는 달바우의 눈빛이 날이 갈수록 심상치 않게 변해 갔다. 그건 먹이를 노리는 맹수의 음흉하고도 집요한 눈빛이었다. 그 대상은 젊고 예쁜 법연지였다. 그는 틈만 나면 법연지 주변을 어슬렁거리며 환심을 사려고 했다.

법연지의 태도는 완강했다. 달바우가 암자에서 내려가기만 하면 그의 뒤통수에 대고 필요 이상의 독설을 퍼붓곤 했다. 그런데 극과 극은 통한다고 했듯이, 강한 부정은 강한 긍정이나 다를 바가 없다는 것을 차후에 알게 되었다.

법연지가 달바우에게 독설을 퍼붓기는 했지만, 그가 놓고 가곤 했던 선물을 싫어하는 눈치가 아니었다. 그리고 암자 아래 산모퉁이를 돌아가는 달바우에게 그윽한 눈빛을 보내기도 했다. 하지만 법등행은 법연지를 크게 염려하지 않았다. 예쁘고 총명한 그녀가 훌륭한 법기라는 것을 의심해 본 적이 없기 때문이었다.

그런데 서너 개월 전이었다. 달바우가 암자를 찾아왔다. 여느 때와 다름없이 도선을 핑계 삼고 나서 법연지 주변을 어슬렁거리며 환심을 사기 위해 아등바등했다. 그런데 이상하게도 다른 때보다 점잖게 산을 일찍 내려갔다. 그날은 법연지의 독설이 극에 달한 반면에 그녀의 눈동자는 애욕으로 물들어 가고 있었다.

"어쩌면 저런 못된 인간이 이렇게 예쁜 청자 찻잔을 갖고 있었을까요? 이건 가슴에 꼬옥 껴안고 싶은 만큼 너무나 사랑스러워요. 이 빛깔 좀 보세요. 이걸 비색(翡色)이라고 한다죠? 그리고 이거 무척 비싸고 귀한 물건이라죠?"

법연지는 달바우가 선물로 놓고 갔던 청자 찻잔을 넋 잃고 바라보다가 자기가 말했던 것처럼 가슴에 껴안고 눈을 지그시 감았다.

"법연지 사미니, 찻잔은 차를 위해 있는 것이고, 차는 깨달음을 위해 존재하는 거예요. 그리고 《반야심경》에서 일체 현상계가 공하다고 했으며, 공의 실상을 파악하는 자체가 반야라고 했잖아요?"

법등행이 노파심에서 건넸던 말이었다.

"공은 본래 공이기 때문에 어느 것으로도 변화 발전할 수 있다는 거 아닌가요? 그러니까 실체는 텅 빈 것이므로 그 텅 빈 공간을 무엇으로 채우느냐에 따라 인생이 달라질 수도 있다는 것 아니겠어요."

법연지는 역시 총명한 법기라서 법등행보다 훨씬 더 《반야심경》을 이해하고 있었다. 그런데 그 이해라는 것이 뭔가 이상하게 변질되어 버렸다.

그날 밤이었다. 두 비구니가 저녁 예불을 올리고 잠자리에 들었다. 법등행이 잠에서 잠깐 깨어났을 때 법연지의 모습이 보이지 않았다. 뒷간에 간 것이려니 생각하고 다시 눈을 감으려다가 문득 두려움과 함께 허전함까지 밀려오는 것을 느끼고 잠을 이룰 수 없었다.

한참이 지났어도 법연지는 돌아오지 않았다. 법등행이 밖으로 나갔다. 월나악의 기암괴석에 달빛이 흐드러지게 걸려 있었다. 암자 앞에 서 있는 소나무는 물론이고 법당 아래에 있는 연못도 달빛으로 출렁거리고 있었다.

법등행은 법연지를 찾아 나섰다는 것을 잊어버리고 달빛에 취해 걸음을 옮겼다. 달빛은 한없는 자비였고, 화엄이었다. 세속의 물든 때를 말끔히 씻어 주는 것으로 달빛보다 더한 것이 이 세상 어디에 또 있을까.

오죽했으면 승복을 벗어던진 알몸으로 달빛 아래를 하염없이 거닐고 싶은 심정이었다. 그리고 달빛을 타고 도선이 있다는 백계산 옥룡사까지 하염없이 걸어가고 싶었다.

달빛은 지상의 모든 소리까지 먹어 치우는 모양이었다. 암자 주변이 적막에 싸여 있었다. 그런데 느닷없이 암자 아래에서 바스락거리는 소리가 들려왔다.

"어, 무슨 소릴까?"

신경이 곤두섰으나 하염없이 쏟아지는 달빛 때문에 잠 못 든 산짐승이려니 했다. 그런데 그건 인기척이었다. 사내의 투박한 목소리가 들려왔다. 뒤이어 들려오는 여인의 가녀린 목소리가 사내의 목소리에 뒤엉키기 시작했다. 법등행의 몸이 바짝 굳었다. 밤에 흐르는 개울물처럼, 전율이 온몸을 칭칭 동여맸다.

사내의 힘쓰는 소리와 여인의 숨넘어가는 소리가 달빛 밧줄을 타고 하늘로 치솟고 있었다. 여인의 소리는 산짐승이 앓으며 내는 신음 같았다. 그 소리가 자꾸만 하늘 높은 줄 모르고 치솟다가 달빛 밧줄이 뚝 끊어져 버린 듯 아래로 사정없이 곤두박질했다.

법등행은 황급히 몸을 돌려 방으로 들어갔다. 그 자리에 더 있으면 석불로 변해 버릴 것 같았다. 이불을 덮고 누웠으나 도무지 잠을 이룰 수 없었다. 우물가에서 물소리가 들려왔다. 법등행은 그게 어떤 물소리인지 잘 알고 있었다.

법연지가 방으로 들어왔다. 달빛에 흠뻑 젖어 잿빛 승복이 모시옷처럼 하얗게 변해 있었다. 그 비구니는 방에 들어오자마자 이불을 머리까지 둘러썼다. 하지만 잠을 이루지 못하는 듯했다. 법등행 역시 잠을 이루지 못하다가 새벽 예불 때를 맞이했다.

그런 일이 있은 후로 법연지는 말수가 줄어들고 말았다. 그리고 매일같이 탑돌이를 한다거나 법당 안에 쪼그리고 앉아 있었다. 그러던 어느 날 홀연히 자취를 감추고 말았던 것이다.

"내가 이러고 있을 때가 아닌데……."

툇마루에 앉아 제비들을 물끄러미 바라보며 떠나 버린 법연지를 생각하던 법등행이 자리를 털고 일어났다. 겨우살이 준비를 위해 땔감을 미리 준비해 놓아야 했다. 그렇지 않아도 혼자서 겨울을 보내려면 춥고 스산해서 땔감이 많이 필요할 터였다.

법등행이 솔방울과 솔가리를 줍기 위해 지게를 걸머지고 암자 뒷산을 타고 올랐다. 월나악의 꼭대기에 있는 기암괴석을 머리에 이고 하늘로 오르는 듯했지만 발걸음은 산뜻하기 그지없었다. 암자 뒤편에서도 얼마든지 땔감을 구할 수 있었으나 나무를 할 때면 산봉우리까지 올라가곤 했다. 그 봉우리에 올라서면 도선이 있다는 백계산의 옥룡사가 보일지도 모르기 때문이었다.

도선이 길 떠날 채비를 서두르기 시작했다. 사실상 길 떠날 채비라고 해야 주장자를 짚고 바랑 하나 둘러메면 그만이었지만 마무리하고 정리해야 할 일이 한두어 가지가 아니라서 복잡했다.

삼암사의 수찰인 승평 선암사의 비보는 잘 마무리되었다. 도선이 직접 선암사를 방문해서 세세한 것을 지시했다. 삼인당과 철불한 기를 올리는 일은 김총의 몫이었지만 도선이 직접 울력에 참가하기까지 했다.

선암사 터는 명당인데다가 불사까지 잘 마무리되자 국토 비보사찰 기능은 물론이고 더없이 좋은 도량으로 변해 많은 승려들이 찾아들었다. 불경을 외고 목탁 두드리는 소리가 샘물처럼 끝없이 솟구쳐서 너무나 흐뭇했다. 이제 부처님의 설법이 영원히 이어질 터였다.

옥룡사 뒤편 산기슭에 세워진 운암사는 앵소유지형의 혈답게 목탁 소리와 불공 올리는 소리가 끊이지 않았다. 소문을 듣고 찾아온 수많은 학승들을 옥룡사에 모두 수용할 수 없어서 산줄기 하나 너머에 종걸과 종준 형제를 위해 세웠던 성불사로 보냈다.

무기를 버린 대신에 목탁을 든 그 형제의 용맹 정진은 상상을 초월할 정도였다. 도선이 그들에게 ‘도림’ 과 ‘도강’ 이라는 법명을 내렸다. 그리고 성불사 맞은편의 산을 형제봉이라고 이름 붙였다.

강주의 용암사는 예상했던 대로 우여곡절을 겪은 후에 창건되었다. 강주 장군 윤웅과 의상(의령)의 호족 왕봉규가 서로 욕심을 부리며 경쟁하는 바람에 오히려 불사가 늦어졌다.

하늘에 두 개의 태양이 떠 있을 수 없는 노릇이었다. 머지않아 왕봉규가 윤웅을 누르고 강주 지역의 패권을 움켜쥐게 될 터였다. 하지만 그는 야심이 너무 큰 인물이었다. 그래서 꽃을 활짝 피울 때가 있을지 모르지만 열매를 맺기 어려운 관상을 지니고 있었다.

도선은 삼암사 건립이 모두 마무리되자 전국 방방곡곡을 떠돌며 고통에 허덕이는 백성들을 구제하기 위해 비보사찰을 세울 계획이었다. 그러니까 기운이 과한 곳은 진압하고 부족한 곳은 채워서 국토의 균형적인 발전을 꾀함과 동시에 방기(邦基, 나라의 기초)를 굳건하게 함으로써 백성들의 안녕을 도모하는 작업이 필요하다고 느꼈던 것이다.

"사형, 또 출행입니까?"

현오가 그렇게 말했던 것은 그동안 도선이 참선과 학승들의 교육 시간 외에 답산으로 줄곧 시간을 보냈기 때문이었다. 특히 백운산은 골짜기마다 가 보지 않았던 곳이 없으며, 희양 일대를 샅샅이 돌아다녔다. 산과 강 그리고 들과 바다가 함께 어우러지는 이곳이야말로 풍수지리를 공부하기에 매우 적합한 곳이었다. 그리고 백운산 억불봉 아래의 백학동을 셀 수 없이 들락거리면서 마침내 제왕의 터를 발견해 냈다. 그곳은 장차 삼국을 통합할 주인공에게 아주 소중한 장소로 쓰일 예정이었다.

"출행이 아니라 두타행이니라."

도선이 현오에게 말했다.

"아 거, 떡이 편이고, 편이 떡 아니겠습니까. 쉽게 말해서 이것이나 저것이나 매한가지다 이런 이야깁니다. 사형, 열반하신 혜철 큰스님께서 선방에 앉아 용맹 정진하는 저에게 뭐라고 하셨는지 아십니까? 하루는 집착하지 말라고 해 놓고, 다음날은 왜 잡착하지 않느냐고 호통치셨습니다요. 세상만사가 그저 그런 거고, 모두 똑같은 거 아니겠습니까요."

현오가 눈동자를 데룩데룩 굴리며 클클거렸다. 도선은 그가 옥룡 산문의 살림을 맡고 있어서 바깥출입하기에 너무나 편안했다. 그는 우둔하게 보이면서도 재치와 순발력이 있었다. 게다가 친화력과 포용력이 있어서 안방 살림을 맡기기에 적격이었다.

다만 흠이라면 도를 이미 통해 버린 사람처럼 언행을 제멋대로 일삼는다는 거였다. 그러니까 부처께서 '계는 지킴으로써 지키고, 파함으로써 지킨다. 계는 파함으로써 파하고 지킴으로써 파한다'고 했던 개차법(開遮法)을 자기 편의 위주로 이용해서 계를 적당히 어기고, 그런 언행들이 깨달음을 얻어 득도한 것처럼 포장되어서는 안 될 일이었다.

만약에 현오가 득도의 경지에 도달했다고 해도 그것을 초월한 어리석음의 경지에 이르지 못하면 득도의 티를 벗어나지 못하는 것이었다. 하지만 크게 염려할 필요가 없었다. 현오는 타고난 천성이 순박하고 정직해서 불법을 어지럽게 할 인물은 아니었다.

"선은 말장난이 아니야. 백척간두진일보(百尺竿頭進一步)를 잊어서는 아니 되네."

백척간두진일보란 백척간두에 앉았다 해도 한 걸음 더 나아가야 한다는 뜻이었다. 그러니까 쉽게 말해서 석가나 달마도 아직 수행 중이니 더욱 정진하라는 의미를 담고 있었다.

현오가 그 뜻을 얼른 알아차리고 클클거리는 웃음을 멈췄다. 도선은 자신이 옥룡사를 비우는 동안에 현오가 맡아야 할 일을 이야기해 주었다.

우선 수없이 몰려오는 사부 대중에게 불법을 올바로 전수해 주어 자신이 곧 부처라는 것을 깨닫게 해 주는 일이었다. 그리고 승평군 관내의 박언지, 김충, 김홍광 호족들의 경쟁 관계가 원만해질 수 있도록 중재 역할을 하도록 당부했다. 그런 중재 임무는 월정에게 맡기도록 지시했다.

"길 떠날 채비를 모두 갖추었사옵니다."

밖에서 범진의 목소리가 들려왔다. 도선이 자리에서 일어나 방문을 열고 밖으로 나갔다. 세 제자들과 보연화가 기다리고 있었다.

"이번에는 범진만 데리고 먼 길을 떠나게 될 것이다. 그동안 모두 용맹 정진으로 불성을 깨우치도록 하여라. 일체중생은 불성을 지니고 있으나 미망에 가려 나타나지 않을 뿐 그것을 떨쳐 버리면 불성이 나타날 것이니라."

도선이 말을 끝내고 길을 나섰다.

보연화는 아무도 몰래 법당 뒤편으로 돌아가 도선이 보이지 않을 때까지 숨어서 지켜보다가 그것도 부족해서 산등성이로 뛰어 올라갔다.

동백나무와 차나무가 제법 많이 자라서 숲을 이루기 시작했다. 보연화가 그 숲 속에 서서 까만 점으로 변해 가는 도선을 애타는 마음으로 지켜보았다. 동박새의 울음소리가 숲을 애처롭게 물들였다. 도선이 보이지 않자 가슴에 구멍이 뚫린 것처럼 허우룩했다.

희양 땅을 벗어나면 승평이었다. 도선이 승평 땅에 접어들자 그를 알아보는 사람들이 합장하며 우러러보았다. 백계산 옥룡사에 주석한 뒤로 그의 명성이 널리 알려져 가는 곳마다 사람들이 몰려들곤 했다.

승평을 벗어나 무주 관내 여미의 쌍봉사로 향했다. 그 사찰은 일찍이 혜철 선사가 하안거(夏安居, 승려들이 여름 동안 한곳에 머물며 수행에 전념하는 일)를 지냈으며, 도선이 선지식을 찾아 나섰을 때 들른 적이 있었던 곳이었다.

"쌍봉사에는 무슨 볼일이 있으신지요?"

함께 길을 나섰던 범진이 물었다.

"지나가는 길에 철감 선사 부도와 탑비를 참배하고 싶구나."

철감 선사 도윤은 당나라에 가서 남천 보원 선사에게 심인(心印)을 받고 법을 이었던 인물이었다. 보원은 마조도일의 제자이며, 혜능의 법종손에 해당되었다.

그 후 도윤은 신라로 돌아와 법을 널리 펼치면서 경문왕까지 불법에 귀의하게 만들었다. 그러다가 868년에 입적하게 되자 경문왕이 철감 선사라는 시호를 내리고 탑비를 세웠다.

쌍봉사는 예전에 왔던 곳이라서 어렵지 않게 찾을 수 있었다. 절의 앞뒤에 두 개의 산봉우리가 우뚝 서 있는 것은 예나 지금이나 변함없었다. 그런데 그동안 몰라볼 정도로 사세가 확장되어 수십 채의 당우들이 들어서 있었다.

도선과 범진이 철감 선사 부도 앞에서 합장했다. 팔각원당형의 아름다운 부도였다. 하대석에는 꿈틀거리는 두 마리의 용이, 상단의 팔각 면에는 각각 사자가 새겨져 있었다. 상대석은 연잎 문양으로 장식된 둥근 연화대였으며, 가릉빈가(迦陵頻伽, 사람의 몸에 새의 날개가 달렸다는 상상의 새)와 사천왕상 그리고 비천상이 새겨져 있었다.

부도 좌측에 탑비가 있었다. 이수(螭首, 용으로 장식된 비석의 머릿돌)에는 두 마리의 용이 있고 중앙에 '쌍봉사철감선사탑비명' 이라는 글씨가 또렷이 새겨져 있었다. 귀부(龜趺, 거북 모양의 비석 받침돌)에는 여의주를 문 거북이가 오른쪽 발을 살짝 들고 어디론가 움직이려는 자세를 취하고 있었다. 아마 철감 선사의 소중한 불법이 오래도록 널리 퍼지라는 의미인 듯했다.

도선이 참배를 끝내고 산문을 나왔을 때 어떤 승려가 쌍봉사를 향해 걸어오고 있었다. 그의 걸음걸이에서 청풍 이는 것을 보면 깨달음의 경지가 보통이 아니라는 것을 알 수 있었다.

"어디서 오시는 길입니까?"

도선이 그에게 물었다.

"골짜기에 물이 흐르고 있었습니다. 그런데 쌍봉사에서 나오는 스님께서는 무엇을 보고 오셨습니까?"

"아무것도 본 것이 없습니다."

"아무것도 본 것이 없으시다면 다시 봐야겠습니다."

"그럼 차 한 잔 마시도록 하겠습니다."

두 사람은 선문답을 통해 상대의 법기가 보통이 아님을 파악했다. 도선이 만난 스님은 철감 선사의 법을 이어받았던 절중(折中)

이었다.

"범진아, 너는 압해현으로 가서 능창 장군을 찾도록 하여라. 그를 만나면 삼일 후에 내가 영암 월나악 아래에 있을 것이라고 전해 주어라."

도선이 범진에게 지시를 내리고 절중을 따라 쌍봉사로 들어갔다. 두 사람이 첫 만남에 의기투합했다.

일기일회(一期一會)라고 했다. 절중은 명성이 널리 알려진 도선을 쌍봉사에서 만나자 무척 기뻐했다. 도선 역시 구산선문의 하나인 사자선문(獅子禪門)을 번창시키고 있는 절중을 만났다는 게 실로 기뻤다. 두 사람은 나이가 비슷했으며, 선종의 맥을 이어가는 당대의 고승들이었다.

회자정리라고 했다. 이 말은《대반열반경》에 나오며, 부처가 제자 아난에게 이렇게 말했다.

"인연으로 이루어진 이 모든 것들은 빠짐없이 덧없음〔無常〕으로 귀착되나니, 은혜와 애정으로 모인 것일지라도 언젠가 반드시 이별하기 마련이다."

도선과 절중이 며칠을 함께 보내고 쌍봉사 산문을 나섰다. 인간의 만나고 헤어짐은 들녘에 시나브로 부는 바람과 같은 것이었다. 그래서 도선은 참된 자기와의 만남이 소중하다는 것을 잘 알고 있었지만, 속인의 마음처럼 절중과 헤어지는 것이 못내 아쉬웠다. 그리고 멀리 기암괴석의 봉우리로 이루어진 월나악의 자태가 보이기 시작하자 가슴이 두근거리기 시작했다.

'아, 세속에 연연하다니, 나는 아직도 깨달음이 부족한 모양이
구나.'

도선이 한숨을 내쉴 때 어머니의 모습과 함께 머릿속에 한 편의
고사가 떠올랐다.

동진(東晉) 환온(桓溫)이 촉(蜀) 땅을 정벌하기 위해 여러 척의 배
에 군사를 나누어 싣고 양자강 중류의 협곡인 삼협(三峽)을 통과할
때 있었던 일이었다.

환온의 부하가 원숭이 새끼 한 마리를 붙잡아서 배에 싣고 떠났
다. 어미 원숭이는 새끼가 붙잡혀 가자 뒤따라가려고 발버둥쳤으
나 물 때문에 어쩌지 못하고 강가에서 슬피 울었다. 그리고 새끼
를 싣고 떠나가는 배를 따라 필사적으로 따라갔다.

새끼 원숭이를 붙잡아 싣고 갔던 배가 1백여 리쯤 나아갔다가
강기슭에 닿았다. 그러자 줄곧 뒤따라왔던 어미 원숭이가 배에 뛰
어올랐다. 그런데 뛰어오르자마자 숨이 끊어지고 말았다. 배에 탔
던 사람들이 어미 원숭이의 배를 갈라 보니 너무나 애통한 나머지
창자가 토막토막 끊어져 있었다고 했다.

월나악의 신령스러운 바위들이 햇빛을 받아 하얀 빛을 반사하
고 있었다. 도선의 가슴이 뛰기 시작하면서 자신도 모르게 걸음이
빨라졌다. 어머니가 그 산등성이 어느 곳엔가 올라서서 아들이 오
기를 학수고대하고 있을 것 같았다.

한참 후, 도선이 구림촌 가까이 도달했다. 수많은 사람들이 떼
를 지어 몰려가고 있었다. 예삿일이 아닌 듯싶어서 물었다.

"왜 이렇게 몰려가십니까? 무슨 일이라도 생겼단 말입니까?"

"한소식 하러 가는 길입니다."

"한소식 하러 가다니요? 어디서 말입니까?"

"불력이 높은 스님이 월암사로 찾아와서 중생들에게 설법을 한답니다. 이번 기회에 그 설법을 듣지 못하면 평생 후회할 거라는 이야기를 들었소이다."

"그 스님 법명이 어떻게 된다던가요?"

도선이 꼬치꼬치 캐묻자 그들이 고개를 돌리고 위아래를 훑어보더니 고개를 살래살래 흔들었다.

"그건 잘 모르겠지만 아무튼 불력이 대단한 고승이라고 들었소이다."

"허허, 어느 스님이 설법을 하는지도 모르면서 찾아간단 말이오?"

"이번 법회에 참석하는 자들에게 식량까지 나누어 준다는 소문을 들었소이다. 그 스님은 불력이 높을뿐더러 우리처럼 배고픈 중생들에게는 생불이나 마찬가지일 거외다."

그들이 법회 장소에 늦기라도 할까 봐 종종걸음을 쳤다.

도선이 멍청히 서서 그들의 뒷모습을 바라보았다. 도대체 어떤 스님이 식량까지 나누어 주면서 설법을 하는지 이해하기 힘든 일이었다. 전국 방방곡곡에서 과도한 세 부담을 이기지 못해 백성들이 난리를 일으키고, 또 유민이 되었다가 초적이나 해적으로 변하는 판국에 식량까지 나누어 주며 설법하는 스님이 있다면 그들의 말처럼 생불임에 틀림없을 것이다. 하지만 난세를 틈타 생불인 체하는 가짜일 가능성도 농후했다.

한편, 월암사의 행자가 법등행을 찾아와서 주지 스님의 이야기

를 전했다. 어떤 스님이 찾아와 설법을 하고 식량까지 나누어 주
니 법회에 꼭 참석하라는 거였다. 게다가 이번에 설법을 하게 될
스님의 불력이 대단하기 때문에 기회를 놓치면 후회가 클 거라고
강조했다.

"도대체 어떤 스님이기에 불력이 그렇게 높다던가요? 혹시 아
주 예전에 찾아왔던 화엄사의 정행 법사라고 하지 않던가요?"

"이번에 설법하실 분은 그 스님이 감히 따라오지도 못할 고승이
라고 하옵니다."

"그런 고승이라면 설법만 해 주어도 감지덕지인데 식량까지 나
누어 주는 이유를 모르겠군요?"

"그러게 말입니다. 제가 암자로 오는 길에 구름처럼 몰려드는
사람들을 보았는데요, 그 스님이야말로 생불이 아니겠느냐고 칭
송이 자자했습니다요. 어서 산을 내려가시지요. 훌륭한 설법을 들
어 크게 깨닫고 또 식량까지 얻을 수 있다면 그게 일석이조가 아
니고 무엇이겠습니까요."

행자가 주지 스님의 이야기를 얼른 전하고 설법 장소로 달려가
겠다는 듯 엉덩이를 뒤로 삐쭉삐쭉 내뺐다.

"나는 일석이조가 별로 달갑지 않네요. 세상에 공짜가 어디에
있겠어요. 뭔가 흑막이 있을지도 모르잖아요."

말을 끝낸 법등행이 땔감을 구하기 위해 지게를 찾아 짊어졌다.
오늘은 더 높은 곳까지 올라가서 도선이 있다는 희양 땅의 백계산
옥룡사 쪽을 싫증 나도록 바라보고 싶었다. 주지 스님의 이야기를
전한 행자가 법회에 참석하려면 시간이 급하다는 듯 뒤도 돌아보

지 않고 산길을 다람쥐처럼 쪼르르 내려갔다.

법등행은 성불하고 싶은 마음도 없었고 공짜 식량을 얻기도 싫었다. 오로지 소원이 있다면 성공한 도선을 먼발치에서라도 한 번만 보았으면 소원이 없을 것 같았다. 지게를 짊어진 채 암자 뜰에 서 있는 탑을 돌며 도선을 위해 기원했다.

"대자대비하신 부처님, 제 몸에서 태어난 도선이라는 가련한 살붙이가 있사옵니다. 그 아이가 부처님의 가르침을 이어받고 싶어 출가해서 희양 땅 백계산 옥룡사에 머문다고 하옵니다. 대자대비하신 부처님, 그 아이는 아버지의 얼굴도 모르고 자라 온 불쌍한 신세이옵니다. 그 아이가 훌륭한 스님이 될 수 있도록 가피를 베풀어 주시옵소서. 그 아이가 잘될 수 있다면 이 한 몸 부처님 전에 기꺼이 바칠 각오가 되어 있사옵니다."

탑돌이를 끝낸 법등행이 암자 뒷산을 타고 오르기 시작했다.

골바람이 산꼭대기를 향해 거세게 치솟았다. 솔수펑이를 스쳐 지나가는 바람 소리가 귀곡성처럼 들려와서 기분이 언짢았다. 산 아래에서 골바람을 타고 검불들이 날아와 법등행의 뒤통수에 휘감겼다. 번뇌가 자꾸만 달라붙는 것 같아 마음이 뒤숭숭했다.

법등행은 산에 오를 때만큼 기분 좋은 적이 없었다. 높은 곳에 오르면 도선이 있는 곳이 보이는 듯했기 때문이다. 그런데 오늘은 기분이 달랐다. 그런 마음을 바람에 애써 날려 보내며 허위단심으로 산을 올라갔다. 이제 잡목 숲을 지나 너설만 기어오르면 발아래에 수많은 산줄기와 평야가 펼쳐질 터였다.

"툭!"

참나무에 걸린 지게가 둔탁한 소리를 냈다. 재빨리 지게를 벗었
다. 아직 쓸만한 지게인데 그만 부서지고 말았다. 땔감을 제대로
해 가기는 이미 글렀다. 뭔가 불길한 생각이 먹구름처럼 밀려왔
다. 고승의 설법을 마다하고 산꼭대기에 올랐던 죄를 톡톡히 받는
모양이라고 생각했다.

도선이 월나악을 바라보았다. 지모신의 배 속에서 잉태하여 창
공으로 고고하게 솟구친 월나악의 신령스러운 바위들은 저마다
불신(佛身)이었다. 그 산의 바위와 나무 사이에 끼어 있는 푸르스
름한 이내는 불신에서 뻗치는 광배(光背)였다.

월나악은 이 일대의 태조산이었다. 그리고 금천이 흘러내리면
서 비옥한 농토를 낳았던 이 일대는 신라와 백제 이전에 마한의
불미국 사람들이 큰 영화를 누리며 살았던 곳이었다. 그래서 아직
도 그들의 가슴속에 나라를 잃은 한의 앙금이 남아 있었다.

신령스러운 기운을 떨치며 우뚝 솟구친 월나악은 하늘로 통하
는 관문인 셈이었다. 그래서 도선은 월나악의 주봉인 천황봉 아래
에 보제단(菩濟壇)을 세워 한의 앙금을 지우고 또 기복무재(祈福無
災)를 빌었으면 하는 생각이었다. 그건 이 지역 사람들뿐만 아니라
전 백성들의 평화와 안식을 기원하기 위함이었다.

도선이 그런 생각을 하면서 길을 걷다가 문득 길지를 발견하고
무릎을 쳤다. 풍수지리를 공부하지 않았던 예전에는 미처 몰랐는
데 이제 보니 대단한 명당이 그곳에 있었던 것이다. 그래서 눈을
바로 뜨고 다시 한 번 지세를 살폈다.

월나악은 풍수지리에서 말하는 화성조천(火星朝天) 형국이었다. 그리고 월나악의 천왕봉에서 출발한 산줄기가 남쪽으로 뻗어 가면서 몇 개의 봉우리를 낳더니 서북쪽으로 크게 전환하며 또 하나의 산봉우리를 낳았는데, 그 아래에 혈을 맺고 있었다.

풍수지리로 볼 때, 태조산에서 출발한 주룡(主龍)이 혈에 이를 때까지의 행룡(行龍) 과정은 매우 다양하고 변화무쌍한 법이었다. 그리고 용은 기세 있게 변화해야 혈을 맺을 수 있다고 했으며, 이러한 용을 생왕룡(生旺龍)이라 했다.

그런데 월나악에서 출발한 주룡이 험한 바위로 되어 있으며 기세 또한 사나웠는데 마치 허물을 벗고 새로 태어나는 것처럼 험한 바위산이 끝나더니 순한 토산(土山)으로 변해 가면서 기를 정제하고 순화시켜 명당을 만들었던 것이다.

"아, 문수사!"

어린 시절에 뛰어놀곤 했던 그곳은 이미 폐사가 되어 버린 문수사 터였다. 그곳에 다시 사찰을 세워 불법을 널리 펼치도록 해야겠다는 마음을 먹었다.

도선이 문수사 터를 직접 살펴보고 다시 걸음을 옮기고 있을 때 뒤편에서 벽제소리가 들려왔다. 아마 영암 고을의 벼슬아치 행차인 듯했다. 옆으로 잠시 물러섰다.

가마 두 대가 하인들을 앞세우고 다가왔다. 가마를 타고 있는 사내가 비색 관복(緋色官服, 관리가 입는 붉은색의 제복)을 입고 있는 것으로 보아 6두품인 아찬 벼슬이었다. 뒤따라오는 가마에는 여인과 동자가 타고 있었는데, 아마 아찬의 가족인 듯싶었다.

"어!"

도선의 입에서 놀란 음성이 튀어나왔다. 가마를 탄 동자와 눈빛이 마주쳤는데, 뭔가 심상치 않은 기운을 느꼈기 때문이었다. 그 동자 역시 같은 기운을 느꼈는지 한동안 눈빛을 떼지 않고 있었다.

"오호! 대단한 법기로다."

도선의 말이 끝나고 얼마 지나지 않아서 멀어지고 있던 가마가 방향을 바꿔 돌아오고 있었다. 그리고 도선의 앞에 멈추더니 가마에서 아찬이 내렸다.

"스님, 조금 전에 뭐라고 말씀하셨습니까?"

"대단한 법기라고 했습니다."

"스님의 법명을 여쭈어도 실례가 아니 될지 모르겠습니다."

"법명이란 껍데기에 불과한 것입니다. 빈도는 옥룡자 도선이라고 하외다."

"아니, 스님께서 그 유명한 옥룡자 도선이란 말입니까. 이렇게 만나 뵐 수 있어서 영광입니다. 저는 김익량(金益良)이라고 하오."

"그런데 무슨 연유로 행차를 멈추고 가마를 돌리셨는지요?"

도선이 묻자 김익량이 대답 대신에 뒤에 있는 가마를 향해 말했다.

"광종아, 어서 큰스님께 예를 올리도록 하여라."

가마에서 김익량의 부인과 동자가 내렸다. 이름이 광종(光宗)인 동자의 눈빛이 무척 맑았다. 그리고 스쳐 지나갈 때 느꼈던 것처럼 대단히 훌륭한 법기임에 틀림없었다.

광종이 도선에게 예를 올리고 나자, 김익량의 부인이 입을 열었다.

"스님께 여쭐 게 있사옵니다. 제가 꾸었던 이 아이의 태몽이 매우 특이했습니다. 여섯 해 전 상월(相月, 음력 7월) 삼일 밤이었는데, 흰쥐가 푸른 유리구슬 한 개를 물고 와서 사람처럼 말하기를 '이것은 매우 드문 기이한 보물이며 불가(佛家)의 최고 보배입니다. 품 안에 있으면 부처님의 호념(護念)이 따를 것이고 나오면 틀림없이 광채를 발할 것입니다' 라고 했사옵니다. 그런데 조금 전에 스님께서 대단한 법기라고 말씀하신 것 같아서 가마를 돌렸던 것이옵니다."

"자제분이 장차 불가에 입문하게 될 운명을 타고났습니다."

도선의 말이 끝나자 광종의 눈빛은 샛별처럼 반짝거렸으나, 그의 어머니는 눈물 때문에 반짝거렸다.

"정녕 이 아이가 출가해야 할 운명을 타고났단 말입니까?"

"모든 것을 본인의 뜻에 맡기는 게 현명할 것이옵니다."

"믿을 수 없사옵니다. 그렇지 않아도 불력이 대단한 스님께서 월암사를 찾아와 설법하신다기에 찾아가서 해몽을 부탁하러 가는 길이었는데, 그 스님을 만나 뵙고 다시 여쭈어 보아야겠사옵니다."

부인이 아들을 출가시킬 수 없다는 듯 으스러지게 껴안더니 가마 안으로 데리고 들어갔다.

도선이 멀어지고 있는 가마를 바라보며 어머니 생각에 잠겼다. 어머니가 도선에게 화엄사로 출가할 것을 권유했을 때 무척이나 섧게 우셨다. 그리고 도선이 화엄사로 떠나던 날도 눈물을 뚝뚝 흘리셨는데, 그 광경이 눈에 선했다.

도선의 콧잔등이 시큰해졌다. 어머니가 남겼던 글처럼 훌륭한 스님이 되어야지 찾아뵐 수 있을 텐데 그날이 언제 돌아올까 생각하니 가슴이 저려 왔다.

"스님, 왜 이렇게 우두커니 서 계시우? 아 거, 월암사에서 불력 높은 고승이 설법한다니까 함께 가 봅시다그려. 스님도 부지런히 공부해서 고승이라는 소리를 얼른 들어야 하지 않겠소이까."

도선의 곁을 비켜 가던 어떤 사내가 힐끗 쳐다보며 말했다. 도선이 그 사내를 따라 발걸음을 옮겼다. 도대체 얼마나 대단한 고승인지 궁금했다.

월암사 길목은 인산인해였다. 영암 일대의 모든 백성들이 몰려나온 듯했다. 가진 자들은 말이나 가마를 타고 나왔으며, 일반 백성들은 이웃을 동무 삼아 조잘거리며 월암사로 향하고 있었다.

도선이 인파에 휩쓸려 월암사 앞까지 도착했다. 산문 앞에는 입추의 여지가 없을 정도로 수많은 사람들이 모여 있었다. 산문 앞 공터도 부족해서 산등성이까지 빽빽하게 들어찼다. 영암 고을이 생기고 나서 최고로 많은 인파가 몰린 듯했다.

그때 인파 속에서 비단옷을 걸치고 말에 올라탄 달바우의 모습을 발견했다. 그의 뒤에 가마 한 대가 따라왔고, 하인들이 인파를 헤치며 길을 트고 있었다.

"달바우, 오랜만일세."

"아니, 자네는 도선이잖아. 어디서 무엇을 하다가 이제야 나타난 건가?"

"고향 땅을 찾을 일이 있었는데, 때마침 고승의 설법이 있다기에 여기까지 왔네."

"이 사람아, 아직도 정신을 차리지 못했나? 자네 어머니, 응, 그렇지 법등행 사미니가 자네의 성공을 위해서 얼마나 고생하는지 알기나 해? 웬만하면 내 밑에 와서 일하게나. 밥술은 굶기지 않을 테니까 말일세."

달바우가 어머니 이야기를 꺼내자 도선의 몸속에서 피가 빠르게 흘렀다. 온몸이 불덩이처럼 뜨거워지면서 어지럼증을 느꼈다.

"내 어머니가 어디에 계시던가?"

"월암사에 딸린 조그만 암자일세."

달바우가 손가락으로 가리키며 히쭉 웃었다.

"알려 주어서 고맙네."

고승의 설법이 문제가 아니었다. 어머니가 계신다는 암자로 가기 위해 인파를 헤치기 시작했다. 밀려오는 사람들의 틈을 뚫고 나아가기가 쉽지 않았으나 악착같이 앞으로 갔다. 그런데 누군가가 팔을 붙잡아 끌었다.

"형님, 저 능창입니다. 그렇지 않아도 이제나저제나 기다리던 참이었습니다."

능창과 그의 책사인 맹규가 환하게 웃고 있었다. 그 옆에 서 있던 범진이 예를 올렸다.

"아참, 영암 땅에서 만나기로 했지. 그런데 어쩌나. 내가 급히 다녀와야 할 곳이 있거든."

"어딘데 그렇게 급하단 말입니까?"

"속가의 어머니께서 저 암자에 계신다고 해서 말일세."

"형님, 그럴 시간이 없습니다. 어머니는 차후에 법기로 하고 우선 저를 따라오십시오."

능창이 다짜고짜 도선의 팔을 붙잡아 끌고 산문 앞 공터에 마련된 법석으로 데려갔다.

"도대체 왜 이러는가?"

도선이 물었다.

"오늘 설법을 하실 고승이 바로 형님이십니다. 위대한 고승의 설법을 듣기 위해 백성들이 구름처럼 모여들었는데 어서 준비나 하십시오."

"뭐라고?"

전혀 예상하지 못했던 일이라서 도선의 입이 굳어지고 말았다.

이번 법회는 능창이 주선했다. 그는 책사 맹규의 의견을 받아들여 도선이 영암을 방문했을 때 이 고을 사람들에게 불법을 널리 전할 수 있도록 했던 것이다. 또 명망 있는 도선과 긴밀한 관계를 유지함으로써 압해 세력이 더욱 부강해지기를 바라고 있었다.

법회의 차례에 따라 삼귀의, 헌화, 발원문 낭송, 입정이 차례대로 끝나고 도선이 앞으로 나갔다.

법회에 모여든 사부 대중들은 오늘 설법할 분이 허연 수염을 흩날리는 노승으로 예상했다가 그게 아니자 술렁거리기 시작했다.

"애개개, 생각했던 것보다 젊잖아."

"그러게 말일세. 저 나이에 불력이 깊으면 얼마나 깊겠어. 그런데 아까 저 스님의 법명을 뭐라고 소개하던가?"

"옥룡자 도선이라고 하던데."

"옥룡자 도선? 어디서 많이 들어 보긴 했는데……."

그가 고개를 갸웃거렸다.

법회에 참석하기 위해 오는 길에 도선을 만났던 사람들은 더욱 놀라는 눈치였다. 그저 평범하게 보였던 그 스님이 불력 높은 고승이라는 게 믿어지지 않았다. 사람들 틈에 끼어 있던 김익량 아찬의 가족들도 마찬가지였다.

그중에서 가장 놀란 사람은 단연코 달바우였다. 별 볼일 없는 것으로 여겼던 도선이 구름처럼 모인 사람들 앞에 나서자 자신의 눈을 의심할 수밖에 없었다. 더군다나 이 법회는 서남 해안의 해상 무역을 주름잡고 있던 능창 장군이 마련했던 자리였다.

도선의 설법은 천지인 합일에 관한 이야기부터 시작되었다. 이어서 이 자리에 모인 모든 사람들이 모두 부처가 될 수 있다고 말했다. 그런 설법은 선종이 널리 퍼지면서 자주 들었던 이야기였기 때문에 별다른 반응이 없었다. 그런데 도선의 다음 설법부터 상황이 전혀 달라지고 말았다.

"왕도의 지기가 점점 쇠해지고 있습니다. 그곳의 남산을 풍수지리로 살펴보면 단봉포란형이올시다. 붉은색의 상서로운 봉황이 알을 품고 있으니 그 어찌 길지가 아니라고 말할 수 있겠습니까. 그런데 애석하게도 왕도에는 단봉이 품을 수 있는 알이 없다는 것입니다."

도선이 우렁찬 목소리로 왕도의 지세를 부정하자 법회장은 찬물이라도 끼얹은 것처럼 조용해졌다. 자칫하면 역모로 몰릴 가능성이 있는 발언이었으니 그러고도 남음이 있었다.

도선이 설법을 계속 이어 갔다.

"앞으로는 왕도 중심이 아니라 각 지역이 중심 되는 세상이 올 것입니다. 그래서 빈도는 영암 고을의 기복무재를 올리기 위한 보제암을 천황봉 아래에 세워야 한다고 봅니다."

사람들이 술렁거리기 시작하더니 어느 누가 손뼉을 쳤다. 그러자 전염되기라도 하듯 손뼉을 치는 사람이 점점 늘어나더니 급기야 우레처럼 변해 갔다.

손뼉 소리가 잠잠해지자 도선이 설법을 이어 갔다.

"풍수지리로 볼 때 월나악은 화성조천 형국이올시다. 그리고 이 산줄기에 하늘이 감춰 두고 땅이 비밀스럽게 숨겨 둔 명당이 하나 있다는 것을 발견했소이다. 그곳에 사찰을 세워 불법이 널리 퍼질 수 있도록 한다면 이 땅에 부처님의 가피가 그치지 않아 영화로운 고을로 변할 것이외다. 여러 사부 대중께서 힘을 모아 그 사찰을 건립하고, 절 이름은 도갑사(道岬寺)라고 하는 게 좋겠소이다."

도선의 쩌렁쩌렁한 목소리가 모인 사람들의 가슴을 사로잡았다.

한편, 땔감을 위해 산에 올랐던 법등행은 지게가 참나무에 걸려 부러지자 고승의 설법을 들으러 가지 않은 죄라고 생각하며 월암사로 찾아왔다.

수많은 사람들이 구름처럼 몰려 있어서 앞으로 뚫고 나가기 힘들었다. 그래서 좌측 산등성이로 올라갔다. 그런데 너무나 멀어서 설법하는 스님의 얼굴을 알아보기 힘들었고 목소리도 희미하게 들려올 뿐이었다.

그래서 돌아갈까 하는 생각이 들기도 했는데 이상스럽게 발걸음이 잘 떨어지지 않았다. 그뿐만 아니라 시간이 지날수록 가슴이 이유 없이 자꾸만 설렜다.

"방금 뭐라고 설법하셨나요?"

법등행이 옆에 있는 사내에게 물었다.

"자세히 들리지 않소이다만, 이 땅에 부처님의 가피가 그치지 않도록 무슨 절인가를 세우자고 하는 모양입니다."

"원, 절만 세우면 뭐하나."

법등행이 자꾸만 일렁거리는 가슴을 잠재우기 위해 일부러 쫑알댔다.

"쉿! 스님, 조용히 하시구려. 저 고승의 설법을 듣지 못하면 평생 후회가 된다는데 귀를 씻고 듣지 못할망정 입은 다물고 있어야지요."

어떤 사내가 핀잔을 주었다. 법등행은 더 이상 입을 벌리지 않고 자리에 주저앉았다. 얼굴도 잘 보이지 않고 목소리마저 희미하게 들려오는데 서 있어 봤자 고생일 뿐이었다. 그런데 주저앉자마자 자꾸만 좀이 쑤셔서 견딜 수가 없었다.

"허참, 이상야릇하다."

법등행이 혼잣말로 중얼거리다가 일어서서 사람들의 틈을 뚫고 앞으로 나갔다. 어차피 설법을 들으려고 왔으면 소리가 잘 들리는 곳까지 갈 필요가 있었다. 한참이나 사람들의 틈을 뚫고 앞으로 나가자 그런대로 목소리를 알아먹을 수 있었다.

어느 누군가가 설법하는 스님에게 질문하고 있었다. 목소리가 상당히 거친 것으로 보아 뭔가 불만이 있는 모양이었다.

"스님은 선승이시지요? 그런데 왜 선 이야기는 제쳐 두고 잡술이나 다를 바 없는 풍수지리 이야기만 하고 있소이까. 그 이유를 명백히 알려 주셨으면 좋겠소이다."

상당히 일리가 있는 질문이라고 생각했던지 수많은 사람들이 웅성댔다. 누군가는 저따위도 고승이냐며 노골적으로 비난하기도 했다.

"좋은 질문이었습니다. 선풍일여(禪風一如)라는 말이 있습니다. 그러니까 선과 풍수가 다르지 않고 같다는 이야기올시다. 빈도는 산천 만다라를 위해 오랜 세월을 두타행에 나섰습니다. 앞으로도 끝없는 길을 갈 것이며, 국토의 지세가 과한 곳은 진압하고 허한 곳은 사찰이나 탑을 지어 비보할 것입니다. 그러면 모든 재앙이 사라지게 될 것입니다. 빈도는 국토 비보를 위한 삼암사 건립을 끝냈고, 승평군에는 비보사찰 두 곳을 지어……."

설법을 듣던 법등행이 학질에 걸린 사람처럼 부들부들 떨기 시작했다. 너무나도 귀에 익은 목소리였고, 꿈에도 잊지 못할 목소리였다. 자연의 소리는 하나도 들리지 않고 오직 그 목소리만 귓속에서 폭포수 떨어지듯 굉음이 되어 울려 퍼졌다.

"스님, 어디 편찮기라도 하시우?"

법등행이 사시나무처럼 떨면서 비칠거리자 옆에 있던 사람이 부축했다.

"아, 아닙니다."

법등행이 사람들의 틈을 뚫고 앞으로 나갔다. 어디서 그런 억센 힘이 솟구쳤는지 모를 일이었다. 성벽처럼 튼튼하게 가로막고 있던 사람들이 힘없이 비켜났다.

모인 사람들이 우레와 같은 박수를 쳤다. 설법을 듣지 못하면 평생 후회라는 소문이 나돌더니 그게 거짓말이 아니었다는 소리도 들려왔다.

'아들아, 니 에미다. 내가 너를 얼마나 보고 싶어 했는지 아느냐. 아들아, 아들아!'

법등행이 괴력을 발휘하며 앞으로 나갔다.

설법이 끝났지만 사람들은 자리를 뜰 줄 몰랐다. 도선은 어머니가 사무치게 그리워서 월암사의 암자가 있는 쪽을 향해 눈길을 자꾸만 돌리곤 했다.

"도선 스님, 법등행이옵니다."

세상에서 가장 따뜻하고 자애로운 목소리가 도선의 귀를 파고들었다. 깜짝 놀라며 고개를 돌린 도선이 장승처럼 뻣뻣하게 굳어 버렸다. 머리를 파르라니 깎은 어머니가 합장을 한 채 고개를 숙이고 있었다.

득도했다는 도선의 눈에서 눈물이 흘러내렸다. 그것은 인간성을 무시하지 않으면서 인간성을 초월한 눈물이었다.

8. 기장 심어야 할 터에 삼을 심다

만물은 제각각 있어야 할 자리가 정해져 있다. 그런데 만약 제 위치에 있지 않다거나, 주변이나 상대와 조화를 이루지 못하면 불안전한 상태가 지속되며, 종래에는 불상사를 일으키기 십상이다.

만물은 제각각 있어야 할 자리가 정해져 있다. 그런데 만약 제 위치에 있지 않다거나, 주변이나 상대와 조화를 이루지 못하면 불안전한 상태가 지속되며, 종래에는 불상사를 일으키기 십상이다. 음양오행의 법칙에 지배받는 자연의 이치와 무궁한 조화가 원래 그러하기 때문이다.

오행은 상생(相生)과 상극(相剋)을 통해 만물을 생성 변화시킨다고 했다.

여기서 오행의 상생은, 목생화(木生火, 불은 나무가 없으면 존재할 수 없다), 화생토(火生土, 흙은 불이 없으면 형체를 변경시킬 수 없다), 토생금(土生金, 흙 속에 광물이 들었다), 금생수(金生水, 광물질이 많은 암반이 좋은 생수를 머금고 있다), 수생목(水生木, 나무는 물이 있어야

산다)이다.

그리고 오행의 상극은, 목극토(木剋土, 나무는 땅속에 뿌리를 박고 흙을 괴롭힌다), 토극수(土剋水, 흙은 물이 흐르지 못하게 막는다), 수극화(水剋火, 물은 타오르는 불을 끈다), 화극금(火剋金, 불은 금을 녹여 형체를 바꾼다), 금극목(金剋木, 쇠는 나무를 자른다)이다.

산천의 지세를 살펴보는 풍수지리는 물론이고 인간 남녀의 관계도 음양오행 법칙에 지배받기 마련이다.

풍수지리는 음양오행에 근본을 둔 학문으로서 산천의 모든 것들이 제 위치에 정확히 놓여 조화를 잘 이루고 있는지 살펴보는 것이다. 그래서 산천 비보 진압이란 과하면 누르고, 약하면 도와주고, 달아나면 끌어당김으로써 잘못된 위치를 제대로 잡아 주고 또 조화롭게 만들어 주는 것이다.

남녀의 궁합(宮合) 역시 마찬가지였다. 사주를 오행에 맞추어 상생과 상극 관계를 알아보고 음양의 조화가 잘 이루어질 수 있는 짝을 찾아내는 것이 곧 궁합이다.

해가 지날수록 백계산 산등성이의 동백나무가 무럭무럭 자랐다. 아직 묘목의 티를 완전히 벗어나지 못했다고 하지만 그래도 동백 숲의 형태가 제법 갖추어지고 있었다.

그 동백 숲을 진득하게 바라보고 있던 월정의 눈에서 날카로운 빛이 뻗치기 시작했다. 윤기 있는 동백 이파리에 햇빛이 반사되면서 하얀 빛줄기가 하늘로 솟구치고 있었다. 덩달아서 동백 숲이 한 길쯤 허공으로 떠오르는 것 같았다.

"그래 바로 이거야."

월정이 무릎을 치며 소리쳤다. 도선의 산천 비보가 무엇인지 이제 어느 정도 알 수 있을 것 같았다. 산등성이의 동백 숲이 아직 완전히 조성되지 않았지만 허약한 지기를 그런 대로 잘 보충해 주고 있었다. 그리고 세월이 흘러 동백 숲이 정상적으로 조성되면 허약한 지기를 완벽하게 비보해 줄 터였다.

그동안 월정은 도선이 산천 비보 진압을 어떤 식으로 했는지 잘 알고 있었다. 백계산 산등성이에는 동백나무를 심어서 허약한 지기를 보충했고, 선암사에서는 삼인당이라는 연못을 만들고 물을 잠시 가두어 둠으로써 지기가 빠져나가는 것을 막았다. 그리고 철조 불상을 안치하여 산천의 무게중심을 잡아 둠으로써 흔들리는 것을 사전에 방비했다.

월정이 고개를 살래살래 흔들었다. 도선의 산천 비보 진압은 산천순역의 이론에 따라 과하면 누르고, 약하면 보충하고, 달아나면 잡아당겨서 명당으로 변화시키는 것이기 때문에 의외로 쉽게 느껴졌다. 그런데 가장 중요한 문제는 무엇을 이용해서 비보를 해야 효과적이냐 하는 점이었다.

월정이 그 자리에 주저앉아 가부좌를 틀고 궁리를 하기 시작했다. 하지만 가슴은 갈수록 차가워지고 머리는 뜨거워졌다.

해가 지고 밤이 찾아올 때까지 저녁 예불조차 거르고 궁리에 궁리를 거듭했지만 아무것도 건지지 못했다. 도선이 앞으로 또 무엇을 이용해서 비보할 것인지 예측하는 것은 물론이고, 어떤 법칙이나 원리에 의해서 사물을 빌려다 쓰는지 그 비법을 도무지 알아낼

길이 없었다. 도선은 역시 불가사의한 인물이었다.

월정이 자리를 털고 일어나서 선방으로 향했다. 그러다가 달빛에 유난히 빛나는 도선 방문의 창호지가 눈동자 속으로 빨려 들어오자 걸음을 우뚝 멈췄다. 고양이 눈빛으로 주위를 둘러보았다. 아무도 없었다.

도선은 답산 중이거나 끝났을 때 뭔가를 꼭 기록하곤 했다. 그 기록만 은밀히 들춰 볼 수 있다면 모든 의문이 한순간에 풀릴 것 같았다.

"어허, 내가 왜 이런 삿된 생각을……."

만약에 그런 불순한 행위를 하다가 남에게 들키는 날이면 파문을 당할 수도 있었다. 그런데 월정의 머릿속에 야릇한 기억이 떠오르기 시작했다.

예전에 희양 성주에게 묏자리를 선정해 준 대가로 제왕이 부럽지 않은 후한 대접을 받았으며, 또 옥룡사 불사에 시주하기를 머뭇거리고 있던 그의 마음을 한순간에 돌려놓았던 기억이 뭉게구름처럼 피어올랐던 것이다.

'딱 한 번만.'

'어허, 내가 왜 감히 그런 생각을 하는 거지. 절대로 그럴 수 없어.'

'스승님도 없고 지켜보는 사람도 없는데 뭐가 걱정이야. 스승님처럼 산천을 한눈에 바라볼 수 있는 현묘한 풍수지리를 하루빨리 터득해야 되잖아.'

'아니야, 그렇다고 삿된 생각을 품어서는…….'

월정의 몸에서 음과 양의 두 기운이 엎치락뒤치락했다. 이처럼 음양의 두 기운이 반대로 작용할 때 없었던 마음이 일어난다고 했다. 그리고 인간의 중심을 마음이라고 하며, 동양에서는 이 마음의 중앙을 곧 중앙 태극(中央太極)이라고 했다.

음양의 기운이 엎치락뒤치락하는가 싶었는데, 어느새 그가 도선의 방안으로 연기처럼 빨려 들어갔다.

도선의 서가에는 수많은 서책들이 꽂혀 있었다. 각종 불경은 물론이고 풍수지리와 의술에 관련된 서책이 있었으며, 무슨 내용을 담고 있는지 알 수 없는 서책들까지 빼곡하게 들어차 있었다. 도선이 선승이기 때문에 참선만 중요시하는 줄 알았는데 그게 전혀 아닌 모양이었다.

월정은 도선의 방에 들어온 적이 한 번도 없었다. 하지만 늘 품에 넣고 다니면서 기록하곤 했던 몇 권의 서책은 어둠 속에서도 찾을 수 있을 만큼 눈에 익었다. 떨리는 가슴을 진정시키기 위해 호흡을 가다듬었다. 불빛이 밖으로 새어 나가지 못하도록 이불로 방문을 가렸다. 풍수지리에 관련된 서책부터 펼쳐 보았다.

《강서지법(江西之法)》에서부터 《청오경(青烏經)》과 《금낭경(錦囊經)》 등의 풍수지리서가 모두 비치되어 있었다. 그런데 그런 서책들은 근래에 펼쳐 보지 않았는지 먼지가 내려앉아 있었다. 그 밖에 음양오행에 관한 것과 주역에 관한 서책들이 두루 망라되어 있었다.

'도대체 어디에 숨겨 두었을까?'

도선이 그 서책들을 금지옥엽처럼 애지중지했지만 그 모든 것을 한꺼번에 짊어지고 길을 나섰을 리 없었다. 틀림없이 비밀스러운 어딘가에 감춰 두었을 것이다. 서가의 구석이나 벽장을 살펴보았으나 그 서책들이 눈에 띄지 않았다.

애가 탔다. 다른 서책들은 중요하지 않았다. 아침 예불이 시작되기 전에 도선이 숨겨 둔 그 서책들을 훔쳐보고 감쪽같이 빠져나가야 했다. 방 안을 서둘러 뒤지다가 경상 아래에 차곡하게 쌓여 있는 서책들을 발견했다. 눈동자가 부풀어 올랐다.

그렇게 애지중지하던 것들을 경상 아래에 가볍게 놓아두었다는 것이 이해가 되지 않았다. 서책 한 권은 아예 경상 위에 놓여 있었다. 설마 그 소중한 것들을 경상에 놓아두었을 것인가 싶어서 소홀히 보았는데 어이없게도 그곳에 있었던 것이다.

"옳지!"

월정의 입에서 회심의 미소가 흘러나왔다. 경상 위에 놓여 있던 서책부터 재빠르게 펼쳐 보았다. 백운산 곳곳에 대한 답산 결과가 그림과 글씨로 적혀 있었다. 가장 눈에 띄는 것은 억불봉 건너편 계곡, 백학동에 관한 것이었다. 그곳은 주로 그림으로 표시되어 있었는데 어느 한 지점을 골라 붉은 원으로 표시해 놓았다. 아마 소중한 혈처인 모양이었다.

경상 아래에 있는 서책을 펼쳐 보기 시작했다. 이상한 지도가 그려져 있었다. 국토를 삼등분해 놓은 지도였는데, 왜 그렇게 분할해 놓았는지 알 수 없었다. 그리고 지도 곳곳에 수많은 점들이 빼곡하게 들어차 있고, 그 옆에는 각 지역의 인심이나 풍물은 물론이고 호족들의 신상에 관한 내용이 깨알 같은 글씨로 적혀 있었다.

그건 별로 관심이 없어서 다른 서책을 펼쳐 보았다. 거기에는 온통 글씨뿐이었다. 무슨 비법을 적어 놓았나 싶어서 재빠르게 읽어보았다.

"부처의 도〔佛氏之道〕를 약쑥으로 삼아 전국 방방곡곡의 병든 산천을 치료한다. 산천에 결함이 있는 곳은 사찰을 지어 보하고, 산천의 기세가 지나친 곳은 불상으로 진압하고, 산천의 기운이 달아나는 곳은 탑을 세워 멈추게 한다. 그리고 산천의 기운이 배역(背逆)하는 곳은 당간을 세워 불러들인다. 그럼으로써 해를 방지하고, 다투는 것을 진정시키고, 길함을 북돋우면, 천지가 태평해지고 법륜(法輪)이 자전(自轉)할 것이다……."

도선으로부터 귀에 못이 박힐 정도로 들었던 내용이었다.

월정의 마음이 급해졌다. 산천 비보 진압을 할 때 어떤 법칙과 원리를 이용해서 사물을 빌려 쓰는지에 대한 비법은 적혀 있지 않았다. 다른 서책은 더욱 엉뚱했다. 제왕에게 필요한 덕목에 관해 기록되어 있다거나 치국에 관한 이론들이 나열되어 있었다.

"어허! 꿩 대신에 닭이라고 했지 않던가. 산천 비보 진압에 관한 비법을 찾지 못하면 음택 풍수의 진수라도 건져야 해."

월정이 중얼거릴 때 도량석을 도는 목탁 소리와 함께 게송을 외는 현오 스님의 걸걸한 목소리가 들려왔다. 뜨끔하여 재빨리 서책을 제 위치에 놓아두고 밖으로 나왔다.

새벽별이 유난히 반짝거렸다. 언제 보아도 별들은 저마다 제 위치를 지키며 어두운 밤의 보석처럼 빛나고 있었다.

북쪽으로 향하는 도선의 발걸음이 경쾌했다. 점점 추워지는 날씨가 장삼 자락을 여미게 만들었으나 경쾌한 발걸음을 무디게 만들지는 못했다. 월암사 암자에 머물고 계셨던 어머니를 가까이 모시게 되었다는 기쁨 때문이었다.

도선은 어머니, 법등행 사미니를 승평의 도선암에 모셨다. 그곳이라면 희양의 옥룡사와 지척간이라고 할 수 있어서 언제든지 달려가 보살펴 드릴 수 있었다.

영암 월나악 도갑사의 창건도 순조로웠다. 서남 해안의 해상 무역 일부를 장악하고 있는 능창이 불사에 적극성을 보였고, 고을 백성들의 호응도 그 어느 곳보다 대단했다. 능창은 도갑사를 통해 불미국 재건의 기치를 내세우며 영암군 일대의 백성들을 결속시키고, 왕융에게 쏠리는 해상 무역의 패권까지 빼앗아 오겠다는 야심만만한 계획을 갖고 있었다.

도갑사 창건이 순조롭게 진행되어서 기뻤지만, 무엇보다 김광종이라는 하늘이 내려준 법기를 발견했던 것이 더욱 기뻤다. 혜철 선사가 도선을 처음 만났을 때 사제 삼세를 떠올렸듯이, 도선 역시 마찬가지 심정이었다.

도선이 여미 천불산 운주 계곡을 둘러보았다. 그곳은 태극 형상을 닮은 명당인데, 골짜기 안에 천불 천탑을 조성해서 국토를 비보 진압할 계획이었다.

풍수지리로 볼 때 우리 국토는 행주 형국(行舟形局)이었다. 그래서 태백산과 금강산이 배의 이물이요, 월출산과 영주산은 고물이었다. 부령(부안)현의 변산은 키, 지리산은 상앗대, 천불산 운주 계곡은 뱃구레〔船腹〕에 해당되었다.

항해하는 배가 난파되지 않고 무사하려면 뱃구레를 눌러 주고 키와 상앗대로 잘 끌어야 하듯, 운주 계곡에 천불 천탑을 세워 비보하면 국태민안을 누릴 수 있었다.

도선은 해안 지역을 타고 올라가면서 산천의 지세와 지역 호족들의 동태를 꾸준히 살폈고, 무주 관내 무령군의 불갑사(佛甲寺)를 거쳐 전주 관내 김제군 모악산에 자리한 금산사(金山寺)를 찾아갔다.

금산사는 백제 법왕 원년(599년)에 산문을 열었는데, 진표 율사가 중창하여 미륵 신앙의 근본 도량으로 삼았던 곳이었다. 그 사찰은 금수형(金水形)의 산이 병풍처럼 두르고 있는 혈에 자리 잡고 있었다.

이어서 백제 시대의 가장 큰 사찰이었던 미륵사를 위시해서 주위의 크고 작은 사찰에 들렀다가 계속 북쪽으로 올라가자 계룡산과 금강 줄기가 나타났다.

신라 오악 중의 하나인 계룡산의 지세는 회룡고조(回龍顧祖, 산줄기가 머리를 근원으로 돌아보는 것을 말함) 형국이며, 금강과 어우러지면서 '산태극수태극(山太極水太極)'의 명당을 낳았다. 그래서 장차 인근에 왕도가 들어설 가능성이 많았다.

도선이 웅주(熊州, 공주) 관내 계룡산 일대의 마곡사, 상원사(동학사), 계룡갑사(갑사)를 둘러보고, 멋 훗날에 왕도가 들어설 것에 대비하여 연기현에 비암사라는 비보사찰을 세웠다. 비록 규모는 작았지만 법계를 머금은 사찰이었다.

비암사 창건을 끝낸 도선이 장차 왕도가 들어설 또 한 군데를 찾아 길을 재촉했다가 마침내 한주(韓州, 서울, 경기도 광주) 관내로 접어들게 되었다.

매섭게 몰아치는 북풍한설이 도선의 장삼 자락을 베어 물기 시작했다. 주변의 산들이 흰눈으로 덮이고 한강은 꽁꽁 얼어붙어서 천지가 은세계로 변해 버렸다. 도선이 주장자를 짚고 바랑을 짊어진 채 우뚝 서서 북풍한설을 온몸으로 맞서 버텼다. 그리고 한동안 지세를 주의 깊게 살폈다.

이 일대는 만세제왕(萬世帝王)의 터요, 오덕구(五德丘, 주산을 중심으로 사방이 네 개의 산에 둘러싸인 형태)라서 하늘이 내린 땅이 분명했다.

백두산에서부터 휘돌았다, 일어섰다, 엎드렸다, 하는 행룡(行龍)을 거듭하며 흘러내린 정기가 이곳에 뭉쳐 주산(主山, 북한산)을 낳았다. 이 주산은 용이 엎드리고 호랑이가 웅크린 형상이었다. 그리고 주산에서 동쪽으로 좌청룡이, 서쪽으로 우백호가 뻗었으며, 남쪽에 안산이 자리하고 있었다.

또 이 일대 풍수를 넓은 눈으로 보면 금강산이 외청룡이고 구월산이 외백호이며, 영주산(한라산)이 외안산에 해당되기 때문에 국토의 중앙이요, 중심에 해당되는 요충지였다.

그런데 천하에 완벽한 땅은 없다고 했듯이, 이곳도 몇 가지 흠은 있었다. 우선 태조산과 주산이 가까이 있었다. 그래서 태조산의 험한 기운이 덜 정제되고 순화된 채 혈을 맺었기 때문에 험상궂은 일을 당할 우려가 있었다. 또 백호와 안산에 비해 청룡이 낮고 허하며, 서북쪽이 꺼져 있어서 외적의 침입이나 간섭을 많이 받게 된다는 단점을 안고 있었다.

"장차 왕도가 들어설 터가 분명하구나. 그런데 이대로 놓아두면 아니 되지."

도선이 중얼거리다가 비보사찰의 터를 잡기 위해 걸음을 옮겼다. 지세를 살피기 위해 한참이나 서 있었던 탓일까. 온몸이 얼음장처럼 변해 있었다. 주변에 있는 촌락을 찾아 쉬었다 갈까 하는 생각도 들었지만 이런 정도의 추위에 계획을 늦출 수 없는 노릇이었다.

건너편의 주산이 도선의 눈에 빨려 들어왔다. 예전에 두타행에 나섰을 때 그곳을 가 본 적이 있었다. 그때 암봉 뒤에 아기를 업은 형상의 바위가 붙어 있다고 해서 부아악(負兒岳, 북한산)이라는 이름을 붙였다.

부아악의 세 봉우리가 하얀 눈에 덮여 있었다. 장군출진형(將軍出陣形)인 그 산은 흡사 백룡과 백호가 웅크리고 있는 것처럼 보였다. 도선의 고개가 절로 숙여졌다. 감히 범접할 수 없는 순수와 신성함을 머금고 있는 산이었다.

"아! 바로 저기로군!"

도선이 부아악의 품속에서 하나의 혈을 찾아내고 기쁨을 감추지 못했다. 장차 도읍이 들어설 것에 대비한 비보사찰을 세우기에 매우 적합한 곳이었다. 그곳에 비보사찰을 세우게 되면 나라를 지키는 기원 도량이 될 터였다.

도선이 걸음을 재게 놀렸다. 눈이 더 쌓이기 전에 혈처를 표시해 두고 주변 고을 사람들을 동원해서 비보사찰을 세워야 했다.

촌락들이 부아악을 등에 지고 산기슭의 여기저기에 옹기종기 모여 있었다. 그 촌락을 지나 산을 오르기 시작했다. 부아악의 순수와 신성함을 함부로 훼손시키지 않겠다는 듯 눈보라가 거세게 몰아치기 시작했다. 가뜩이나 온몸이 얼어붙어 걷기조차 불편했는데 눈보라가 앞을 가로막자 고생이 이만저만이 아니었다.

"어엇!"

이를 악물고 산행에 나섰던 도선이 그만 눈길에서 미끄러져 산 아래로 추락하기 시작했다. 욕심을 너무 부렸지 않나 하는 후회가 언뜻 스쳐 갔지만 이미 때가 늦은 셈이었다. 한동안 미끄러지다가 바위에 부딪치며 정신이 몽롱해져 갔다.

'아, 정신을 잃으면 안 돼. 여기서 정신을 잃게 되면 얼어 죽고 말 것이야.'

도선이 정신을 차리려고 애썼으나 뜻대로 되지 않았다. 흰눈에 덮인 부아악이 잿빛으로 보이기 시작하더니, 마침내 칠흑 같은 어둠이 도선의 눈동자를 덮어 버렸다.

희양의 옥룡산파(玉龍山派)가 동안거(冬安居, 음력 10월 보름부터 정월 보름까지 바깥출입을 삼가고 수행에 힘쓰는 일)에 일제히 들어갔다. 모두 다 선방에 들앉아 수행에 정진하느라 여념이 없었지만 몇 사람만은 예외였다. 특히 월정은 백운산 주변 호족들의 경쟁이나 불화를 중재하는 임무를 띠고 있어서 동안거에 관계없이 바깥출입을 자유자재로 하고 있었다.

날이 갈수록 호족들의 경쟁이 노골적인 양상을 띠었다. 신라 왕권이 점점 쇠퇴 기미를 보이고 백성들의 고난과 혼란이 가중되자

서로 패권을 차지하려는 호족들의 야심이 밖으로 드러날 수밖에 없었다.

희양 성주 김흥광은 승평 관내의 여러 현 중에서 재력이 가장 풍부했다. 백운산의 품이 넉넉했으며 농토가 비옥했고, 바다가 가까워 해산물을 얼마든지 채취할 수 있었다. 게다가 희양 백성들이 억척스러우면서도 근면 성실해서 의식주에 불편함이 없을 정도였다. 그래서 그는 재력을 바탕으로 남해안 일대의 패자가 될 꿈을 꾸고 있었다.

승평의 호족, 김총 장군은 젊은 패기를 앞세워 내일을 위한 발판을 차근차근 만들고 있었다. 무엇보다 그의 장점은 고을 백성들에게 신망이 두텁다는 것이었다.

승평 성주 박언지의 야심 또한 만만치 않았다. 그는 해룡창을 통해 해상 무역을 일구며 패자의 기틀을 착실하게 닦고 있었다. 그런데 젊은 패기와 백성들의 신망을 등에 업고 나날이 성장하는 김총과 풍부한 재력을 움켜쥐고 있는 희양 성주 김흥광이 항상 넘보고 있다는 게 두려웠다.

또 하나 염려가 있다면 후사가 없다는 점이었다. 물론 도선이 승평 고을에 비보사찰을 세우고 나서 부인에게 태기가 있었지만 아쉽게도 계집아이를 낳았다.

그에게는 자신의 대를 이을 사내아이가 필요했다. 그리고 도선이 말했던 것처럼 분열된 겨레가 통합될 때 그 아이가 일등 공신이 되었으면 하는 바람이 있었다. 그렇게 되면 조정의 후광을 입어 이 일대의 패자로 군림하게 될 터였다.

월정이 선방을 나서자 법당 앞마당에서 큼큼거리는 소리가 났다. 도선을 대신해서 모든 업무를 주관하고 있는 현오였다.

"어디를 가려고 그러는가? 혹시 반야탕(술)이라도 생각났던 것은 아닌가?"

일전에 월정이 밖에 나갔다가 들어왔을 때 술 냄새를 풍긴 적이 있었다. 현오가 그것을 눈치 채고 하는 소리였다.

"어느 짓궂은 시주님이 일체유심조(一切有心造)를 거론하며 반야탕을 건네기에 어쩔 수 없이 한 모금 했는데, 그걸 가지고 꼬투리를 잡으시다니 너무 합니다요."

원래 '일체유심조'는 《화엄경》의 중심 사상이었다. 실차난타(實叉難陀)가 번역한 《80화엄경》〈보살설게품(菩薩設偈品)〉에 이런 게송이 있었다.

'만일 어떤 사람이 삼세 일체의 부처를 알고자 한다면〔若人欲了知三世一切佛〕, 마땅히 법계의 본성을 관하라〔應觀法界性〕. 모든 것은 오로지 마음이 지어 내는 것이다〔一切唯心造〕.'

그런데 원효와 의상 대사가 함께 당나라 유학 길에 올라 어느 무덤 앞에서 잠을 자다가 목이 말라 물을 마셨는데, 날이 새어서 깨어 보니 잠결에 마신 물이 해골에 괸 물이었음을 알았다. 그리고 사물 자체에는 정(淨)도 부정(不淨)도 없고 모든 것은 오로지 마음에 달렸음을 알고 대오(大悟)하면서 '일체유심조'라고 말했기 때문에 널리 회자되고 있었다.

"껍질 홀라당 벗고 있는 콩알 같은 자네에게 꼬투리가 달려 있을 턱이 있나. 나는 눈을 씻고 찾아봐도 보이지 아니 하니 그런 소리하지 말게나. 그리고 말일세, 누가 나한테 반야탕을 권하면 싫도록 마시고 그 자리에서 당장 성불해 버릴 걸세."

현오가 낄낄거렸다.

"정말이십니까요? 그러면 돌아올 때 반야탕을 구해 올까요?"

"거 좋지. 반야탕에 도끼나물(쇠고기)이나 아리차(닭고기)까지 곁들이면 도를 통하지 아니하고 배길 수 없을걸."

일전에 어느 부잣집에서 묏자리 잡아 달라는 부탁이 들어왔다. 월정이 마지못해 응했더니 그 대가로 진수성찬을 내왔다. 그런데 현오가 그것을 눈치 채지 않았나 싶어 가슴이 뜨끔했으나 전혀 내색하지 않고 오히려 맞받아쳤다.

"스님께서 성불하시겠다는데 그런 것은 구해 드릴 수 있습죠."

"그래, 그래. 혼자서만 몰래 성불하면 아니 되네. 중생을 교화시키고, 사문이 함께 성불할 수 있도록 만들어야 진정한 수도승이지 않겠나."

현오가 낄낄거리며 법당 쪽으로 가 버렸다.

산을 내려간 월정이 희양 읍성으로 들어갔다. 저잣거리는 언제나 온정이 넘치고 평화로웠다. 고을 백성들 또한 부지런하고 성실해서 겨울의 삭막한 분위기를 찾아볼 길이 없었다.

김흥광 성주의 저택을 찾아갔다. 성주의 외동딸, 연주를 만나러 가는 길이었다. 솟을대문 가까이 다가가자 때마침 연주가 유모와 함께 밖으로 나오고 있었다.

연주는 혼기를 놓쳐서 꽃다운 미모가 시들어 가는 중이었다. 게다가 근심 걱정이 많은지 몰라보게 수척했고, 예전의 활달함마저 사라져 가고 있었다.

"아가씨, 어디로 행차하는 길이옵니까?"

"그렇지 않아도 옥룡사를 찾아가려던 참이었어요. 그동안 큰스님으로부터 무슨 소식은 없었나요? 지금 어디에서 머물고 계신다든지, 언제 돌아오신다든지 그런 소식 말이에요."

"납자들의 두타행이란 뜬구름이나 흐르는 물과 같은 법이옵니다."

"소식이 없었단 말이지요? 어쩌면 그렇게 무정……."

연주의 얼굴이 어두워졌다. 옆에 아무도 없었으면 한숨을 내쉬며 '무정한 분'이라고 중얼거리기라도 했을 텐데 그럴 수조차 없어서 답답했다.

"아가씨, 그러면 옥룡사에 갈 필요가 없잖아요?"

유모가 연주에게 말했다.

"아니에요. 어차피 나섰던 길이니까 불공이라도 올리고 싶어요."

연주의 걸음걸이에 힘이 전혀 없었다. 유모가 혀를 끌끌 차더니 마지못해 뒤따라갔다. 월정이 그들의 뒷모습을 지켜보며 입을 열었다.

"어허, 소원을 풀 수 있는 비법이 있긴 한데……."

말이 채 끝나기도 전에 연주가 몸을 재빠르게 돌렸다.

"방금 뭐라고 하셨나요? 소원을 풀 수 있는 비법이 있다고 하셨는지요? 신통력이 많은 큰스님의 제자니까 그런 비법을 알고 있겠군요. 도와주셔요."

"있긴 한데, 그게 좀."

"소원을 풀 수만 있다면 어떤 대가라도 치르겠어요. 도와주셔요. 부탁이에요."

"아가씨의 소원이니까 들어드리는 것입니다. 아가씨의 침방이 있는 건물의 좌향(坐向, 묏자리나 집터가 자리 잡은 방위)을 바로잡아야 되겠사옵니다."

월정이 임기응변으로 내뱉은 말이었다. 사실은 두뇌가 명석하고 눈치 빠른 그였기 때문에 도선의 비보 진압을 생각하며 그저 해본 소리에 지나지 않았다.

"그럼 어떻게 해야 하죠?"

"현재 좌향은 자방(子方)을 등지고 오방(午方)을 바라보는 자좌오향(子坐午向)이옵니다. 그건 아가씨의 애타는 마음과 달리 백계산 옥룡사를 등지고 있는 형국이옵니다."

"어떻게 해야 좋을지 알려 주셔요."

연주가 매달리다시피 다가섰다. 월정이 곧바로 대답하지 않았다. 애가 탄 연주가 애원하는 눈빛으로 월정을 바라보았다. 한참이나 뜸을 들이던 월정이 입을 열었다.

"그런 수고까지 하실 필요가 없습니다. 아가씨의 침방 앞에 나비가 날아오도록 꽃을 심으십시오. 음양오행에 따르면, 흰색 황색 적색은 양이오니 그 세 가지 색깔의 꽃이어야 합니다. 그리고 화단은 음에 해당하는 검은색 돌로 치장하십시오."

"그렇게만 하면 소원을 풀 수 있다는 거지요?"

"그것만으로 부족하옵니다. 음양오행에서 화(火)에 해당하는 음식인 수수, 살구, 은행을 많이 드십시오. 또 불에 굽거나 찐 어육도 마찬가지이오니 충분하게 드시기 바랍니다."

연주는 그동안 근심 걱정 때문에 식사량도 적었지만 어육을 싫어해서 별로 먹지 않았다. 그런데 소원이 풀어진다니까 희양이 자랑하는 숯불 구이를 양껏 먹을 작정이었다.

"끝으로 이걸 명심해야 합니다. 좌향을 바꾸지 않는 대신 오방에 있는 옥룡사를 항상 바라본다는 의미로 오시목(오래 묵은 감나무의 심재로서 먹감나무라 함)으로 만든 장도(粧刀, 정교한 장식을 한 칼집이 있는 주머니칼)를 품에 간직하고 다니십시오."

"어머, 그것도 어렵지 않은 일이네요. 우리 고을의 명물인 장도를 오시목으로 만들면 되겠군요. 유모, 당장 아버님께 부탁해야겠어요. 오시목으로 만든 장도 하나 선물해 달라고 말예요. 그리고 유모, 화각함(華角函, 쇠뿔을 얇게 펴서 그림을 그린 후 이를 목기함에 붙여 장식하는 공예품)에 들어 있는 패물을 몽땅 꺼내 오세요. 스님께 시주해야겠어요."

연주가 예전의 활기를 되찾았다. 소원을 풀 수 있는 비법을 알고 나자 근심 걱정이 눈 녹듯 사라지고 있었다.

월정은 패물을 받은 뒤에 승평으로 발걸음을 옮겼다. 그의 걸음걸이에 힘이 실렸고, 얼굴에는 자신감이 철철 넘쳐 났다.

세상만사가 이렇게 쉬운 것인지 예전에 미처 몰랐다. 도선의 방에서 훔쳐본 음양오행의 원리 몇 가지만 가지고도 사람들의 마음을 사로잡을 수 있다는 게 꿈만 같았다. 이제는 손만 내밀어도 천하가 제 발로 굴러들어올 것 같았다.

승평 박언지 성주의 저택 솟을대문 앞에 선 월정의 자세가 의젓하고 당당했다. 박언지 성주의 고민이 무엇인지 익히 알고 있었다. 그에게 뭇자리를 잡아 주고, 또 아들을 얻을 수 있는 비법까지 알려 주면 최고의 대접을 받을 수 있을 터였다.

"여봐라, 게 아무도 없느냐!"

월정의 목소리가 쩌렁쩌렁하게 울렸다. 숫을대문 앞에서 창을 들고 서 있던 사병들이 그의 당당함에 놀라 고개를 수그렸다. 하인이 대문 안에서 잽싸게 뛰어나왔다.

신라 왕조가 멸망하고 국토가 몇 갈래로 나뉘어졌다. 수많은 영웅호걸들이 저마다 세력을 확장시키며 패권을 잡기 위해 창칼을 휘둘렀다. 그런 영웅호걸 때문에 죽어가는 자는 힘없는 백성들이었다.

전국 방방곡곡에서 살려 달라고 울부짖는 소리와 고통을 참지 못하고 질러 대는 비명이 우후죽순처럼 솟구쳤다. 국토가 지옥이나 다를 바 없었다. 도선은 전쟁으로 부상당한 자들을 치료하기 위해 이리 뛰고 저리 뛰면서 의술을 펼쳤다. 하지만 역부족이었다.

국토가 피칠갑으로 변해 버리고 수많은 주검들이 산더미처럼 쌓였다. 도선이 수많은 백성들의 주검 앞에서 그들의 극락왕생을 비는 염불을 외웠다. 하지만 원통하게 눈을 감았던 백성들이 중음신으로 떠돌며 꺼이꺼이 울어 댔다. 그 소리가 귀청을 후벼 팠다.

"대자대비하신 부처님, 불력으로 살생을 멈추게 해 주시옵소서. 이러다가 자비의 종자가 모두 끊어지게 생겼나이다. 힘없고 불쌍한 백성들이 무슨 죄를 지었다고 처참한 생을 맞게 하셨나이까? 왜 이 소중한 생명들이 야욕의 밥이 되어야 한단 말입니까. 대자

대비하신 부처님, 한 민족이 왜 서로 싸우며 피를 흘려야만 합니까. 지금 당장 피비린내 나는 전쟁을 멈추게 해 주시고 살생이 끝나도록 굽어 살피소서."

도선이 염원하며 팔이 떨어질 정도로 목탁을 두드렸다. 그런데 느닷없이 목탁이 깨지고 말았다. 그뿐만 아니라 푸르렀던 하늘이 핏빛으로 물들기 시작했다. 급기야 하늘에서 시뻘건 핏물이 뚝뚝 떨어졌다. 요란한 천동 번개와 함께 핏물이 작달비처럼 쏟아졌다.

"안 돼! 안 돼!"

도선이 소리치다가 깨어났다. 이마에 식은땀이 흥건하게 맺혀 있었다. 누군가가 그 땀을 물수건으로 닦아 주고 있었다.

"이제 깨어나셨군요. 너무나 오랫동안 정신을 잃으셨어요."

여인의 목소리에 도선이 깜짝 놀라 자리에서 일어나려고 했으나 뜻대로 되지 않았다. 그 여인이 안개 속에 갇혀 있는 것처럼 희미하게 보였다. 도선이 상대의 정체를 확인하기 위해 톺아보았으나 그럴수록 더욱 가물가물했다.

"그냥 누워 계셔요. 아직 일어나시면 아니 되어요."

여인이 도선을 일어나지 못하도록 하더니 남편을 불렀다. 사내가 방으로 들어왔다.

"스님, 눈길에서 미끄러져 정신을 잃었던 모양입니다. 그래서 제가 모시고 왔습니다. 이제 정신이 든 모양인데 몸을 많이 다쳤으니 안정을 계속 취해야 좋을 듯싶습니다."

그제야 도선이 상황을 파악할 수 있었다. 장차 왕도가 될 지역을 비보하기 위해 부아악에 오르다가 그만 미끄러져 아래로 굴렀다. 그 이후로 현실인지 꿈인지 모를 정도로 겨레의 분열에 따른 처참한 전쟁 상황을 겪었다.

"구해 주셔서 대단히 감사하오. 그런데 얼마나 누워 있었소이까?"

"영원히 아니 깨어날 줄 알고 얼마나 걱정했는지 모릅니다. 벌써 달포쯤 지났습니다."

"달포쯤이라고요? 그러면 다행이군요."

"달포가 되도록 의식을 차리지 못했는데 다행이라니요?"

"아, 그런 게 있습니다."

도선은 겨레의 분열과 전쟁 상황이 꿈이었다는 것을 알게 되자 마음이 놓여서 다행이라고 말했던 것이다.

희미하게 보이던 얼굴이 점차 또렷하게 보이기 시작했다. 사내와 아낙의 차림으로 보아 가난한 농민임에 틀림없었다. 방을 둘러보았다. 남쪽에 뙤창이 하나 있었고, 토벽 한 귀퉁이에 고굴(흙벽에 제비 집 같은 턱을 만들고 불을 지펴서 주위를 밝히는 장치)이 설치되어 있었다.

황토 바닥에 거적과 짐승 가죽이 깔려 있고, 그 위에 도선이 누워 있었다. 방 한쪽에는 난방을 위한 질그릇 화로가 놓여 있었다. 값나가는 것은 하나도 보이지 않았다. 산골 사람들의 애옥살이가 그대로 드러났다.

옆방에서 느닷없이 앓는 소리가 거칠게 들려왔다. 아낙이 화들짝 놀라며 뛰어갔다. 사내가 안절부절못하다가 도선에게 사연을 이야기했다.

"저희 부친께서 노환으로 시달리십니다."

"역(易)에 따르면, 하늘에서 처음 물이 나오고[天一生水], 그 물속에서 불[火]이 나온 다음에 나머지 오행이 갖춰졌으며 만물도 이루어졌다고 하지요. 인체의 원기는 물에 해당되는 신(腎)에서 비롯됩니다. 그리고 심장의 불기운에 의해 원기가 전신을 순환하면서 생명을 유지하는 것이올시다. 물과 불의 부조화가 만병의 근원인 셈이지요."

"저는 천것이라서 어려운 말은 모릅니다."

"서운하게 들릴지 모르겠습니다만, 만병을 떠나서 인연이 다하면 어느 누구나 떠나는 법입니다."

도선이 옆방 노인의 신음을 듣고 명이 다했다는 것을 알았다. 그래서 의술을 잘 알고 있으면서 별다른 처방을 내리지 않고 있었다.

"잠시 누워 계십시오. 부친을 뵙고 다시 오겠습니다."

사내가 옆방으로 달려갔다. 도선이 눈을 지그시 감았다. 온몸이 결리면서 정신까지 혼미해지기 시작했다. 말을 아껴 원기를 낭비하지 않으려고 했으나 옆방의 노인을 생각해서 몇 마디 했던 것이 무리였던 모양이었다.

다시금 비몽사몽을 헤매면서 죽고 죽이는 전쟁과 처참하게 널린 시신들을 보았다. 도선이 그들의 극락왕생을 위해 염불을 하고 목탁을 두드렸는데, 이번에도 목탁이 산산조각이 나고 말았다. 새로운 목탁을 들고 두드렸지만 금세 또 깨지고 말았다.

도선이 다시 의식을 회복했을 때 옆방에서 애간장이 끊어지는 곡성이 들려왔다. 어버이를 잃은 슬픔만큼 더한 것이 있을까.

풍수지탄(風樹之嘆). 그대로 풀이하면 바람과 나무의 탄식이었으나, 그 뜻은 효도를 다하지 못한 자식의 슬픔이었다.

도선이 승평 도선암에 모신 어머니를 생각하며 《한시외전》에 있는 글을 읊조렸다.

수욕정이풍부지(樹欲靜而風不止, 나무는 고요하려고 하나 바람이 그치지 않는다)

자욕양이친부대(子欲養而親不待, 자식이 봉양하려고 하나 부모는 기다려 주지 않는다)

그들의 슬픔이 도선의 슬픔처럼 느껴졌다. 자리에서 일어나 머리맡에 놓여 있는 바랑을 끄집어 당겼다. 그 속에서 침을 꺼내 자신의 몸에 시술하고 운기 조식을 취하기 시작했다. 밥 두 끼 먹을 시간이 지나가자 무겁고 결렸던 몸이 풀어졌다.

문을 열고 밖으로 나갔다. 부아악이 코앞에 우뚝 서 있었다. 마당으로 나가 주변의 지세를 꼼꼼히 살폈다. 그리고 헛기침을 한 번 터뜨린 다음에 곡성이 들려오는 방으로 들어갔다.

"극락왕생할 수 있도록 염불이라도 해 드리고 싶소이다."

도선의 이야기에 부부가 뒤로 물러났다. 도선이 지극 정성으로 극락왕생을 빌어 주었다.

"저희 부부가 워낙 가난해서 스님에게 시주할 것도 없는데 이렇게 염불을 해 주시니 감사하옵니다. 아버님은 저를 데리고 다니면서 평생 석공으로 돌만 쪼며 힘들게 살았습니다. 이제 스님의 염불 덕분에 편안히 가시게 되었으니 더 이상 소원이 없는 듯합니다."

"두 분은 생명의 은인입니다. 그래서 빈도가 조그만 보답이라도 해 드리고 싶습니다."

"보답을 바라고 했던 일이 아니오니 마음에 두지 마십시오."

도선은 부부의 효성이 지극하고 마음씨가 너무나 곱다는 것을 알았다. 그래서 풍수지리를 터득한 이후로 그 어느 누구에게도 묏자리를 잡아 준 적이 없었지만 이번만큼은 그런 불문율을 깨기로 마음먹었다.

"생명의 은인일 뿐만 아니라 효성이 지극하기 때문에 빈도가 조그만 재주를 부릴까 하외다. 따라오시구려."

도선이 방문을 열고 밖으로 나갔다. 사내가 영문을 알지 못한 채 주춤주춤 따라나섰다. 사내의 집은 부아악 아래 외딴집이었다. 집 뒤편으로 돌아가 산기슭을 타고 올라가서 한 지점을 주장자로 짚었다.

부아악은 석산이라서 음택 명당을 찾기가 쉽지 않았다. 그런데 조금 전에 마당에 나와서 괴혈(怪穴, 돌로 이루어진 악산에 시신 한 구를 묻을 만한 흙이 있는데 그곳의 혈을 말하며 발복이 빠르고 강력하다) 한 군데를 이미 찾아 놓았던 것이다.

"이곳을 개혈(開穴, 시신을 안장하기 위해 땅을 파는 일)하여 장사 지내시면 장차 좋은 일이 있을 것이외다."

도선의 이야기에 사내가 기뻐서 큰절을 올렸다.

"부친을 따라 석공 일을 했다니까 한 가지 더 말씀드리겠소이다. 얼마 후면 저 지점에 도선사라는 사찰이 들어서게 될 것이오. 그러면 대웅전 위쪽의 바위에 관세음보살상을 지극 정성으로 조각하시오. 그건 크나큰 공덕을 쌓는 일이외다."

도선이 사내를 집으로 데리고 가서 관세음보살상을 어떤 식으로 조각할 것인지 자세하게 일러 주었다. 그리고 부아악에 올라 장차 도읍이 될 이 지역을 위해 비보사찰 터를 잡았다.

"음, 경좌갑향(庚坐甲向)으로 대웅전이 들어서야겠군."

경방(庚方)은 서남에서 서쪽으로 15도까지, 갑방은 동북동에서 동쪽으로 15도 방위였으며 경좌갑향이란 경방을 등지고 갑방을 향한 좌향(坐向)이었다.

도선이 사찰 창건에 중요한 여러 가지 사항을 꼼꼼히 기록한 다음에 산을 내려갔다.

백두산에서 출발하여 수모목간(水母木幹)으로 뻗어 내려온 산줄기가 송악산에 이르러 마두명당(馬頭明堂)을 일으켰다.

송악(개성)의 주산인 송악산은 마치 웅장한 병풍을 펼쳐 놓은 것같은 주천토(湊天土, 정방형)의 형상이었다. 그리고 서북에 진좌(鎭坐)하여 동서향으로 국(局)을 열고 있었다.

송악은 동쪽으로 일출봉과 남산(男山), 서쪽으로 월출봉과 봉명산, 남쪽으로 진봉산과 광덕산이 외곽 지대를 감싸고 있었다. 그건 명당의 기운이 흐트러지지 않도록 하는 장풍국(腸風局)이라서 천혜의 명당 조건을 갖추고 있었다.

송악의 물길은 세 줄기가 합류하여 사천강으로 흘러 들어가는 서출동류(西出東流)의 흐름이었다. 그런데 모든 물이 중앙으로 모여들기 때문에 우기가 되면 물길이 순조롭지 못하다는 단점을 갖고 있었다.

　도선은 예성강 하류에 점점이 떠 있는 크고 작은 수많은 돛단배들을 바라보며 연신 감탄하다가 송악 땅으로 들어섰다. 그리고 가슴이 심하게 요동치는 것을 억누르지 못했다. 부아악에 비보사찰 불사를 일으켰던 설렘이 채 가시기도 전에 또 다른 설렘이 찾아왔던 것이다.

　송악은 천혜의 명당이기도 했지만, 국토의 중심부에 위치하며 바다에 인접해 있었다. 그래서 해상 무역이 용이하다는 이점까지 안고 있어 최적의 도읍지임에 틀림없었다. 그리고 이 땅을 차지하는 자가 분열될 겨레를 재통합하는 패자가 될 터였다.

　'누가 과연 이 천혜의 명당, 송악을 차지할 것인가?'

　도선이 송악산의 낙락장송 아래에서 가부좌를 틀고 깊은 생각에 빠져 들어갔다.

　신라 왕조가 멸망하기 시작하면 삼국으로 분열될 것이라는 예견은 이미 했던 적이 있었다. 그건 감각이나 허무맹랑한 점괘에 의한 것이 아니라 옛 고구려와 백제가 부흥의 기치를 높이 치켜들 것이라는 역사적인 흐름을 이미 감지하고 있었기 때문이다.

　장차 분열될 겨레를 통합시킬 인물에 대해 한참이나 골똘하게 생각하던 도선이 눈을 번쩍 뜨며 무릎을 쳤다. 그런 자격을 갖춘 인물은 재력이 풍부한 해상 세력에서 나올 가능성이 컸다. 그런데 현재 해상 세력 중에서 가장 막강한 힘을 자랑하는 자가 왕융이었으며, 이 일대를 장악하고 있는 자도 왕융이었다.

　도선이 자리에서 벌떡 일어나서 송악의 호족인 왕융의 저택을 찾아가기 시작했다. 그를 직접 만나 보고 자신의 판단이 어떠한지 확인해 보고 싶었다.

송악산 남쪽 기슭에 있는 왕융의 저택 근처였다. 때마침 집을 새로 짓고 있었다. 도선이 왕융의 저택을 자세히 살펴보고 고개를 끄덕거렸다. 예상이 빗나가지 않았던 것이다.

지금까지 삼암사를 창건했고, 또 방방곡곡을 떠돌며 비보사찰을 세우는 중이었다. 이제 삼국을 통합할 주체까지 발견했으니 계획했던 일을 절반 이상 해 낸 것이나 마찬가지였다. 도선이 심호흡을 한 번 하고 나서 나지막하게 말했다.

"허허, 기장을 심을 터에 어찌 삼을 심는단 말인가. 어허, 실로 안타깝구나."

그 말이 끝나자마자 어떤 부인이 다가왔다.

"어디서 오신 스님이신지요?"

"그저 길을 따라왔을 뿐입니다."

부인이 도선에게 정중한 예를 올리며 말했다.

"스님, 저를 따라오실 수 없겠습니까? 안에 들어가셔서 어리석음을 깨우쳐 주십시오."

부인이 도선을 데리고 저택 안으로 들어갔다. 마당 안에는 수많은 물화들이 쌓여 있고, 하인들의 움직임도 부산했다. 재력이 얼마나 풍부한지를 보여 주는 광경이었다.

이미 하인에게 전갈을 받았던 왕융이 사랑 마당에 나와 서성거리고 있었다. 그는 몸집이 우람하고 수염을 아주 멋들어지게 기르고 있어서 해상 무역의 패자다운 위엄을 지니고 있었다. 그가 도선을 발견하고 눈을 크게 떴다.

"예전에 저랑 상면했던 적이 있으시지요? 혹시 청해진에서 만났던 도선 형님이 아니십니까?"

"그렇다네. 내가 도선일세."

"형님이 바로 그 유명한 옥룡자 도선 큰스님이셨군요. 그런데 어인 일로 이 누추한 곳까지 발걸음을 하셨습니까? 어서 안으로 드시지요."

왕융이 사랑채로 안내했다.

"기장 심을 곳에 어찌하여 삼을 심느냐고 했다던데, 무슨 뜻으로 그런 말씀을 하셨는지 구체적으로 알려 주십시오."

"내가 두타행에 나섰다가 송악 땅에 잠시 들렀네. 그런데 송악산의 맥이 멀리 임방(壬方)에 있는 백두산에서 출발하여 수모목간으로 뻗어 내려와 마두명당을 일으켰다는 것을 알았지. 아우는 어찌해서 이런 천혜의 명당을 소홀히 하고 있는가."

"무엇이 잘못되었는지 깨우쳐 주십시오."

"내가 일러 준 대로 집을 지으시면 신성한 아들을 낳고 장차 삼국을 통합하게 될 걸세. 아우님은 수명(水命)이니 물의 대수(大數)를 따라 집을 육육(六六)으로 지어 삼십육구(三十六區)로 만들고, 송악산의 험한 바위는 소나무를 심어 가리도록 하게. 그러면 필히 천지 대수가 부응하여 명년에 옥동자를 낳을 것이네. 그 아이에게 세울 건(建)이라는 외자 이름을 지어 주도록 하게나."

도선의 이야기에 왕융은 뛸 듯이 기뻐했다. 그동안 해상 무역을 착실히 해 오면서 청해진 대사 장보고 이후에 해상 세력의 패자로 군림한 것만 해도 꿈만 같은데, 장차 삼국까지 제패할 수 있다니 그것보다 더한 기쁨이 없었다.

"형님 정말이옵니까? 그렇다면 당장 형님 말씀대로 따르도록 하겠습니다."

"아우님, 나는 길을 또 떠나야 하네. 그래서 장차 태어날 아기님에게 소중한 글을 남겨 두고 싶네."

왕융이 곧바로 지필묵을 내왔다. 도선이 글을 써서 봉투에 담고 겉에 '삼가 글을 받들어 백 번 절하면서 미래에 삼국을 통합할 주인 대원 군자에게 드리노라'고 적어서 건넸다. 왕융이 두 손으로 정중히 받고 나서 그 봉투를 향해 백 번 절하며 기뻐했다.

9. 제왕학

만인의 우두머리인 임금이 갖추어야 할 품위와 능력을 기록해 놓은 학문이 제왕학인데 그 핵심은 수기와 치인이었다.

만인의 우두머리인 임금이 갖추어야 할 품위와 능력을 기록해 놓은 학문이 제왕학인데, 그 내용을 간략하게 요약하자면 수기(修己)와 치인(治人)이었다. 그건 수신제가치국평천하(修身齊家治國平天下)와 마찬가지이며, 자신을 수양하고 집안 다스리는 것을 밑바탕으로 해서 국가의 안정을 이룩하라는 뜻이었다.

노자가 말하기를 '사람은 땅을 본받고, 땅은 하늘을 본받으며, 하늘은 길을 본받고, 길은 스스로 그러하다(道大, 天大, 地大, 王亦大. 域中有四大, 而王居其一焉. 人法地, 地法天, 天法道, 道法自然)' 면서 제왕은 '무위(無爲)의 성인' 이어야 한다고 강조했다.

또 그가 제왕에게 요구하는 덕목 수준이 매우 높았는데, 제왕이라면 모름지기 세상의 온갖 허물과 고난을 다 감내할 수 있어야 한다고 강조했다.

중국 황실에 제왕학이라는 비서(秘書)가 전해 내려왔다. 이 서책에는 제왕을 가르치기 위해 풍부한 사료를 근거로 하는 교훈과 동양철학의 지혜를 집대성해 놓았다. 그러니까 공허한 탁상공론이나 이론적인 서술이 아닌 역대 황제들의 경험과 지혜가 정리된 일대기였기 때문에 후대 제왕이 상황에 따라 바른 판단을 할 수 있었다고 한다.

당나라 때 만들어진 《정관정요(貞觀政要)》는 당 태종과 그를 보좌했던 명신들의 정치 문답집이다. 흔히 이 책을 '제왕학의 교과서'라고 말하는데, 책 내용의 요점은 '수성(守成, 선왕이 이룬 업을 이어서 지키는 것)'이라고 말할 수 있다. 다시 말해서 창업(創業, 나라를 처음 세움)보다 수성이 더 어렵고 중요하다는 의미를 담고 있다.

당 태종이 신하들에게 창업과 수성 중에서 어느 것이 더 어려운지 물었다. 그러자 위징이라는 신하가 이렇게 말했다.

"본디 천자(天子)의 자리란 하늘이 내려서 백성들로부터 부여받은 것이기 때문에 그것을 얻는다는 것은 어렵다고 할 수 없습니다. 그러나 일단, 천하를 손에 넣으면 마음이 느슨해지고 갖가지 욕망을 억제할 수가 없게 됩니다. 백성들이 평온한 삶을 바란다 해도 징발(徵發)이 그칠 때가 없습니다. 백성들이 굶주림으로 고통받아도 제왕의 사치 생활을 위한 세금이 점점 더 많이 부과됩니다. 국가가 쇠퇴해지는 것은 항상 이것이 원인입니다. 이러한 이유로 저는 수성이야말로 더 어려운 것이라고 말씀드리고 싶습니다."

그런데 제왕의 능력은 지위(地位)에 있는 것이며, 그 힘은 아래에 있는 백성으로부터 온다는 사실을 망각한다면 창업과 수성 중에서 어느 것이 어렵냐를 따지는 것은 실로 어리석은 일임에 틀림없을 것이다.

신라 왕조의 왕권 다툼은 계속되었고, 백성들의 생활은 돌이킬 수 없는 도탄 속으로 빠져 들어갔다. 지역마다 토호들이 깃발을 내세우며 자기 스스로 성주나 장군이라고 칭했다. 백성들은 국가뿐만 아니라 토호들에게까지 과도한 조세나 노역에 시달리게 되었다. 이런 부작용 때문에 방방곡곡에서 초적과 해적이 들끓었으며 크고 작은 민란들이 발생했다.

제 49대 헌강왕은 왕좌에 오르자 문치(文治)에 힘썼으며, 876년에는 황룡사에 백고좌(百高座, 큰 법회)를 베풀어 기울어져 가는 나라를 불력으로 바로잡아 보려고 했다. 하지만 이미 기울어지고 있는 나라를 다시 일으킨다는 게 쉽지만은 않은 일이었다.

헌강왕 즉위 5년(879)에는 일길찬(一吉飡, 신라의 7官等) 신홍(信弘)이 반란을 일으켰다. 곧바로 진압하고 일벌백계(一罰百戒)로 다스리기 위해 처형했다. 그러자 혼란스러웠던 상황이 어느 정도 진정 국면으로 접어들었다.

헌강왕은 그동안 혼란스러웠던 정국이 안정되기 시작하자 무척이나 기뻐했다. 신라의 궁성이 있는 금성의 백성들도 모처럼 편안한 마음으로 생활할 수 있었다.

어느 날 헌강왕이 월상루(月上樓)에 올라 아래를 내려다보았더니 피리 소리와 노랫소리가 들려왔고, 온통 기와를 인 집이 다닥다닥

이어져 있었다. 그래서 기쁨을 감추지 못하고 시중(侍中) 민공(敏恭)에게 말했다.

"짐이 듣기에 모든 집들은 기와를 얹었으며, 장작을 쓰지 않고 숯으로 밥을 짓는다던데 그게 정말이오?"

"바야흐로 태평성대이옵니다. 임금께서 즉위하신 이래로 음양이 조화롭고 풍우가 순조로워 매년 백성들 먹는 것이 풍족하옵니다. 그래서 저잣거리에는 기쁨이 넘쳐 나옵니다. 그리고 저기를 보십시오. 모두 기와를 얹었고, 숯으로 밥을 하기 때문에 연기나 그을음이 전혀 없지 않사옵니까. 이 모든 것이 성덕의 소치인 줄 아뢰오."

"짐의 마음이 기쁘기 한량없소이다."

헌강왕의 용안에 기쁜 빛이 강물처럼 흘렀다. 시중 민공의 말처럼 금성의 저잣거리는 당나라의 장안을 모방하여 크고 작은 길을 바둑판처럼 내놓았고, 거리를 1,360방(坊)으로 나누었다. 그리고 금성의 호수(戶數)는 무려 17만8936호였으며, 55리에 금입택(金入宅)이라고 하는 부잣집이 35호, 사절유택(四節遊宅, 귀족이나 화랑들의 별장으로 추정)이 4호나 되었다.

주사청루(酒肆靑樓)도 즐비했다. 대낮에 화랑과 귀족들이 만취한 채로 유녀의 손을 잡고 저잣거리를 누볐다. 그들은 계절에 따라 봄이면 동야택(東野宅), 여름이면 곡량택(谷良宅), 가을이면 구지택(仇知宅), 겨울이면 가이택(加伊宅)을 돌아다니면서 놀았다.

그뿐만 아니었다. 귀족들은 서남 해안 일대의 섬을 목장으로 꾸몄다. 그리고 활을 쏘며 사냥하는 등 유흥지로 삼고 있었다.

"이런 태평성대에 어찌 이러고 계시옵니까? 도성 밖으로 행어 (幸御, 임금님의 행차)하시어 기쁨을 만끽하시옵소서."

"어디로 갔으면 좋겠소?"

"성남이궁(城南離宮) 쪽으로 행어하시는 게 좋을 듯하옵니다."

성남이궁은 임금이 행어했을 때 임시로 머무는 별궁이었다. 그곳에는 얼마 전에 만들었던 포석정(鮑石亭)이 있었다.

시중 민공 이하 대신들이 헌강왕을 모시고 바깥나들이를 나갔다. 앵두꽃과 벚꽃이 흐드러지게 피어 봄의 정취를 맘껏 느낄 수 있었다. 새순을 촘촘히 매단 수양버들이 봄바람에 흐느적거리며 흘러가는 강물을 유혹하고 있었다.

포석정은 금오산(남산) 일대에서 경치가 가장 좋은 곳에 자리했다. 그곳은 계곡을 따라 맑은 물줄기가 굽이돌아 흐르고 아름드리 소나무들이 즐비하게 들어서 있었다. 그 소나무 가지에 백학들이 깃들었으니 가히 신선들의 놀이터라고 해도 틀린 말은 아니었다.

포석정에 도착한 헌강왕 일행이 곡수연(曲水宴)을 펼쳤다. 돌 홈을 따라 흐르는 물 위에 술잔이 둥둥 떠다니고 풍악이 신바람을 일으켰다. 헌강왕이 몇 잔의 술에 금세 취기를 느끼며 여흥 속으로 빠져 들어갔다.

"저기를 보시오. 지금 금오산의 산신이 나타나서 춤을 추고 있소. 짐이 산신의 춤을 따라 출 테니까 잘 보시오."

신하들은 헌강왕이 가리키는 곳을 보았으나 아무것도 보이지 않았다. 하지만 헌강왕 눈에는 산신이 보였다. 그가 벌떡 일어나서 소맷자락 휘날리며 멋진 춤을 추기 시작했다. 한참이나 춤을 추고 있을 때, 계곡에서 이상한 소리가 들려왔다. 헌강왕이 춤을 멈추고 그 소리에 귀를 기울였다.

"지 리 다 도파 도파."

계곡에서 들려왔던 '지 리 다 도파 도파(智理多都破都破)'의 뜻은 '나라를 다스리는 자가 모두 알고 도망가고, 나중에 도읍이 파괴된다'는 무시무시한 경고였다. 그런데 신하들은 여흥에 깊이 빠져 누구 하나 크게 신경 쓰지 않았다.

헌강왕이 춤을 멈췄다. 어디서 들려온 소리인지 모르지만 도읍이 파괴된다고 하니 정신이 아득했다. 그래서 시중 민공을 불러서 물었다.

"지금이 태평성대라고 하지만 짐이 보기에는 뭔가 불안하오. 짐이 당대 최고의 석학을 불러 국정에 대한 자문을 받고 싶소. 누구를 부르면 좋겠소?"

민공이 한참이나 생각하다가 입을 열었다.

"당대 최고의 석학이라고 하면 몇 명 정도 꼽을 수 있겠습니다. 대야주(합천)에 왕거인이라는 자가 있는데, 그는 은거 중이라서 부름에 응하지 않을 것이옵니다. 그리고 당나라에서 황소의 난이 일어났을 때 '토황소격문'을 써서 문명을 널리 떨쳤던 자가 있고, 또 한 사람은 풍수지리로 천하를 떠들썩하게 만들었던 선승이 있사옵니다."

"토황소격문이라는 게 뭐요?"

"난을 일으켰던 적장, 황소의 죄과를 준엄하게 꾸짖고 투항할 것을 권고하는 글이라고 들었사옵니다."

"우리 신라에 그런 유능한 자가 있단 말이오?"

"예, 얼마 전에 당나라에서 돌아왔다고 하옵니다."

"풍수지리로 천하를 떠들썩하게 만들었던 선승은 누구요?"

"희양 백계산 옥룡사에 주석하고 있는 옥룡자 도선이옵니다."

"그들이 그처럼 대단하단 말이오?"

"토황소격문을 썼던 자는 6두품 가문에서 출생한 29세의 최치원이라는 자인데, 한동안 당나라에서 머물다가 얼마 전에 돌아와 신라의 실정을 잘 모를 수도 있습니다. 하지만 옥룡자 도선은 이미 신승이라는 소문이 파다했으며 오랫동안 두타행으로 방방곡곡을 떠돌아다니면서 불법을 널리 펼치고 사찰을 무수히 지었기 때문에 국정을 물어보기에 가장 적합한 인물인 줄 아뢰오."

"풍수지리로 천하 명성을 떨치고 있는 옥룡자 도선이라?"

"그렇사옵니다. 그는 산천순역을 주장하며 곳곳에 비보사찰을 세워 흐트러진 민심을 안정시키고 있사옵니다. 근자에 옥룡자 도선을 모르는 자가 없을 정도로 유명하옵니다."

"최치원의 토황소격문 내용이 어떠한 것인지 궁금하구려. 그리고 옥룡자 도선을 만나서 부처의 힘뿐만 아니라 땅의 힘까지 빌려 이 나라를 부강하게 만들고 싶소. 지금 당장 그를 궁궐로 불러들이도록 하시오."

헌강왕이 옥룡자 도선의 입궐 어명을 내렸다.

신라의 왕도인 금성은 풍수지리로 볼 때 행주형이다. 또 남쪽에서 올라온 홍련이 서쪽을 향해 핀 백련으로 변해 연화형(蓮花形)을 이루는 형세로 보기도 한다.

금성의 진산(鎭山)은 동악(東岳, 토함산)이며, 신라 오악 중의 하나였다. 그리고 안산은 선도산, 청룡은 금오산, 백호는 동악에서 뻗어 나온 북악(北岳, 금강산)이었다.

동악은 봉황포란형(鳳凰抱卵形)이었는데, 그 산 너머 동해에서 밀려오는 습기와 바람이 대단해서 안개와 구름을 삼키고 토하는 듯했다. 그리고 날씨가 맑은 날에는 그 산이 잉태했다가 창공으로 밀어 올리는 태양이 불을 뿜는 듯한 장관을 연출했다.

금성의 도성과 그 주변에 수많은 사찰이 있었다. 동악 기슭의 거북등처럼 생긴 혈처에 자좌오향(子坐午向)으로 불국사가 앉았다. 그 사찰은 눌지왕 때 아도화상이 창건했다고 전해지며, 경덕왕 때 재상 김대성이 대대적인 불사를 일으켰다.

《삼국유사》에 따르면 경덕왕 10년에 김대성이 전세(前世)의 부모를 위하여 석굴암을, 현세(現世)의 부모를 위하여 불국사를 세웠다고 한다.

신라 왕궁 옆에는 황룡사가 자리 잡고 있었다. 거기에 9층 목탑이 매우 인상적이었는데 금성 어느 곳에서나 잘 보일 만큼 하늘 높이 우뚝 솟구쳐 있었다. 이 사찰은 신라 진흥왕 14년에 궁궐을 짓다가 황룡이 나타났다는 말을 듣고 사찰로 고쳐 지었다고 전해진다.

그 밖에도 금오산 곳곳에 불탑이 서 있었으며, 금성 일대에 용장사, 사천왕사, 황복사 등의 수많은 사찰들이 들어앉아 있어서 이곳을 불국토라고 해도 과언은 아닐 상황이었다.

헌강왕으로부터 입궐 어명을 받은 도선은 사신이 금성까지 모시고 가겠다는 것을 거절했다. 그리고 현성과 범진을 데리고 산문을 나섰다. 먼저 승평 도선암에 거처하는 어머니, 법등행을 찾아가 인사를 올리고 왕도로 향했다.

도선은 길을 가는 동안에 산천의 형세를 끊임없이 살폈으며, 고을 백성들의 살림살이를 눈여겨보았다. 백성들은 죽지 못해 살고 있는 형편이었다. 그런데 금성에 도착해서 보니 도성 안에서 살고 있는 귀족들은 사치와 향락에 젖어 있었다.

금성 인근의 산은 소나무나 참나무들이 거의 베어져서 벌거숭이였다. 그 이유는 귀족들이 장작 대신에 숯을 사용했기 때문이다. 장작 열 짐이 숯 한 짐이었기 때문에 인근 산들이 당연히 남벌(濫伐)될 수밖에 없었다.

백성들은 나라에서 거두어들이는 조세에다가 토호들에게 빼앗기고 초적과 해적들에게 노략질까지 당해 죽음의 구덩이에 빠진 꼴이었고, 도성 안의 귀족들은 주지육림에 빠져 있었다. 삼국 통일의 주역이었던 화랑들은 이미 기강이 해이해지고 방탕에 물들어 쓸 만한 인물은 눈을 씻고 찾아보아도 없었다. 진골 귀족들은 왕권 다툼을 잠시 멈추는가 싶더니 그 대신에 서역에서 들여온 수입품으로 사치와 향락에 빠져 있었다.

금성에 있는 수많은 사찰들의 행태도 매한가지였다. 권력을 등에 업은 승려들의 눈에는 보이는 것이 하나도 없었다. 그런 상황에서 불법이 제대로 펼쳐지고 계율이 지켜질 리 만무했다.

"스승님, 이젠 입궐하실 때가 되었지 않사옵니까?"

현성이 도성 안을 실컷 구경하다가 이력이 날 즈음에 도선에게 말했다.

"아니다. 저잣거리를 돌며 세상 돌아가는 상황을 더 지켜보고 싶구나."

도선은 입궐 어명을 정중하게 거절하고 싶었다. 그런데 세상 돌아가는 형편을 살필 겸 헌강왕의 부름에 응해 금성까지 왔던 것이다.

도선의 뒤를 따라다니는 현성과 범진은 금성의 번잡함과 화려함 때문에 눈이 튀어나올 지경이었다. 금입택 앞을 지날 때면 벌어진 입이 다물어질 줄 몰랐고, 곳곳에 있는 규모 큰 사찰들을 볼 때면 자신들이 촌뜨기 승려라는 게 부끄러울 지경이었다.

그러나 두 제자는 어깨를 활짝 펴고 길을 걸었다. 헌강왕이 도선을 불러 국정 자문을 요청한다는 것은 국사(國師)로 인정하겠다는 뜻이나 마찬가지였다. 그것만큼 영광스러운 일이 없었고, 그런 스승을 수행하고 있다는 게 너무나 자랑스러웠다.

범진이 도선의 눈치를 살피더니 나지막한 목소리로 현성에게 말했다.

"현성, 월정은 정말 바보일세. 옥룡 산문을 떠나지 않았다면 우리랑 함께 왕도 구경을 할 수 있었을 게 아닌가."

어느 날, 월정이 온다 간다 말없이 자취를 감추고 말았다. 들리는 소문에 따르면, 승평 관내를 떠돌며 묏자리를 잡아 주고 큰 재물을 모았다고 했다. 그러더니 대처로 나가서 더 큰 재미를 볼 생각이었는지 무주 관내로 옮겼다는 거였다.

"그까짓 말뚝 풍수가 날고 기어 봤자 부처님 손바닥 안이나 마찬가지일세. 머지않아 크게 후회하게 될 걸세."

“들리는 소문에 따르면 떵떵거리는 장자가 되었다더군. 그리고 각처의 호족들이 월정을 모셔 가려고 안달이라는 거야. 허허, 사람 팔자 모른다니까 글쎄.”

“그럼 자네도 그 좋은 무술 실력을 내세워 어느 호족 나리 밑에 들어가서 비장 자리라도 꿰차지 그러나. 그렇게 되면 떵떵거리며 수많은 미녀들을 거느리고 호의호식할 수 있을 테니까 말일세.”

“에끼, 농담이라도 그런 소리 말게나. 나는 이 승복이 훨씬 더 좋네.”

“그래, 나도 지금 이대로가 좋아.”

두 제자가 도선의 뒤를 따라다니면서 소곤거리다가 얼굴을 맞대고 조심스럽게 웃었다.

도선은 도성 안의 상황을 살피면서 신라 왕조가 머지않아 몰락할 수밖에 없다는 것을 확실히 느꼈다. 언뜻 보기에 태평성대를 구가하고 있는 것 같지만 사실은 그게 아니었다. 지금의 상황은 서산으로 떨어지는 해와 같았다. 아름다운 석양 뒤끝에는 칠흑의 어둠이 찾아오게 되어 있었다.

더군다나 금성은 풍수지리로 볼 때 행주 형국이었다. 그런데 수많은 금입택마다 우물을 파 놓았으며 호화로운 연못을 만들어 놓아서 배 밑바닥에 구멍을 내놓은 꼴이 되고 말았다. 그건 금성이라는 거대한 배가 침몰한다는 것을 의미했다.

또 하나, 금성은 국토의 남동부에 치우쳐 있어서 왕도의 명맥을 이어 가는 데 부족함이 많았고, 이제 그 지기가 거의 쇠해 버린 상태였다.

장차 삼국으로 분열될 겨레를 통합하고 고구려의 진취적인 기상을 이어 가려면 필히 국토의 중심부에 도읍을 건설해야 할 필요성이 있었다. 도선은 장차 들어설 도읍의 최적지로 송악을 꼽고 있었던 것이다.

도선 일행 앞에 젊은 사내 두 명이 걸어가고 있었다. 그중에서 한 젊은이가 말했다.

"이거 참 애통할 노릇이네. 관리들과 귀족들이 백성들에게 조세만 많이 거두어들이고, 그들은 화려한 옷을 입고 예리한 칼을 차고 유흥에만 몰두하고 있는 실정이네. 이런 자들은 도적의 우두머리나 다를 바가 없네."

도선은 그 이야기에 귀가 번쩍 뜨였다. 도성 안의 모든 사람들이 다 썩어 빠진 줄 알았다. 그런데 이런 올곧은 젊은이가 아직도 남아 있다는 게 신기했다. 걸음을 재촉해서 그의 옆모습을 훔쳐보았다. 그 젊은이의 인상은 매우 차분했다. 자세히 살펴보지 않아도 보통이 아니라는 것을 느낄 수 있었다.

"치원이, 그게 무슨 엉뚱한 소린가. 자네는 당나라에 있다가 얼마 전에 돌아와서 이곳 사정을 잘 모르는 모양인데, 요즘은 왕권 다툼도 사라지고 도성 안의 모든 백성이 배불리 먹고 지내기 때문에 태평성대란 말일세."

"어허, 모르는 소리. 우리 같은 6두품 출신은 능력이 아무리 출중해도 요직에 앉을 수 없지 않은가. 그리고 요직을 독차지하고 있는 귀족들은 이미 부패할 대로 부패하고 말았네. 그러면 누가 이 나라를 끌고 간단 말인가. 지금 이대로 둔다면 머지않아 이 나라가 몰락하고 말 걸세."

현실을 야무지게 바라보고 비판하는 젊은이는 당나라에서 '토
황소격문'을 써서 문명을 널리 떨쳤던 최치원이었다.

"자네가 왜 이렇게 안달인가. 우리는 굿이나 보고 떡이나 얻어
먹으면 되잖은가."

"용인술(用人術)이 능하지 못한 제왕은 패국의 황제가 될 수밖에
없네. 그리고 나라가 망하게 되면 피를 흘리고 고통받는 사람은
우리 같은 백성들일세. 그런데 가만히 있으라는 건가."

"치원이, 그러면 어떻게 해야 된다는 건가? 자네가 당나라에서
공부를 많이 했고 문명도 널리 떨쳤다고 하니 고견이 있으면 말해
보게나."

"한 나라의 흥망성쇠는 하늘에 달린 게 아니라 사람의 손에 달
려 있지. 기울어지는 나라를 바로 세우려면 지금 당장 특단의 조
치를 취해야 할 걸세."

"그러니까 그게 뭐냐니까?"

"여기서 세세하게 말할 수 없네만, 우선 신분 제도에 얽매이지
않고 능력 있는 자를 관리로 임명하는 용인술이 필요하며, 백성들
의 조세 부담을 덜어 주어야 하네. 그리고 관리들의 사치를 엄격
히 단속할 것이며, 많은 재물을 쏟아 부어 절이나 궁성을 무작정
짓는 일은 금해야 하네."

최치원이 말을 끝내자 상대가 가소롭다는 웃음을 날렸다.

"여보게, 자네 이야기가 골백번 맞기는 하네만, 어느 신하가 그
런 것을 임금님께 상소할 것이며, 또 그런 상소를 들어줄 귀족이

나 현명한 임금님이 어디에 계신단 말인가. 자, 오늘은 내가 실컷 대접함세. 술이란 게 뭔가. 근심 걱정을 잊게 해 준다고 해서 '망우물(忘憂物)'이라고 하지 않았던가. 저기 주루청사로 가서 흠뻑 취해 보세."

사내가 최치원의 소맷자락을 잡아끌었다. 그때 최치원이 인기척을 느끼고 돌아보았다. 세 명의 승려가 바투 붙어서 따라오고 있었다. 도선과 최치원의 눈빛이 부딪쳤다. 당대 최고 석학들의 눈빛이 마주치는 순간이었다.

사내가 최치원을 끌고 주루청사로 들어갔다. 도선이 그 자리에 한참 서서 주루청사 쪽을 바라보다가 걸음을 옮겼다.

"스승님, 방금 그 젊은이의 기개가 대단하옵니다. 그런데 용인술이라는 게 무엇이옵니까?"

현성이 물었다.

"문자 그대로 사람을 부리는 재주니라."

"그러면 재주를 어떻게 부려야 하옵니까?"

"그것만큼 어려운 일이 없다. 우선 몇 가지만 간략하게 이야기한다면, 인재를 알아보는 눈이 있어야 하고, 자기 사람으로 만들 줄 아는 능력이 있어야 한다는 것이다. 그리고 그 사람을 적재적소에 배치할 수 있어야 하는데, 그건 인재의 장단점을 정확히 파악해야 가능한 일이니라. 자, 볼 것은 모두 보고 들을 것도 모두 들었느니라. 이젠 입궐할 것이니라."

도선이 궁성을 향해 발걸음을 돌렸다.

헌강왕은 도선을 만나자 나라를 어떻게 다스려야 좋은지 물었다.

"제왕의 다스림은 백성들의 덕만큼 하게 되어 있습니다. 그래서 덕치(德治)이온데, 자칫 소홀하면 무법(無法)의 치(治)가 될 수 있습니다."

"오호, 좋은 이야기요. 모든 제왕이 잘 알고 있으면서 자칫 망각하기 쉬운 게 바로 그것 아니겠소. 그러면 이번에는 나라를 다스리면서 꼭 명심해야 할 것이 있으면 이야기해 주시오."

"먼저 진정한 자신을 굽어보고 그 다음에는 시절의 폐단을 필히 살피시기 바랍니다. 지금 백성들은……."

도선이 왕도까지 오는 동안에 보고 느꼈던 바를 솔직하게 이야기했다. 헌강왕은 도선의 이야기에 흠뻑 빠져 들어 왕궁에 머물면서 도와줄 것을 부탁했다.

도선은 왕궁에 머물 생각이 전혀 없었다. 이번에 왕도를 찾아오면서 국운이 이미 기울어졌다는 것을 재삼 확인했으며, 머지않아 분열이 오고 또 새로운 왕조가 태어날 수밖에 없음을 잘 알고 있었기 때문이다.

"아직 깨달음이 부족하옵니다. 백계산으로 돌아가 산천의 오묘함에 대해 더욱 깊이 공부하고 싶으니 돌아갈 수 있도록 윤허해 주시옵소서."

도선이 간절히 청하자 헌강왕도 붙잡지 못했다.

궁궐 밖으로 나온 도선이 밖에서 기다리고 있던 현성과 범진에게 희양 백계산으로 즉시 돌아가라고 지시했다.

"너희들은 돌아가자마자 억불봉 뒤편 백학동에 조그만 암자를 짓도록 하여라. 이 일은 아주 은밀히 진행되어야 한다."

　도선이 백학동 어느 지점에 암자를 세울 것인지에 대해 상세하게 설명하고 혼자서 길을 떠났다.

　제자들은 도선이 입궐하자마자 되짚어 나와서 느닷없이 백학동에 암자를 지으라고 하자 도대체 무엇 때문에 그런 명을 내렸는지 이해하기 힘들어서 고개를 갸웃거렸다.

　금성의 황룡사에서 남쪽으로, 사량부(沙梁部)라는 곳에 있는 어느 집 앞이었다. 헌강왕의 사신이 병사들을 대동하고 나타나서 소리쳤다.

　"어명이요! 최치원은 어서 나와 무릎을 꿇고 어명을 받으시오!"

　최치원이 깜짝 놀라 자리에서 일어났다. 그는 서책을 뒤적거리며 당나라의 추억들을 되새기고 있던 중이었다.

　최치원은 경문왕 8년에 12세의 어린 나이로 당나라 유학길에 올랐다. 그때 아버지, 최견일이 말하기를 '10년 동안에 과거에 합격하지 못하면 내 아들이 아니다'고 했다.

　최견일이 아들을 당나라로 유학 보냈던 것은 골품제라는 신분 제도 때문이었다. 6두품의 집안에서 태어난 아들을 이곳에 그냥 두면 재능을 맘껏 발휘할 수 없었다. 그래서 신분의 차별이 없는 당나라에 가서 크게 출세하기를 바랐던 것이다.

　최치원은 유학한 지 7년 만에 빈공과(賓貢科)에 합격했다. 그리고 2년간 낙양(洛陽)을 유랑하며 서류 대필로 생계를 이어 갔다. 그리고 틈나는 대로 시를 지었으며, 특히 나은이나 고운 같은 당나라의 문인들과 사귀며 글재주를 겨루기도 했다.

그 후 당나라 선주(宣州)의 표수현위(漂水縣尉)가 되었다가 1년 만에 사직하면서 경제적인 어려움을 겪었으나 곧이어 관역순관(館驛巡官)이 되었다. 또 황소의 난이 일어났을 때 고변(高騈)의 종사관으로 4년간 일하면서 '토황소격문'을 썼다.

그런 공적으로 도통순관(都統巡官)에 승진되었고, 겸하여 포장으로 비은어대(緋銀魚袋)를 하사받았으며, 또다시 882년에는 자금어대(紫金魚袋)까지 하사받았다.

그런데 그의 후견인이나 다름없던 고변이 사직함으로서 최치원도 더 이상 자리를 지킬 수 없었다. 그래서 17년간의 당나라 생활을 접고 귀국 길에 올랐던 것이다. 그즈음, 최치원이 자신의 외로운 심경을 '추야우중(秋夜雨中)'이라는 한 편의 시로 표현했다.

추풍유고음(秋風惟苦吟, 가을바람에 오직 괴로이 읊나니)

세로소지음(世路少知音, 세상에 친구도 적구나)

창외삼경우(窓外三更雨, 창밖 삼경에 비가 내리니)

등전만리심(燈前萬里心, 등 앞에 외로운 마음 고향을 그리네)

헌강왕의 사신이 최치원에게 교지를 건넸다. '토황소격문'의 내용을 비롯해 당나라에서 생활했던 상황에 대해 알고 싶다는 내용이었다.

그날 이후로 최치원은 헌강왕에게 올리기 위한 다섯 권의 저서를 집필하기 시작했다. 그중에서 《계원필경집(桂苑筆耕集)》 20권 중 제 11권의 첫머리에 '격황소서(檄黃巢書, 역적 황소에게 보내는 격문)'를 수록했다.

'격황소서'는 당나라에서 민란을 일으켰던 황소에게 항복을 권
유하기 위해 보내는 글을 대필한 것이었다. 내용은 도(道)와 권(權)
을 내세워 천하대세의 운행 이치를 밝히고, 당나라 조정의 바르고
강성함과 황소 무리의 비뚤어지고 무모함을 대비시켜 항복을 권
유한 것이었다.

최치원이 문방사우를 꺼냈다. 붓을 들고 잠시 생각에 잠기더니
일필휘지로 글을 써 내려갔다. 그는 천하의 유명한 문장가이기도
했지만 글씨 또한 명필이어서 모든 글씨가 흡사 모래밭에 내려앉
는 기러기 같았다.

'……옛날 동탁처럼 배를 불태울 그때가 되어서는, 사슴처럼
배꼽을 물어뜯는 후회가 있을지라도 시기는 이미 늦을 것이니, 너
는 모름지기 진퇴를 참작하고 옳고 그른 것을 분별하라. 배반하다
가 멸망하기보다 어찌 귀순하여 영화롭게 되는 것이 낫지 않겠느
냐. 다만, 너의 소망은 반드시 이루게 될 것이니, 장부의 할 일을
택하여 표범처럼 변하기를 기할 것이요, 못난이의 소견을 고집하
여 여우처럼 의심만 품지 말라.'

최치원이 붓을 놓고 눈을 지그시 감았다. 황소가 이 글을 받고
'천하 사람들이 모두 백일하에 능지처참할 것을 생각할 뿐 아니라
땅속의 귀신들도 이미 암암리에 처치할 것을 의논하였다'라는 구
절을 읽으면서 자신도 모르게 상 아래로 내려와 꿇어 엎드렸다는
이야기를 전해 들은 적이 있었다. 그런 옛일들이 마치 어제처럼
생생하게 되살아나고 있었다.

그의 입에서 중얼거리는 소리가 흘러나왔다.

"국정이 너무나 문란하다. 오호, 이 일을 어찌하면 좋을꼬."

그가 당나라에서 부푼 꿈을 안고 귀국해 보니 나라 꼴이 엉망이었다. 골품제라는 신분 제도가 아직도 눈을 시퍼렇게 뜨고 있었다. 당나라에서 배운 것들을 토대로 큰 뜻을 펼쳐 보려고 했으나 쉽지 않을 전망이었다.

무주의 진산인 무진악에 아침 해가 힘차게 떠올랐다. 그 산기슭에는 태고 적부터 일렁거리던 무형의 바람이 산죽(山竹)을 휘감아 돌며 생명의 입김을 불어 댔고, 환생을 거듭할수록 더욱 붉어지는 진달래와 철쭉꽃이 영혼의 수를 놓고 있었다.

세월의 빛과 그림자를 차곡차곡 쌓아 올려 만들어진 듯한 서석대와 입석대가 창공으로 외연히 솟구쳐 빛의 소리를 사방으로 뿌리는 무진악. 어머니의 자애로운 품과 같은 무진악에 따스한 햇볕까지 내리쬐자 무주 고을은 더없이 포근했다.

월정이 행장을 꾸리고 길을 나섰다. 무주 도독의 간청을 받은 지가 벌써 며칠 전이었지만 차일피일 미루어 애간장을 태우도록 만들었다가 오늘에야 길을 나선 참이었다.

그가 월정을 청한 이유는 만나 보나마나 뻔했다. 발복을 위한 음택 풍수를 부탁하려는 것일 터였다.

"어험, 무주 도독까지 이 지경이니 이 월정 대사의 신통력에 혹하지 아니 하는 자가 무주 관내에는 없으렷다."

월정은 자기 스스로 대사라고 칭했다. 그런 칭호는 덕이 높은 고승이 아니면 감히 붙일 수 없었으나, 만인이 자신의 바짓가랑이를 붙들고 있는 판국이라서 기고만장하여 멋대로 해 버렸던 것이다. 그도 그럴 것이, 토호들 중에서 세력이 조금 강하다 싶으면 군소 호족들을 병합하면서 스스로 장군이나 성주라고 칭하는 판인데, 자신을 대사라고 칭한들 무슨 상관이냐 싶었다.

저잣거리를 지나가는 월정의 걸음걸이가 아무런 거칠 것이 없다는 듯 활달했다. 승려의 걸음걸이는 호시우행(虎視牛行)이라야 하지만, 그의 걸음걸이는 그와 정반대인 우시호행(牛視虎行)이라고 부르는 것이 마땅할 듯싶었다.

월정이 명성을 크게 얻게 된 것은 승평의 박언지 성주 때문이었다. 예전에 월정이 옥룡 산문을 뛰쳐나왔을 때 박 성주를 찾아가 묏자리를 잡아 주고, 성내 몇 곳에 비보를 적당하게 해 주었다. 그런데 그 효과가 있었던지 후사 때문에 노심초사했던 박 성주가 금지옥엽 같은 사내아이를 얻었다.

박 성주는 아들, 영규(英規)를 얻게 되자 월정의 신통력이 도선에 버금간다는 소문을 내기에 이르렀고, 그게 무주까지 널리 퍼졌던 것이다.

그 이후, 월정은 탄탄대로를 걷기 시작했다. 무주 관내의 호족이나 관리들이라면 월정을 모르는 자가 없었으며, 심지어 이웃 전주까지 소문이 퍼져 풍수지리의 술사로서 명성을 널리 떨치고 있었다. 그래서 월정에게 풍수지리를 배우겠다고 재물을 싸들고 찾아오거나 무릎을 꿇었던 승속(僧俗)이 벌써 수십 명에 이를 정도였다.

월정이 저잣거리를 지나갈 때 아찬 급에 해당하는 관리가 그를 알아보고 다가와서 고개를 굽실거렸다.

"그 유명한 월정 대사님이 아니신지요? 대사님, 저의 식솔 중에서 병고에 시달리는 자가 많사옵니다. 음택이 부실한 모양인데, 언제 날을 잡아서 한번 방문해 주신다면 그 은혜를 죽을 때까지 잊지 아니할 것입니다."

"어험, 요즘 너무나 바빠서 여가를 낼 수 없소이다. 아마 명년에는 한가할 성싶으니까 그때 보도록 하시지요."

"감사합니다. 꼭 잊지 마시고 방문해 주시기 바랍니다."

월정이 고승다운 풍모를 보이기 위해 태연하게 굴었지만 마음 속으로 깨춤을 추고 있었다. 천하의 벼슬도 재물도 발아래 있는 듯했다. 그가 청을 받고 찾아가기만 하면 모든 사람들이 상다리가 부러질 만큼 진수성찬을 차려 주었고, 값진 재물을 아낌없이 내주었다. 이럴 줄 알았으면 옥룡 산문에서 진즉 벗어날 것인데, 그동안 고행의 길을 터벅거리며 걸었던 것이 후회막심이었다.

"물렀거라!"

등 뒤에서 기마대의 요란한 발자국 소리와 함께 벽제소리가 날카롭게 들려왔다. 월정이 비켜서려다가 못 들은 체하며 걸었다. 무주 관내에서 자신을 업신여길 사람이 아무도 없었다. 설령 무주 도독의 행차일지라도 자신을 알아보게 되면 말에서 내려 정중하게 굴 터였다.

"냉큼 비키지 못하겠느냐!"

월정의 등 뒤에서 기마대가 급히 정지했다. 한 병사가 말에서 뛰어내려 월정 앞에 다가서더니 눈을 부라렸다.

"왜 앞길을 막느냐? 혼이라도 나고 싶은 것이냐!"

"빈도는 무주 도독의 청을 받고 길을 가는 월정이라고 하오."

"어허, 지금 누구의 행차인 줄 알고 이렇게 무례하게 구는 것이냐. 당장 비켜서지 못하겠느냐."

월정은 계산이 뒤틀리고 있다는 것을 느끼고 기마대를 이끄는 대장에게 눈길을 돌렸다. 몸집이 우람하고 호랑이상의 얼굴을 하고 있는 젊은 장수가 마상에 앉아서 잔잔한 미소를 머금고 있었다.

월정은 그의 영웅호걸 풍모 앞에서 갑자기 왜소해지는 것을 느꼈다. 일찍이 이만한 인물을 만난 적이 없었다. 자신도 모르게 머리를 굽실거리며 물었다.

"무례를 범해서 죄송하오. 어느 분의 행차인지요?"

"서남해 방수군(防守軍) 비장 나리의 행차이니라."

월정이 움찔했다. 서남해 방수군의 비장이라면, 그 일대에서 흉악을 떨쳤던 해적과 초적 무리를 단숨에 토벌해서 그 명성이 자자한 견훤(甄萱)이었다. 그는 아직 30대가 되지도 않은 젊은 사내였는데, 감히 범접할 수 없는 영웅호걸의 풍모를 지니고 있었다. 월정이 그를 보고 그만 기가 죽어 정중하게 예를 올렸다.

"혹시 옥룡사 도선 큰스님의 수제자라고 소문이 났던 스님이 아니신지요? 신통력을 갖고 있다는 소문이 자자하던데 그게 사실인지요?"

견훤이 입을 열었다. 그의 목소리가 천둥처럼 우렁찼다.

"모든 게 허명일 따름입니다. 이 납자는 아주 조그만 재주를 갖고 있을 뿐입니다."

월정은 자꾸만 초라해져 가는 자신을 붙들지 못했다. 가능하면 의젓한 자세로 위엄을 부리고 싶었는데 그게 뜻대로 되지 않았다.

"지나친 겸손은 거만이라고 했소이다. 일전에 승평의 박언지 성주와 그의 자제, 영규를 만난 적이 있는데, 스님께서 대단한 신통력을 갖고 있다며 입에 침이 마르도록 칭찬을 하더이다."

그 소리에 월정의 죽었던 기가 조금씩 살아났다. 월정이 재빠르게 머리를 굴렸다. 호랑이 젖을 먹고 자랐다는 견훤의 용맹스러운 모습으로 보아 장차 천하를 호령할 인물임에 틀림없었다. 이런 좋은 기회를 놓친다는 것은 바보였다.

"비장 나리, 남이 함부로 들어서는 아니 될 비밀스러운 이야기가 있사옵니다. 잠시 귀를 좀 빌려 주시겠습니까?"

"허허허, 남이 들어서 아니 될 이야기라고 했소이까? 뭐가 두려워서 그러하오. 괜찮으니까 망설이지 말고 이야기해 보시구려."

월정은 견훤의 담대함에 또 한 번 놀라면서 이 사람이야말로 천하를 쟁취할 인물이 틀림없다는 확신을 가졌다. 그래서 심호흡을 한 다음에 입을 열었다.

"비장 나리께서는 장차 제왕이 될 상을 타고났사옵니다. 제 이야기가 틀리지 아니하면 이 납자를 꼭 기억해 주시기 바랍니다. 이 납자의 재주가 비록 미천하오나 제왕을 위하여 엄청난 도움을 드릴 수 있을 것이옵니다."

월정이 땅바닥에 무릎을 꿇고 큰절을 올렸다. 견훤이 호탕하게 웃었다. 호랑이가 포효하는 듯한 웃음소리가 무주 고을 저잣거리를 쩌렁쩌렁하게 진동했다.

송악으로 향하는 도선의 발걸음이 확신에 차 있었다. 직접 두 눈으로 보고 두 귀로 들었기 때문에 신라 왕조가 멸망한다는 것은 의심할 여지가 없었다. 무척 안타까운 일이었다. 가능하면 기울어지는 나라를 바로잡아 보고 싶었으나 이미 민심과 천심이 신라 왕조를 떠나 버린 상황이었다.

이젠 때가 닥쳐 온 셈이었다. 그날을 위해 그동안 착실하게 준비했던 모든 것을 서서히 가동시킬 적기가 찾아왔던 것이다.

도선은 길을 가면서 모든 것을 점검해 보기 시작했다. 지금 이 상태라면 신라 왕조는 몇 대를 이어 가기 힘들었다. 그렇다면 날이 갈수록 각 지역의 호족들이 패권을 잡기 위해 기세를 떨치며 일어설 텐데, 마지막의 승자는 과연 누구란 말인가?

현재 상황으로 보면 모든 지역의 호족들마다 패권을 움켜쥘 가능성이 있었다. 그렇지만 점차 양육강식의 논리가 팽배해지게 되면 군소 세력이 무너지고, 이합집산이 끝없이 반복될 것이다. 그러다가 마지막까지 살아남은 자들이 왕이라고 자칭하며 최후의 승자로 우뚝 서기 위해 사투를 벌일 터였다.

최후의 승자가 되기 위한 조건이 있었다. 우선 분열된 겨레를 끌어안을 수 있는 포용력과 미래를 내다볼 줄 아는 통찰력이 필요했다. 그렇지 못하면 일개 지역의 패자를 벗어나기 힘들었다. 두 번째로 중요한 것은 막강한 재력이었다. 창업은 뜻만 가지고 되는 것이 아니었다. 그것을 뒷받침할 만한 재력이 든든해야 굳건한 새 나라를 건설할 수 있었다.

"가자, 어서 가자. 그가 삼국을 아우를 수 있도록 제왕학을 가르쳐야 한다. 벌써 내 나이가 이순(耳順)을 바라보고 있지 않은가. 시간이 없다. 이제 그와 운명적으로 만날 때가 되었도다."

도선이 혼잣말로 중얼거렸다.

그가 희양 백계산 옥룡사에 주석했을 때가 37세였다. 그리고 왕융을 찾아갔던 해가 49세였고 벌써 10년이라는 세월이 또 흐른 셈이었다.

송악(개성)이 몰라보게 변해 있었다. 산천은 예전이나 다를 바 없었지만, 도선이 왕융에게 이야기했던 대로 송악산의 소나무를 울창하게 잘 가꾸어 놓아서 흡사 청룡이 송악을 품에 안고 있는 듯했다. 그건 금성 인근의 헐벗은 산들과 비교했을 때 천양지차를 보이고 있었다.

예성강을 분주하게 오가는 장삿배들이 돛에 바람을 가득 실어 흡사 임산부의 배처럼 부풀었다. 그건 매우 상서로운 풍경이었으며, 예전에 비해 해상 무역이 훨씬 발달되고 있다는 것을 한눈에 알려 주고 있었다.

도선이 왕융의 저택 앞에 당도했다. 날래고 씩씩한 사병들이 오가고 있었으며 물화를 실은 달구지들이 끝없이 들락거리고 있었다. 이런 정도라면 삼국을 통합할 재원이 풍족할 터였다.

비장의 안내를 받아 사랑 마당으로 들어서자 10세 남짓한 동자가 무예를 연마하고 있었다. 도선은 그가 왕건이라는 것을 곧바로 알아차렸다. 왕융을 빼다 박듯 닮아서 기골이 장대했고, 천하를 아우를 수 있는 웅지가 엿보이고 있었다.

"그대가 왕건인가?"

"그렇사옵니다. 누구시온지요?"

"옥룡자 도선이라고 한다."

도선의 말이 끝나자마자 왕건이 제자리에 꿇어 엎드려 절했다.

"아버님으로부터 말씀을 누누이 들었사옵니다. 제가 태어날 것을 예언하고, 또 이름까지 지어 주셨다더군요. 그리고 남겨 주셨던 서찰도 고이 간직하고 있사옵니다."

"어서 일어나도록 하여라."

도선이 손을 내밀었다. 왕건이 눈빛을 반짝거리며 손을 잡았다. 불처럼 뜨거운 기운이 두 사람의 손을 타고 넘나들었다.

"형님, 왕융 아우가 인사 올리겠습니다. 또 찾아 주셨군요."

왕융과 그의 부인이 나타나서 예를 올렸다.

"아우, 그동안 잘 있었던가."

"덕분에 평안했습니다. 그리고 건이도 이렇게 씩씩하게 자랐습니다. 형님, 이젠 송악에 머무르시면서 우리 건이의 가리사니를 깨우쳐 주시기 바랍니다. 형님께서 주석할 수 있을 만한 사찰을 제가 마련해 드리도록 하겠습니다."

"아닐세. 곧바로 떠날 것이네."

"예, 무정하게 곧바로 떠나시다니요?"

"건이와 함께 떠날 테니까 곧바로 여장을 꾸려 주도록 하게나."

"건이를 데리고 가시겠다는 말씀입니까!"

왕융은 도선이 왕건을 데리고 떠난다고 하자 무척 놀란 눈치였다.

"나를 믿고 맡겨 두게나."

"송악에 머무르시면 아니 되겠습니까? 도대체 어디로 가시겠다는 이야기십니까?"

"자세한 것은 밝힐 수 없으니 제왕의 천기와 지기를 동시에 받을 수 있는 곳으로 건이를 데려간다는 것만 알고 있게나."

도선의 이야기가 단호해서 왕융도 더 이상 어쩌지 못했다.

"그러면 배를 준비할까요?"

"걸어서 갈 것이네."

"말과 호위 병사들을 대령하도록 명하겠습니다."

"전혀 그럴 필요가 없네. 단둘이서 아주 조용히 떠나겠네."

도선이 왕건을 돌아보며 다시금 말했다.

"건아, 나를 따라가겠느냐? 그렇다면 어서 부모님께 하직 인사를 올리도록 하여라."

"분부 받잡도록 하겠습니다."

왕건이 그 자리에서 부모에게 하직 인사를 올렸다. 그리고 도선을 따라 솟을대문을 나섰다. 왕융의 부인이 바깥까지 따라 나와서 눈물 지으며 물었다.

"큰스님, 언제 돌아오실 수 있을 것인지요?"

"언제 돌아올지 기약 없이 떠나는 길입니다. 건이는 때가 되면 다시 돌아올 테니까 큰 걱정하지 마시지요. 건아, 어서 가자!"

두 사람 모두 바랑 하나 등에 짊어진 차림으로 길을 떠났다.

도선이 배를 내주겠다는 왕융의 호의를 거절하고 육로를 택한 것은 왕건에게 겨레의 산천을 공부시키고 백성들의 살림살이가 어떤지 알려 주기 위해서였다.

왕건의 집안은 해상 무역을 통해 재물을 모았던 만큼 바다에 관한 것은 이미 통달했다고 해도 과언이 아니었다. 그런데 바다만 잘 안다고 해서 제왕의 자리에 오를 순 없었다. 삼국을 통합할 제왕이 되려면 바다뿐만 아니라 겨레의 산천을 손바닥 들려다보듯 환하게 알고 있어야 했고 백성들을 살필 수 있는 안목이 있어야 했다. 험난한 여정을 각오하고 육로를 택했던 이유가 바로 그것이었다.

도선이 왕건을 데리고 가장 먼저 송악산 정상에 올랐다. 송악을 둘러싼 여러 산들이 마치 병풍을 펼쳐 놓은 듯했다. 송악 땅은 예성강과 임진강 물줄기 사이에 포근하게 자리 잡고 있었다. 그리고 그 두 물줄기 곳곳에 포구가 주렁주렁 매달렸고, 그 끝에 바다가 무한한 꿈으로 열려 있었다.

"건아, 장차 송악에 도읍이 열리게 되면 열 개(開) 자의 개경이라고 이름을 바꾸도록 하여라. 그리고 장차 저곳에 궁궐을 세워야 할 것이다. 그때는 흙을 헤치지 않고 흙과 돌을 구워서 궁궐을 세워야 할 것이니라."

도선이 송악산 남쪽 기슭을 가리키며 말했다. 그 지점을 유심히 바라보는 왕건의 눈빛에 웅대한 꿈이 서려 있었다.

10. 절차탁마

'절차'는 학문이고 '탁마'는 수행을 뜻한다.
'건아, 너는 이 백학동에서 학문과 덕을 쌓음으로써 부단한 자기완성의 길을 가야 할 것이니라. 그러면 미래를 내다보는 통찰력이 생길 것이고, 천하를 통치할 수 있는 현명한 제왕이 될 수 있을 것이다.'

희양 백운산 백학동의 가장 깊은 골짜기는 기암괴석이 가득하고 원시림으로 뒤덮여서 하늘이 감추고 땅이 숨겨 둔〔天藏地秘〕 곳이었다.

그 산골짜기에서 한 점의 순수처럼 물줄기가 흘러내렸다. 태초부터 쉬지 않고 흘러내린 물줄기가 암반을 깎고 갈아서 물곬을 냈다. 그 물곬을 타고 흐르던 물줄기가 아래로 떨어지면서 깊이를 알 수 없는 소(沼)를 만들었는데, 깊이를 헤아리기 위해서 명주실 꾸러미를 풀어 넣었더니 다사강으로 흘러나왔다는 이야기가 전한다. 그 소의 이름이 용소(龍沼)였다.

아주 예전부터 용소에 대해서 전해 오는 이야기가 있었다. 뭍의 아름다움을 동경하던 남해의 용왕이 지리산의 청학동과 백운산의 백학동이 선경이라는 소문을 듣고 두 곳을 두루 구경하기로 마음 먹었다. 용왕이 오랜 세월에 걸쳐 땅 밑으로 구멍을 뚫어 백학동의 소로 통하는 물길을 만들고 구경 길에 나섰다.

백학동에 도착한 남해 용왕은 40리에 달하는 골짜기의 비경(秘境)에 그만 넋을 잃고 말았다. 속인의 발길을 거부하는 그곳에는 온갖 기이한 화초와 짐승들이 노닐고 하늘에는 백학이 유유히 날아다녔으며, 세속을 초월한 신선들이 모여 살고 있었다.

백학동의 신선들이 남해 용왕을 반갑게 맞이해 주었다. 그리고 함께 어울려 백학을 타고 백학동과 청학동을 오가며 놀았다. 그런데 남해 용왕이 신선놀음에 도낏자루 썩는 줄 모르고 있던 틈을 타서 다른 자가 남해의 용왕 자리를 차지해 버렸다. 그러자 남해 용왕은 돌아갈 곳이 없어 백학동에서 영원히 머물게 되었다. 그 후, 남해 용왕이 머무는 백학동 깊은 골짜기의 소를 '용소' 라고 부르게 되었다고 한다.

용소 아래에 또 하나의 소와 폭포가 있는데, 그곳은 일년에 한 번 음력 정월 보름을 택해 천마(天馬)들이 찾아와서 물을 마시고 쉬었다 가는 곳이라고 하여 구시(구유)소와 구시폭포라는 이름이 붙었다고 전한다.

그런 전설을 뒷받침해 주기라도 하듯, 구시소와 구시폭포 주변의 바위에 말 발자국이 찍혀 있다. 그리고 그 인근에 갈마음수혈(渴馬飲水穴)이라는 명당이 있는데, 아직도 진정한 주인이 찾아오기를 기다리고 있다는 것이다.

백학동 용소 바로 위쪽에 수십 명이 한꺼번에 앉을 수 있는 너럭바위가 있었다. 도선을 따라 이곳으로 왔던 왕건이 가부좌를 틀고 앉아 흐르는 물줄기를 바라보고 있었다.

물줄기가 부산하게 흐르고 또 흘렀지만 모습은 항상 그대로였다. 움직이고 있으면서 멈춘 듯하고, 멈춘 듯하면서 움직이고 있는 그 물의 흐름이야말로 정중동(靜中動)이요, 동중정(動中靜)의 극치를 보여 주고 있었다.

물줄기가 흘러내리다가 다른 물줄기와 하나로 아우러져서 흘러내렸다. 그들은 대양으로 흘러갈 때까지 서로 앞서려고 다투지도 않았고 게으름을 피우는 법도 없었다. 물은 부쟁(不爭)이었다.

물줄기가 아래로 흘러내려 용소에 고였다가 다시금 흘러내려 구시폭포가 되어 힘차게 떨어졌다. 그리고 구시소에 고였다가 또 아래로 끝없이 흘러갔다. 낮은 곳으로 임하는 그 물에 하심(下心)이 수놓아져 있었다.

도선은 왕건을 백학동으로 데려온 이후 아무런 공부도 시키지 않고 줄곧 물줄기만 바라보도록 지시했다. 왕건은 물을 바라보면서 노자의 《도덕경》에 나오는 구절을 연신 떠올리곤 했다.

상선약수(上善若水, 가장 좋은 것은 물과 같다)

수선리만물이부쟁(水善利萬物而不爭, 물은 만물을 이롭게 하면서도 다투지 아니하고)

처중인지소오(處衆人之所惡, 뭇 사람들이 싫어하는 낮은 곳에 처하니)

고기어도(故幾於道, 그러므로 물의 성질은 거의 도에 가까운 것이다)

왕건이 몇 달 동안 물을 지켜보면서 노자의 사상을 깊이 깨닫게 되었다. 그런데 도선의 반응은 뜻밖이었다.

"건아, 그동안 물을 지켜보면서 무슨 생각을 했느냐?"

"스승님, 정중동과 동중정을 생각했사옵니다."

"왜 그러하느냐?"

"흐름 속에 고임이 있었고, 고임 속에 흐름이 있었습니다."

"또 무엇이더냐?"

"물은 결코 다투지 아니하였사옵니다."

"그렇다면 세상 사람들은 왜 다툰다고 생각하느냐?"

"태극에서 갈라져 나온 음과 양은 대립적이면서도 상호 보완하여 만물을 형성하는 법이옵니다. 그러니까 밤낮은 결코 다투는 법이 없다는 것입니다. 밤이 끝나면 낮이 되고, 낮이 끝나면 밤이 찾아오듯이 말입니다. 또 밝음 속에 어둠이 있고, 어둠 속에 밝음이 있지 않습니까. 그런데 음과 양을 고정된 이원적인 대립으로 잘못 생각하기 때문에 다툼이 벌어지는 것이옵니다."

"또 무엇이더냐?"

"스승님, 노자의 《도덕경》에서 가장 좋은 것은 물과 같다고 했습니다. 그건 하심을 지녔기 때문입니다."

"건아, 너는 아직도 버리지 못했구나. 버려야 할 것이 더 무거워지기 전에 버려야 하느니라. 건아, 깨달았다는 그 마음까지 모두 버릴 수 있어야 하느니라. 그리고 네 마음속에 있는 모든 잣대〔尺〕도 버려라. 그 잣대는 편견과 오류를 낳을 뿐이다. 네 마음속에 있는 잣대가 사라질 때까지 물줄기만 계속 바라보도록 하여라."

왕건은 도선의 이야기를 이해하기 힘들었다. 물을 보고 노자의
《도덕경》을 깨우친 것만 해도 대단한 일인 듯싶은데, 깨우쳤다는
그것까지 모두 버리라니 도대체 어쩌자는 일인가 싶었다. 하지만
도선을 믿었기 때문에 모든 것을 지시대로 따라 하려고 노력했다.

꽃이 피고 비바람이 불더니 계절이 또 바뀌었다. 생량머리가 되
자 백학동이 단풍으로 물들기 시작했다. 산도 물도 왕건의 마음속
도 단풍으로 물들어 그야말로 산홍(山紅), 수홍(水紅), 인홍(人紅)이
었다.

도선이 또 찾아와서 말했다.

"건아, 제왕의 자리는 하늘에서 내려주지만 백성을 다스리는 일
은 사람의 일이니라. 만약에 제왕이 제대로 다스리지 못한다면 인
심과 천심을 모두 잃는 결과를 낳게 되느니라. 한시라도 게으름을
피우는 일이 없어야 할 것이다."

"스승님, 어떻게 노력해야 할지 깨우쳐 주십시오."

"위나라의 민요에 이런 것이 있느니라. 기수라 저 물굽이 푸른
대나무 우거졌네. 어여쁘신 우리 임은 뼈와 상아를 다듬은 듯, 구
슬과 돌을 갈고 간 듯, 위엄스럽고 너그럽고, 환하고 의젓한 분!
어여쁘신 우리 임을 끝내 잊지 못하겠네."

도선이 민요를 모두 읊조리고 나서 '여절여차(如切如磋, 뼈와 상
아 다듬은 듯)와 여탁여마(如琢如磨, 구슬과 돌 갈고 간 듯)'를 재삼 강
조했다. 그 '여절여차'와 '여탁여마'가 곧 절차탁마(切磋琢磨)였으
며, '절차'는 학문이고 '탁마'는 수행을 뜻했다.

"무슨 의미인지 잘 알겠사옵니다."

왕권이 도선의 깊은 뜻을 새기고 예를 올렸다.

"건아, 너는 이 백학동에서 학문과 덕을 쌓음으로써 부단한 자기 완성의 길을 가야 할 것이니라. 그렇게 되면 미래를 내다보는 통찰력이 생길 것이고, 천하를 통치할 수 있는 현명한 제왕이 될 수 있을 것이다."

말을 끝낸 도선이 억불봉 산기슭을 타고 올라갔다.

왕건은 백학동에 와서 도선에게 삼배를 올리고 스승의 예를 갖추었다. 그때 스승이 말하기를 이곳에서 제왕이 갖추어야 할 모든 덕목을 배워야지 바깥세상으로 나갈 수 있다고 했다. 그런데 몇 달이 지났지만 아직까지 특별한 공부는 시키지 않고 온종일 물만 바라보도록 지시했던 것이다.

희양 옥룡사 백계산 산등성이의 동백 숲은 사시사철 푸르렀지만, 백운산 줄기의 모든 산들은 불타오르듯 붉게 물들었다. 특히 골리수(骨利樹, 고로쇠나무) 단풍이 가을의 정취를 물씬 풍겨 주었다.

도선의 명성이 널리 퍼지자 옥룡 산문을 찾아오는 발길이 끊이지 않았다. 방부(房付, 선방에 안거나 객지의 절에서 묵어 가기를 청하는 것) 들이려고 찾아오는 승려는 물론이고 출가하려고 찾아온 사람들이 줄을 이어서 학승들이 수백을 헤아릴 정도에 이르렀다.

현성과 범진은 그들을 뒤치다꺼리하느라 눈코 뜰 새 없이 바쁜 하루를 보내곤 했다. 현오는 마치 성불이라도 한 것처럼 학승들이 우글거려도 손가락 하나 까딱하지 않았다. 도선은 매일 아침 예불이 끝나자마자 억불봉을 넘어갔다가 저녁 예불 때가 되어서야 돌

아오거나 그렇지 않으면 백학동에 은밀하게 세워 놓았던 암자에
머물곤 했다.

"아, 모처럼 한가해졌구먼."

현성이 단풍에 물든 백운산을 바라보며 망중한을 즐기고 있었다.

"어허, 학승들 뒤치다꺼리하느라고 오줌 싸고 뭐 볼 틈도 없이
지냈네. 이러다가 성불은커녕 일꾼으로 늙어 죽겠네, 원."

"이런 것도 다 수행이라네."

"어이, 현성, 요즘 옥룡 산문 돌아가는 판국이 이상하네. 스승님
께서 틈만 나면 승평의 도선암을 찾지 않던가. 그런데 그쪽은 발
길이 뜸해졌고, 근래에는 매일같이 억불봉을 넘어간단 말일세. 도
대체 그 이유가 뭔지 모르겠어. 거기다가 무슨 보물을 숨겨 두었
기에 그렇게 집착하느냐, 이거야."

"우리는 그런 것에 신경 쓰지 말고 맡은 일만 열심히 하면 되는
것일세."

"무주로 나간 월정 소식 들었나? 무주 도독이 상전 떠받들 듯
한다는 걸세. 젠장, 그런데 우리 신세는 이게 뭔가. 스승님의 후계
자가 되겠다고 몸부림치다가 늙어 죽게 생겼다니까 글쎄."

"여보게, 범진. 늙어 죽게 생긴 사람은 우리가 아니라 바로 저기
올라오고 있는 연주 아가씨일세."

현성이 산 아래를 가리켰다. 김흥광 성주의 외동딸, 연주가 백
마를 타고 옥룡사를 향해 다가오고 있었다. 마상에 앉아 있는 연
주가 힘이 하나도 없어 보였다. 그럴 수밖에 없는 것이 예전의 꽃
다운 미모나 사내 같은 기질은 거의 사라졌고 이젠 중년의 막바지

를 향해 가고 있는 중이었다.

도선을 향한 연주의 사모하는 마음은 쇠심줄보다 훨씬 질겼다. 그녀가 아무리 발악해 보아도 도선은 바위처럼 꿈쩍도 하지 않았지만 끝내 포기하지 않고 매달렸다. 그런 상황을 눈치 챈 모든 사람들이 혀를 내두를 지경이었다.

김흥광 성주의 외동아들, 식은 벌써 혼사를 치러 아들을 낳고 길(佶)이라는 이름까지 지어 주었다. 그런데 연주는 아예 처녀로 늙어 죽기를 각오했는지 아직도 사모의 정을 단념하지 않고 있었다.

"큰스님은 계셔요?"

연주가 물었다.

"이걸 어쩌나. 출타 중인데요."

"승평 도선암에 가셨나요, 아니면 또 바람처럼 구름처럼 멀리 떠나셨나요?"

"그런 게 아니라……."

현성의 말꼬리가 흐려졌다. 도선은 자신이 매일 억불봉을 넘나드는 것을 다른 사람에게 발설하지 말도록 당부했다. 그래서 이러지도 못하고 저러지도 못하고 그냥 얼버무렸던 것이다.

"숨기지 말고 이야기해 주셔요."

"스승님께서 아무에게도 발설하지 못하도록 했습니다."

"소녀에게도 말인가요?"

연주의 눈초리가 날카롭게 변했다. 사모의 정이 원망이나 증오로 변해 가고 있다는 증거였다. 현성이 내심 놀라며 입을 열었다. 별로 대수롭지 않은 일일 텐데 연주 아가씨에게 비밀로 한다는 것이 죄스럽기도 했기 때문이다.

"매일 억불봉을 넘어 백학동에 다녀오십니다."

"백학동이라고요? 거긴 왜죠?"

"납자도 그 이유는 전혀 모릅니다. 이건 정말입니다요."

"알았어요."

연주가 힘없는 목소리를 게워 내더니 백마의 고삐를 억불봉 쪽
으로 돌렸다.

법당에서 예불을 올리던 보연화가 연주의 목소리를 듣고 밖으
로 나왔다. 법당 뒤에 숨어서 대화를 엿들었다. 연주가 도선을 찾
아갈 모양이었다.

"안 돼! 절대 그렇게 놔둘 수 없어."

보연화의 입에서 야무진 목소리가 튀어나왔다. 그녀는 다른 때보
다 훨씬 가슴이 심하게 요동치는 것을 느꼈다. 연주의 날카롭게 변
한 눈초리를 지켜보며 뭔가 불길한 느낌을 받았기 때문인지도 몰랐
다. 그건 여인만이 갖고 있는 특유의 날카로운 예감이기도 했다.
재빨리 신발을 고쳐 신으며 연주의 뒤를 몰래 따르기 시작했다.

"야, 백운산이 참으로 붉도다. 허허, 저 산은 붉었다가 낙엽 지
고 눈 내리면 하얗게 변하는데 사모의 정은 한번 물들면 바래지도
않나 봐."

범진이 중얼거리더니 품속에서 향피리를 꺼내 무예 연습을 시
작했다.

"한 가닥의 정을 맺게 되면, 한 가닥의 번민이 생기는 것을, 쯧
쯧쯧!"

현성이 바위에 걸터앉아 단풍에 물든 숲을 물끄러미 바라보다
가 눈을 감고 명상에 잠겼다. 눈을 감았어도 단풍이 흩날리는 광
경은 지워지지 않았다.

떨어지는 단풍은 죽음이 아니라 윤회를 위한 새로운 시작이었
다. 바람에 단풍잎이 떨어진다고 해도 슬퍼할 일이 아니었다. 잎
은 피어날 때부터 낙엽 되어 떨어질 필연성의 첫걸음을 내딛고 있
었기 때문이다.

단풍이 떨어져 골짜기에 쌓였다. 떨어져 쌓인 단풍은 하심(下心)
이고, 인욕(忍辱)이고, 자비(慈悲)이고, 화엄(華嚴)이었다. 단풍에는
비록 꽃과 같은 향기가 없었지만 그런 것들의 향기를 흠뻑 머금고
있었다.

"현성 저기를 보게나. 방부 들이러 온 스님이 또 있네그려."

무예 수련을 끝낸 범진이 명상에 잠긴 현성을 깨웠다.

어떤 젊은 스님이 산문을 향해 다가오고 있었다. 현오가 쥐를
본 고양이처럼 쪼르르 달려 나와 산문 쪽으로 가더니 두 주먹을
옆구리에 붙이고 당당한 자세를 취했다. 자신의 허락 없이 방부
들일 생각은 아예 꿈도 꾸지 말라는 것을 보여 주는 행위였다.

범진이 킥킥거렸다. 현오의 주된 일과는 출가를 위해 찾아오거나
방부 들이려는 스님들을 난처하게 만드는 것이라고 할 수 있었다.

"마침 심심했는데 구경이나 가세."

현성은 범진이 이끄는 대로 따라갔다.

"어디서 오신 땡추이신고? 혹시 풍수지리를 배운 다음에 연기
처럼 꺼지려는 심보로 찾아온 것은 아니겠지? 예전에 그런 땡추

가 있었거든. 이 납자한테 반야탕과 도끼나물을 가져다주겠다고 큰소리를 꽝꽝 치더니 쥐새끼처럼 숨어 버렸단 말씀이야."

현오가 짓궂게 굴면서 낄낄거렸다.

"부악(父岳, 팔공산) 부인산사(符仁山寺)에서 온 경보(慶甫)라 합니다."

경보는 인상이 매우 차분하고 목소리 또한 너무나 조용해서 싸늘한 느낌을 줄 정도였다.

"헤헤, 아비 부(父) 자의 부악이라? 그렇다면 어머니가 아니고 아버지 뱃속에서 나왔으니 필시 범상치 않으렷다. 그런데 이 백운산 골짜기에서 무엇을 훔쳐 가겠다고 찾아왔는고?"

"교학(敎學)의 숲에 빠져 보았으나 아직 선산(禪山)을 보지 못했습니다. 그런데 어느 날 꿈에 금선(金仙)께서 납자의 귀를 잡아당기며 일러 준 말씀이 있어 옥룡사까지 찾아오게 되었습니다."

"이놈아, 금선께서 귀를 잡아당겼다고 했느냐? 듣자 하니 요상한 소리로 나를 현혹시키려고 하는구나. 그래, 금선께서 뭐라 하시더냐? 옥룡사의 풍수지리를 훔치면 생불이 되고 평생 떵떵거리며 살 수 있다더냐?"

현오가 아예 말까지 낮추면서 더욱 짓궂게 몰아쳤다.

"금선께서 납자에게 가사를 주며 말씀하시기를 '너는 이것을 입으라. 이것으로 몸을 보호하며 다녀라. 이곳은 마음공부(禪) 하는 사람들이 안주할 곳이 아니니 떠나는 게 좋지 않겠느냐?'고 하셨습니다."

"헤헤헤, 네 이놈, 마음공부를 하겠다면 내 말을 잘 들어라. 이 백운산에 옥룡이 살고 있다. 그 옥룡을 찾아서 두 팔로 덥석 안고 오너라. 그렇지 못하면 산문 안에 발을 들여놓을 생각일랑 아예 접는 게 좋을 것이다.”

현오는 그 옛날에 혜철 선사가 자신에게 봉황을 품에 덥석 안아 오라던 말을 떠올리며 비슷하게 흉내 냈다. 그리고 경보가 쩔쩔매면 신나게 낄낄거려 볼 생각이었다.

경보가 태연한 자세로 서 있더니 두 손을 마주 잡아 동그랗게 만든 자세를 취했다. 그리고 산문 안으로 성큼성큼 들어섰다.

“어허, 네 이놈, 내 말이 말 같지 아니하더냐?”

“옥룡이란 본시 실체가 없는 것이니 바로 이 품 안에 있다고도 말할 수 있습니다.”

경보의 또박또박 내뱉는 말에 현오가 벌어진 입을 다물지 못하고 멍하니 쳐다보다가 이내 낄낄거렸다.

백운산 백학동의 비밀스럽고 신비한 골짜기는 부화(孵化)를 기다리는 커다란 알[卵]이었다. 그러니까 눈에 쉽게 드러나지 않지만 상하로 하늘과 땅이 둘러싸였고, 좌우에 백운산의 장엄한 산줄기가 둥그렇게 둘러막아 완벽한 난각[卵殼, 알을 싼 껍질]을 형성하고 있었다.

새로운 생명이 알에서 부하하려면 안쪽에서 난각을 깨뜨리거나 녹여야 했다. 그런데 조류나 파충류는 난치(卵齒)라는 단단한 돌기가 일시적으로 생겨나서 기계적으로 깨뜨리고, 어류나 양서류는 배세포로부터 부화 효소를 분비해서 녹였다. 병아리의 경우에는 부리로 쪼아 깨뜨리는 것이 아니라 목 부분에 발달한 특별한 근육으로 난각을 압박함으로써 부화하게 된다.

거대한 알을 깨뜨리기 위해 줄곧 물을 바라보고 있던 왕건의 머릿속이 마침내 하얗게 변해 갔다. 삼라만상이 모두 실체를 잃고 한 줄기 기로 변하더니 거대한 난각을 깨뜨리며 허공으로 치솟았다. 이젠 백지 상태였다.

"건아, 무엇이 보이느냐?"

도선은 보이지 않고 목소리만 들려왔다.

"삼라만상은 실체가 공한 것인데 무엇이 있겠습니까."

"모든 것을 하얗게 지웠으니 이젠 그 백지 위에 제왕학의 기초부터 새기게 될 것이니라. 그 다음에 내가 오랫동안 정리해 놓았던 비기를 익히게 될 것이니라."

"올바로 새기고 익히도록 하겠사옵니다."

"내일부터 의술과 무예를 가르쳐 줄 사형들이 번갈아 찾아올 것이니라. 두 가지 공부가 서로 다른 것 같지만 결국은 같은 것이기 때문에 잘 비교하여 도움이 되도록 하여라."

"감사하옵니다."

왕건이 소리 나는 곳을 향해 꿇어 엎드려 절했다.

도선이 백학동을 벗어나 억불봉 산줄기를 타고 올라갔다. 왕건의 공부가 순조롭게 진행되어 무척이나 흐뭇했다.

억불봉 정상에서 붉게 타올랐던 단풍들이 산 아래까지 밀려와 이젠 온 산이 붉게 물들었다. 낙엽이 발밑에서 바스락거리는 소리를 내며 부서졌다. 산 정상에 올라 잠시 걸음을 멈추었다. 새하얀 꽃술을 매단 억새들이 바람에 일렁거리고 있었다. 억새밭에 파묻히듯 서서 금성 쪽을 바라보았다.

그동안 제 49대 헌강왕이 붕어하자 아우인 정강왕이 즉위했다. 그런데 이찬 김요(金堯)가 반란을 또 일으켰다. 정강왕이 그 반란을 평정하고 얼마 지나지 않아 또 붕어하고 말았다. 그에게 후사가 없어서 누이동생 만(曼)이 왕좌를 이어받았다. 그녀가 제 51대 진성여왕이었다.

진성여왕이 즉위 직후에 각 주와 군의 조세를 1년간 면해 주고, 황룡사에서 백고좌를 베풀어 민심 수습에 노력한다는 소문이 들려왔다. 하지만 워낙 부패할 대로 부패해 버린 상황이라서 그런 미온적인 방법만으로 국정을 바로잡을 수 없을 터였다.

도선이 금성을 바라보며 천기(天機, 천지조화의 기밀)를 살폈다. 금성의 하늘이 누렇게 변해 있었다.

《장자》의 〈천운편(天運篇)〉에서 '천기란 겉으로 드러나지 아니하나 오관이 모두 갖춰 있다〔天機不張 而五官皆備〕'고 했다. 또 〈추수편(秋水篇)〉에는 '대저 천기가 움직이는 바를 어찌 바꾸겠는가〔夫天機之所動 何可易耶〕'라고 했다. 이 말은 천기의 작용이 대자연의 신비하고 현묘한 현상으로서 그 근원을 명확하게 해명하기 어려울 뿐만 아니라, 그 작용 또한 인위적으로 결코 바꿀 수 없다는 뜻이었다.

"때가 가까워졌구나. 때가."

도선이 혼잣말로 중얼거리다가 다시금 산길을 타고 위로 올라갔다.

한편, 도선을 찾아 백학동으로 향하던 연주는 더 이상 말을 타고 갈 수 없게 되자 백마를 나무에 매어 놓고 걷기 시작했다. 산길을 오른다는 것이 쉽지만은 않았다. 오랜 세월을 애틋한 마음으로 보냈고, 예전에 비해 체력도 훨씬 떨어져서 숨이 턱을 마구 쳤다. 하지만 이를 악물고 산길을 올라갔다.

사모의 정이 깊으면 원망으로 변하는 법이었다. 그토록 심혈을 기울여 적극적인 애정 공세를 펼쳤지만 도선은 바위처럼 꿈쩍도 하지 않았다.

"홍, 그가 나를 바보로 보았단 말인가? 나는 바보가 아니야. 다만 그를 너무나 사모했을 뿐이었어."

그동안 사모의 정이 백운산 억불봉을 붉게 물들인 단풍보다 훨씬 더 활활 불타올랐다. 그래도 도선은 요지부동이었다. 그런 세월을 하염없이 보내느라 어느새 그녀의 몸과 마음이 하얀 꽃술을 매달고 바람에 흩날리는 억불봉 정상의 갈대처럼 변해 가고 있었다.

"정녕 그가 목석이란 말인가? 홍, 그가 천하의 목석일지라도 이번만큼은 기어코 싹을 틔우고 꽃을 피우도록 만들 거야. 만약에 그렇게 만들지 못하면……."

연주는 파국으로 치닫는 것을 상상하고 싶지 않아서 입을 다물었다.

햇빛이 억새의 하얀 꽃술을 관통했다. 억새꽃이 더욱 하얗게 변해 '은억새'가 되었다. 억불봉 정상이 명주로 덮인 듯했다. 화려하면서 낭만적인 풍경이 연출되고 있었으나 연주의 가슴속에는 애틋하고 스산한 바람만 일렁거렸다.

"아!"

부지런히 걷던 연주가 걸음을 멈췄다. 도선이 억새밭 속에서 장삼 자락을 휘날리며 먼 하늘을 바라보고 있었다. 그를 보자마자 가슴이 걷잡을 수 없이 뛰기 시작했다. 그런 현상은 예나 지금이나 변함이 없었다.

"큰스님!"

연주가 다가가자 도선이 고개를 돌렸다.

"무슨 일로 혼자서 여기까지 올라왔습니까?"

"몰라서 물으셔요?"

연주가 도선 앞에 바투 다가섰다.

바람이 불자 억새들이 땅으로 기울어졌다가 일어서기를 반복하며 물결쳤다. 하얀 꽃술이 연주의 얼굴을 쓰다듬었다.

"큰스님, 정녕 소녀의 마음을 몰라 주신단 말입니까? 이젠 더 이상 기다릴 수 없사와요. 이 소녀의 마음을 받아 주셔요."

연주가 도선의 품에 안겼다.

"아가씨, 이러시면 아니 되오. 빈도는 불도를 닦고 중생을 제도해야 할 수도승이외다."

"수도승은 사람이 아니란 말입니까? 그리고 이 소녀도 구제해 주지 못하면서 어떻게 중생을 구제할 수 있단 말이어요. 이젠 소녀의 마음을 받아 주셔요."

연주가 도선을 으스러지도록 껴안았다.

보연화가 연주의 뒤를 좇아 억불봉까지 올라왔다. 그런데 그녀의 모습은 보이지 않고 파도처럼 일렁거리는 억새 꽃술들의 군무(群舞)만 눈에 들어왔다. 도선을 향한 사모하는 마음이나 연주를 향한 질투심만 없다면 억새밭 꽃술들의 군무에 파묻혀 싫증이 나도록 시간을 보내고 싶었다.

고개를 두리번거리다가 억새밭 속에 서 있는 도선을 발견했다. 억새에 파묻혀 잘 드러나지 않았지만 연주가 도선 앞에 서 있었다.

보연화의 눈에 불꽃이 튀었다. 하지만 그들 앞에 나서서 두 사람을 갈라놓을 자격이나 용기가 없었다. 불자가 애욕을 지우지 못한다거나 질투심을 느낀다는 것은 부끄러운 일이었다. 다리에 힘이 빠져서 억새밭 속으로 스르르 주저앉았다.

도선은 난감한 처지에 빠지고 말았다. 성숙한 여인의 탄력 있는 젖가슴이 밀착되어 온몸을 마비시키고 있었다. 눈을 스르르 감고 마음속으로 '숫타니파타'에서 나온 글을 중얼거렸다.

'탐내지 말고, 속이지 말며, 갈망하지 말고, 남의 덕을 가리지 말고, 혼탁과 미혹을 버리고

세상의 온갖 애착에서 벗어나 무소의 뿔처럼 혼자서 가라……'

도선의 마음이 진정되면 진정될수록 연주의 몸은 뜨거워지고 있었다.

"아가씨, 눈을 감고 귀를 닫으시오……."

도선의 말이 신비한 주문이라도 되듯 연주가 눈을 감았다. 감미롭고 황홀한 순간이었다. 지금 이렇게 껴안은 상태로 두 사람이 바위처럼 굳어 버렸으면 하는 생각뿐이었다.

도선의 낭랑한 목소리가 계속되었다.

"아가씨, 눈에 보이지 않으면 애욕이 사라지고, 귀에 들리지 않으면 번민이 사라질 것입니다. 이젠 애욕과 번민을 저 바람에 날려 버리고 평온을 되찾으시오."

연주가 눈을 벌컥 떴다. 매서운 바람이 몸뚱이를 휘감는 느낌이 들면서 감미롭고 황홀했던 감정이 일시에 달아나고 말았다. 그녀의 눈빛이 날카롭게 변했다. 이렇게 물러날 수 없는 노릇이었다.

사모의 정이 증오의 불꽃으로 이글거리기 시작했다. 목석같은 그를 무참히 깨뜨려 버리고 싶었다. 여인의 집념이 얼마나 지독한 것인지, 파계가 어떤 것인지 가르쳐 주고 싶었다.

"모든 것을 아낌없이 바치겠사와요. 거절하지 마시고 소녀를 거두어 주셔요."

연주가 저고리를 벗기 시작했다. 새하얀 속살이 드러나면서 잘 익은 머루 향이 짙게 흘러나왔다. 저고리가 흘러내리면서 봉긋한 젖가슴이 드러났다. 적나라하게 드러난 젖가슴에 햇빛이 쏟아지며 눈이 부시게 만들었다. 알몸의 빛살에 눌려 하얀 억새 꽃술들이 자지러지고 말았다.

도선이 눈을 떴다. 흠칫 놀라고 말았다. 평생 처음으로 여인의 속살을 목격했다. 가슴이 울렁거리다 못해 터져 버릴 지경이었다. 다시금 눈을 감고 부처님의 설법을 되새겼다.

'수디나여! 네가 한 일은 옳지 못하다. 그 짓은 위의(威儀)가 아니며 사문이 해서는 안 될 일이다. 그 짓은 청정한 행동이 아니며 수순한 행동도 아니다. 애욕은 착한 법을 태워 버리는 불꽃과 같아서 모든 공적을 없애 버린다. 애욕은 얽어 묶는 밧줄과 같고 시퍼런 칼날을 밟는 것과 같다. 애욕은 험한 가시덤불에 들어가는 것 같고 더러운 시궁창과 같은 것이다. 모든 부처님들은 애욕을 떠나 도를 깨닫고 열반의 경지에 들어간 것이다.'

칼란다카 마을 출신인 수디나라는 비구가 있었는데, 그만 어머니의 간청에 못 이겨 자식을 낳게 되자 부처님께서 꾸짖었던 말씀이었다.

연주는 도선이 아무리 목석일지라도 인적 없는 이곳에서 여자의 속살을 보게 되면 동하지 않고 배길 수 없을 것이라 생각했다. 그런데 도선이 미동도 하지 않자 자존심이 크게 상하고 말았다.

연주가 환도를 빼들었다. 싸늘한 빛살이 억새밭 위에 퍼졌다. 거세게 불던 바람도 잦아지는 듯했다. 파국으로 치닫고 싶은 마음은 없었다. 그런데 이미 막바지까지 와 버려서 선택의 여지가 없었다. 그녀의 손이 부들부들 떨리고 있었다.

"소녀의 청을 받아 주지 않으면 이 자리에서 자결해 버리겠사와요."

억새밭 속으로 스르르 주저앉아 버린 보연화가 독한 마음을 먹었다. 이렇게 계속 앉아 있을 수 없는 노릇이었다. 벌떡 일어서서 도선과 연주가 있는 쪽을 바라보았다. 연주의 알몸이 햇빛에 드러났다. 싸늘한 빛살을 뿌리는 환도를 발견한 것은 그 다음이었다.

도선은 연주가 환도를 빼들자 당황할 수밖에 없었다. 재빨리 환도를 빼앗았다.

"생명을 스스로 끊는 것은 살생 중의 살생이오."

환도를 빼앗긴 연주가 도선을 다시금 끌어안고 깍지를 끼었다.

"그러면 함께 목숨을 끊어요."

연주가 도선을 벼랑 쪽으로 밀어붙였다. 가녀린 여인이었지만 일단 생사를 도외시해 버린 상태라서 초인적인 힘이 발휘되었다.

그러나 사내의 힘을 이길 수는 없었다.

"안 돼요! 이게 무슨 짓이에요!"

느닷없이 억새밭 속에서 앙칼진 소리가 튀어나왔다. 보연화였다.

도선이 느닷없이 들려온 소리에 당황한 나머지 힘을 잃고 벼랑 쪽으로 밀리기 시작했다. 벼랑 아래로 세찬 바람이 지나갔고, 바닥은 까마득했다.

억새밭을 헤치며 준마처럼 달려온 보연화의 움직임도 초인적이었다. 그녀가 두 사람을 붙잡고 힘차게 잡아당겼다. 세 사람이 동시에 억새밭 위로 나뒹굴고 말았다.

거센 바람이 억새를 일렁거리게 만들었다. 하얀 꽃술 사이로 여인의 흐느낌이 묻어나기 시작했다. 연주도 울고 보연화도 울었다.

"이 못난 납자를 파문시켜 주시옵소서. 죄과를 달갑게 받아들이겠사옵니다."

보연화가 도선 앞에 무릎을 꿇었다.

"큰스님, 애욕을 끊지 못한 이 소녀를 꾸짖어 주시옵소서. 이젠 모든 것을 훌훌 털어 버리겠사옵니다."

이번에는 연주가 무릎을 꿇었다. 그녀가 도선의 손에 들린 환도를 빼앗듯이 움켜쥐었다. 환도의 빛살이 섬뜩하게 스쳐 지나갔다. 연주의 삼단 같은 머리칼이 잘렸다. 바람에 날려 흔적도 없이 사라졌다. 어느덧 노을이 지면서 '은억새'가 '금억새'로 변해 가고 있었다.

도선의 입에서 부처님의 게송이 흘러나왔다.

"믿음은 종자이며 고행은 단비이다. 지혜는 나에게 있어서 멍에

이며 괭이이며, 참회하는 생각은 괭이의 자루이며, 사유는 멍에의 줄이며, 생각이 깊은 것은 내 괭이의 끝이 되고 채찍이 된다. 악한 행으로부터 몸을 지키고 입을 삼가며, 밥을 먹을 때는 밥을 아끼며, 진리로써 풀을 베고 열반의 즐거움이야말로 나의 음식이다. 정신과 노력은 나의 멍에를 끼운 소이며, 그것은 나를 편안한 경지로 실어 간다. 열반을 향하여 나아가 도달한 다음에는 가고 돌아섬이 없고 행하여 슬퍼함이 없으며, 이같이 농사를 지어서 얻은 곡식은 감로이다. 나는 이와 같이 농사를 지어 일체의 고뇌에서 해탈하였다……."

11. 주유천하

'부족한 땅을 사찰이나 탑으로 비보하듯이, 제왕 옆에 훌륭한 신하를 두는 것은 인재를 이용한 일종의 비보라고 할 수 있느니라. 그런 비보가 잘되면 천하가 평안해질 것이니라.'

도선이 현성과 범진, 두 제자를 거느리고 억불봉을 넘어 백학동으로 향했다. 세 사람 모두 바랑을 짊어지고 있었다. 먼 길을 떠날 채비였다.

그동안 옥룡 산문에 많은 변화가 있었다. 경보의 출현은 대단한 화젯거리였다. 그는 젊은 나이에 경전과 《대지도론(大智道論, 인도의 고승, 용수가 저술한 《대품반야경》의 주석서)》을 완벽하게 통달하고 있어 신승이라는 소리를 듣고 있었다. 그뿐만 아니라 옥룡 산문에 들어와서 도선의 눈빛만 보고도 선지(禪旨)가 터졌다는 소문까지 나돌았다.

어디서 나온 소문인지 모르지만, 현오가 경보를 만날 때마다 까다로운 선문답을 펼치며 짓궂게 군다고 했다. 그런데 그럴 때마다 현오가 경보의 깨달음에 눌려 번번이 묵사발이 되곤 했다는 것이다.

그런데 막상 두 사람의 표정을 살펴보면 변한 게 하나도 없었다. 묵사발이 되곤 했다는 현오의 얼굴에는 항상 미소가 머물러 있었으며, 경보는 산문에 처음 들어왔을 때처럼 묵언 수행에 들어간 수도승 같은 얼굴을 하고 있었다.

보연화가 승평 도선암으로 옮겨 갔다. 오랜 세월을 비구들 틈에 끼어 수도하다가 도선암으로 갑자기 옮긴 이유를 정확히 아는 사람은 아무도 없었다. 다만 법등행과 함께 도선암을 비구니 도량으로 크게 일으키기 위해 떠났을 것으로 추측할 뿐이었다.

그런 추측을 뒷받침할 만한 큰 사건이 있었다. 희양 성주의 외동딸 연주가 머리를 깎고 불문에 귀의하면서 심우(心雨)라는 법명을 받고 도선암으로 갔던 것이다. 그리고 장차 구족계를 받아 비구니가 되려고 4근본계와 6법을 지키는 식차마나(式叉摩那, 사미니와 비구니 사이 단계의 여승) 과정을 보내고 있었다.

도선 일행이 억불봉을 넘어섰다. 발아래에 백학동이 펼쳐져 있었다. 여태 입을 다문 채 뒤따르기만 했던 범진이 입을 열었다.

"스승님, 이번 두타행은 시일이 많이 걸릴까요?"

"두타행이라고 하기보다 주유천하(周遊天下)라고 하는 게 좋을 듯싶구나."

"주유천하라굽쇼?"

"그래, 공자님처럼 천하를 돌아다니는 것도 나쁘지 않을 듯싶구나."

"공자님은 왜 주유천하를 하셨던 것입니까?"

"그분은 천하를 두루 돌아다니면서 천대와 박해를 받았으며 목
숨이 위험에 처했을 때도 있었다. 그렇지만 주유천하를 끝까지 고
집했던 것은 인(仁)을 덕목으로 하는 도덕 정치를 실현해 보고 싶
었기 때문이니라."

도선이 공자의 주유천하에 얽힌 이야기를 해 주었다.

공자가 주유천하에 나섰다가 장저라는 사람을 만났을 때였다.
그가 공자에게 이렇게 말했다.

"지금 세상은 무도함이 판을 치고 있는데 누가 감히 그것을 바
꿀 수 있겠는가? 당신도 나처럼 세상을 피해 사는 것이 어떻겠
소?"

공자가 그 이야기를 듣고 탄식했다.

"사람은 새나 짐승과는 함께 살 수 없소. 내가 사람들의 무리와
더불어 살지 않고 누구와 더불어 살겠소? 또 천하가 어지럽지 않
다면 무엇 때문에 그것을 바꾸려고 애쓰겠소."

그 시절이 춘추전국의 혼란기였기 때문에 속세의 부질없음을
느끼고 장저처럼 은둔하는 사람이 많았다. 하지만 공자는 오히려
천하가 어지럽기 때문에 주유천하에 나섰던 것이다.

공자 이야기가 끝나자 현성이 물었다.

"스승님께서는 무슨 이유로 주유천하에 나서는 것입니까?"

"장차 분열될 겨레를 통합하기 위해 길을 나섰느니라."

"요즘 도처에서 호족들이 패권을 서로 잡기 위해 다툼을 벌이
고, 초적이나 해적들도 극성을 부린다고 하옵니다. 위험하지 않겠
사옵니까? 두타행에 나섰을 때 위험한 곳은 아예 가지 말라고 했

사옵니다."

"위험 속으로 뛰어들지 않으면 삼국 통합의 꿈을 실현하기 어려울 게다. 공자님도 수많은 위험을 무릅쓰며 주유천하에 나섰다지 않았느냐."

"무슨 뜻인지 알겠습니다. 그런데 이번 주유천하에 건이도 데려갈 것인지요?"

"건이 때문에 떠나는 길이니라."

"건이의 정체가 무엇이옵니까?"

그동안 현성은 이틀에 한 번씩 백학동으로 찾아가서 왕건에게 의술을 가르쳤다. 그리고 범진은 도선으로부터 배웠던 무예는 물론이고 전쟁터에서 군대를 지휘하고 진을 치는 방법〔출사치진〕, 유리한 지형과 적당한 시기를 선택하는 방법〔지리천시지법〕, 산천의 형세를 파악하고 그것을 이용하는 방법〔망질산천 감통보우지법〕 등을 교육시켰다. 하지만 왜 왕건에게 그런 교육을 시켜야 하는지 전혀 모르고 있었다.

"건이가 제왕학을 익히고 있다는 것만 알면 되느니라."

"그러면 건이가 신라 왕실의 귀족 출신이란 말입니까?"

"때가 되면 자연히 알게 될 터이니 더 이상 알려고 하지 마라."

도선이 입을 다물어 버렸다.

백학동은 원시림과 기암괴석이 조화를 이루고 있었으며 백학이 한가하게 노닐고 있어서 언제 봐도 선경이요, 신비스러운 분위기를 자아내고 있었다. 그런 분위기 속에서 왕건이 환도를 들고 무예 연마에 여념이 없었다.

"이제 떠날 때가 되었느니라."

도선의 목소리가 들려오자 왕건이 무예 연마를 멈추고 예를 취했다.

"건아, 분열된 겨레를 통합하고 제왕의 자리에 오르려면 산천을 보는 눈이 있어야 하고 백성들의 인심을 잘 헤아릴 수 있어야 한다. 특히 각처에서 난립하고 있는 호족들의 특성을 낱낱이 꿰뚫지 못하면 통합의 꿈은 수포로 돌아가고 말 것이니라."

"명심하겠사옵니다."

"건아, 거듭 강조하지만 곰팡이 냄새 나는 서적만이 지식의 웅덩이가 아니다. 국토는 산하 그대로 이 땅의 역사이며 정신이니라. 이번에 떠나는 길은 아주 험난할지도 모른다. 그렇지만 방 안에 앉아서 세상을 볼 수 없는 법이니 모든 위험을 무릅쓰고 나서야 할 것이니라. 그러면 일단 왕도인 금성(경주)부터 가 보도록 하자."

도선은 왕건의 공부가 어느 정도 완성되었다는 것을 알고 주유천하를 계획했다. 아무리 훌륭한 제왕학을 공부한다고 해도 골짜기에 처박혀 있기만 하면 죽은 공부에 지나지 않았다. 천하를 통치할 웅심이 있는 자라면 저자에 나가 세상 돌아가는 상황을 지켜보고 느끼는 것이 매우 중요했다.

충담사가 지었다는 〈안민가(安民歌)〉에서 '군(君, 임금을 지칭함)은 아비요, 신(臣)은 사랑하실 어미다' 고 했다. 그런데 '군이 군답지 못하고 신이 신답지 못하며' 사치와 향락에 빠져 버리고 통치권마저 상실해 버리자 백성들이 갈피를 잡지 못한 채 방황하고 있었다. 그럴수록 활개를 치는 것은 지역의 토호들이었다.

강주 관내의 분위기가 살벌했다. 강주 장군 윤웅과 의상현의 호족 왕봉규 사이에 치열한 패권 다툼 때문이었다.

왕봉규가 조정의 통치권이 미약해진 틈을 타서 군대를 이끌고 강주성을 공격했다. 수백 필의 기마대가 창칼을 번득이며 강주성을 포위하고 있었다. 남강에도 수십 척의 배가 깃발을 펄럭거리며 진군 명령이 떨어지기만을 기다리고 있었다.

강주 장군 윤웅은 이미 연로했고, 그의 아들 일강마저 나약해서 맞서 싸울 엄두를 내지 못했다. 그들은 성문을 걸어 잠근 채 화살을 간간이 쏘아 댈 뿐이었다.

말을 탄 왕봉규가 성문 앞에서 큰소리로 외쳤다.

"냉큼 성문을 열고 항복하라! 그러면 불쌍히 여겨 목숨만은 살려 주겠다!"

"네 이놈, 나와 무슨 원한이 있다고 이런 패악 무도한 짓을 하는 게냐. 당장 군사를 이끌고 물러가지 못하겠느냐."

강주 장군 윤웅이 꾸짖었다.

"하늘에 두 개의 태양이 있을 수 없는 법이다. 쥐새끼처럼 성안에 숨어 있지 말고 당당하게 밖으로 나와서 자웅을 겨루어 보자."

"네 이놈, 하늘이 너에게 가혹한 형벌을 내릴 것이니라."

"웃기지 마라. 모든 것은 하늘의 뜻이니 냉큼 성문을 열고 나와서 무릎을 꿇어라!"

왕봉규가 말을 타고 성 아래를 오가면서 윤웅의 심기를 건드렸다. 화가 치밀도록 만들어서 성문을 열고 밖으로 나오게 할 속셈이었다.

잠시 후에 성문이 열리면서 윤웅 수하의 장수가 장창을 비껴들고 튀어나왔다. 눈이 부리부리하고 덩치가 우람해서 무척 용맹하게 보였다. 왕봉규가 수하 장수를 내보내지 않고 직접 나섰다. 햇빛에 반짝이는 그의 환도가 사뭇 위협적이었다.

두 사람의 말이 비껴 지나갔다. 그 순간 붉은 피가 허공으로 치솟으며 윤웅 수하 장수의 목이 뎅겅 잘려 땅바닥으로 굴렀다. 단일 합에 승부가 나 버렸다.

왕봉규 군사들이 강주성을 무너뜨릴 만한 우레 같은 함성을 질렀다. 승리의 함성이라기보다 상대의 사기를 저하시키겠다는 심리 전술이었다. 윤웅의 군사들은 가장 용맹한 장수의 목이 땅바닥으로 뒹굴자 당황했다. 게다가 우레 같은 함성이 밀려오자 겁을 잔뜩 집어먹고 바들바들 떨었다.

"총 진군하라! 씨도 남기지 말고 쓸어 버리도록 하라!"

왕봉규의 외침이 끝나자 전군에 명령을 전달하는 깃발이 펄럭였고, 북소리가 진동하기 시작했다. 선봉 기마대가 강주성을 향해 파도처럼 밀려가며 활을 쏘았다. 남강에 떠 있던 배들도 북을 울리며 강주성에 바투 붙어 성벽을 기어오르기 시작했다.

도선 일행이 강 건너편에 서서 싸움을 관전하고 있었다. 범진이 입을 열었다.

"스승님, 강주성이 곧 함락될 것 같습니다."

"왜 그렇게 보았느냐?"

"이미 사기가 저하되어 버렸고, 밀려오는 적에 대해 별다른 전략도 준비되어 있지 않은 듯합니다."

"잘 보았느니라. 네가 보고 느꼈던 것을 건이한테 자세히 알려 주도록 하여라."

범진이 전술 전략에 관해서 열심히 설명했다. 왕건은 백학동 골짜기에서 이미 전술 전략을 배웠지만 실전을 지켜보며 심도 있게 터득했다. 설명이 모두 끝날 무렵에 도선이 입을 열었다.

"건아, 《손자병법》에서 싸워 이기는 것은 최하책이요, 싸우지 않고 이기는 것이 최상책이라고 했다. 그리고 노자께서 말씀하시기를, '강하고 큰 것은 아래에 머물고, 부드럽고 약한 것은 위에 있게 되는 것이 자연의 법칙이다. 천하의 지극히 부드러운 것이 천하의 강한 것을 지배한다'고 했느니라. 그 의미가 무엇인지 깊이 깨달아야 할 것이니라."

"명심하겠사옵니다."

"저 싸움은 곧 끝날 것이다. 이젠 우리도 떠나도록 하자."

도선이 앞장서서 걸었다.

강주 관내에는 수많은 백성들이 전란의 피해를 입어 신음하고 있었다. 도선 일행이 그들에게 의술을 베풀어 주며 금성으로 향했다.

금성의 귀족들은 강주 지역의 패권 다툼에 전혀 관심을 보이지 않고 사치와 향락에 빠져 허우적대고 있었다. 흡사 난파 직전의 배를 보는 듯했다.

도성 안으로 들어가자 진성여왕에 관한 소문이 파다하게 퍼져 있었다. 여왕이 젊은 화랑들과 음행(淫行)을 일삼느라 국정을 게을리 한다는 거였다. 그리고 흉년까지 겹쳐 조세가 제대로 걷히지 않아 나라의 창고가 텅텅 비었다고 했다.

그런데 어느 날인가 도성 안 곳곳에 왕실과 조정을 비판하는 글이 나붙었다. 그러자 대야주(大耶州, 합천)에 은거 중인 왕거인(王巨仁)을 범인으로 주목하고 체포했다. 그는 이방부(理方府, 형률에 관한 사무를 맡아 보던 관청)에 끌려가 갖은 고초를 당하고 투옥되었다. 억울하게 당한 왕거인이 시 한 수를 지어 자신의 억울한 심정을 토로했다고 한다.

우공이 억울하여 통곡하니 삼 년이 가물었네
추연이 억울하여 슬피 우니 5월에 서리가 내렸네
이제 나도 억울하게 잡힌 것이 옛 사람과 같구나
황천은 말없이 창창하게 있을 뿐이니 어찌된 셈이냐

왕거인이 시를 지었던 그날 밤에 별안간 먹장구름이 몰려오고 천둥 벼락이 울리며 우박과 주먹만한 빗방울이 떨어졌다. 너무나도 괴이한 일이 벌어지자 궁성은 말할 것도 없고 도성 안의 모든 백성들이 깜짝 놀라고 말았다.

결국 억울하게 붙잡혀 들어온 왕거인 때문에 괴변이 발생했다고 여겨 그를 석방시키자 언제 그랬냐는 듯 날이 말끔히 개었다고 했다.

도선이 왕건과 제자들에게 산천 비보 사찰을 인재 등용과 결부해서 이야기했다.

"나라에서 왕거인 같은 현자를 등용시키지 않았기 때문에 국정이 문란하고 기강이 흐트러진 것이다. 제아무리 현명한 제왕일지라도 천하를 혼자서 다스릴 수 없는 노릇이다. 부족한 땅을 사찰이나 탑으로 비보하듯이, 제왕 옆에 훌륭한 신하를 두는 것은 인재를 이용한 일종의 비보라고 말할 수 있느니라. 그런 인재 비보가 잘되면 천하가 평안해질 것이니라."

도선 일행이 도성을 빠져나가려 할 즈음 엄청난 숫자의 군사들이 출정하기 시작했다. 가뜩이나 불안한 미래를 걱정하고 있던 백성들이라서 소란스러움이 극에 달했다.

"군대가 도성을 빠져나가다니 도대체 무슨 일일까? 혹시 적고적이 또 나타났을까?"

"내가 들은 소문에 따르면, 북원(원주)의 도적 우두머리 양길이 이곳으로 쳐들어오기 때문에 맞서 싸우려고 나간다는 거야."

"그게 아니고, 죽주(안성)의 기훤이 쳐들어온다고 하던데."

백성들이 불안에 떨고 있었다.

"스승님, 무슨 일일까요? 아마 큰 난리가 벌어진 모양인데 쉽게 평정될까요?"

현성이 놀란 얼굴로 물었다. 도선이 고개를 갸웃거렸다.

"나도 잘 모르겠구나. 군대를 뒤따라가서 살펴보도록 하자."

도선은 북원의 양길이나 죽주의 기훤 세력에 대해 잘 파악하고 있었다. 그들의 세력이 날로 팽창하고 있었지만 아직 신라 도성을 공격할 수 있을 만큼 대단하지 못했다.

나라에서 대규모의 군사를 출정시킨 것으로 보아 난이 크게 일어났다는 것은 틀림없는 사실이었다. 그런데 도대체 누가 어디에

서 난을 일으켰는지 곰곰이 생각해 보았으나 짐작이 가는 바가 전
혀 없었다.

태산(太山, 전북 태인)군의 태수(太守) 최치원이 피향정(披香亭)에
올라 주변의 산천경개를 둘러보았다. 좌측에는 여러 개의 봉우리
들이 말발굽 모양으로 늘어선 내장산이 있었고, 우측에는 산 정상
에 어미가 어린아이를 업고 있는 형상의 바위가 있다고 해서 모악
(母岳)이라고 부르는 산이 수려한 자태를 뽐내고 있었다.

묵방산(墨方山)에서 발원한 물줄기가 동진강을 이루어 서해로 흘
러 들어가고 있었다. 강물에 배를 띄워 서해로 나가고 싶었다. 그
러면 변산 반도의 절경을 실컷 구경할 수 있을 터였다.

최치원이 피향정 위아래에 있는 연지(蓮池)로 눈을 돌렸다. 홍련
들이 꽃등처럼 매달려 있었나 싶었는데 벌써 자취를 감추고 연잎
마저 시들고 말라비틀어져 스산하기 짝이 없었다. 흡사 자신의 마
음속을 들여다보고 있는 듯했다.

그는 헌강왕에게 다섯 권의 저서를 올린 뒤에 '시독 겸 한림학사
수병부시랑 · 지서서감사(侍讀兼翰林學士守兵部侍郎知瑞書監事)'에 임
명되었다. 그런데 귀족들의 부패한 모습에 염증을 느긴 나머지 외
관직을 자처해 태산군의 태수로 발령 받았다. 여기서 한동안 머물
다가 이번에 천령(天嶺, 경남 함양)군 태수로 옮기라는 명을 받았다.

"하, 말세로다. 이걸 어찌하면 좋단 말인가."

그의 입에서 절로 한숨이 새어 나왔다. 이럴 줄 알았으면 당나
라에서 돌아오지 말았어야 했는데, 라는 후회가 물밀듯 밀려왔다.
그가 붓을 들어 시 한 편을 썼다.

여우가 미인으로 둔갑하고(狐能化美女)

살쾡이가 선비 노릇을 한다(狸亦作書生)

누가 알았으랴, 짐승의 무리들이(誰知異類物)

사람의 탈을 쓰고 세상을 속일 줄이야(幻惑同人形)

신라 왕조는 귀족들과 관리들이 너무나 썩어서 회생 불능 상태였다. 기울어 가는 나라를 속절없이 바라보고 있자니 괴로울 따름이었다.

"태수 나리, 물이 다 끓었사옵니다."

피향정 아래에서 불을 피워 물을 끓이던 하인이 다가와서 고개를 숙였다.

"이리 내놓아라."

그가 차 한 잔을 우려 내어 마셨다. 향긋한 다향이 흐트러졌던 정신을 맑게 해 주었다. 다시금 붓을 들어 글을 썼다. 시무책(時務策)을 적어 진성여왕에게 상소할 생각이었다.

'신 최치원이 나라를 바로잡을 시무책을 올리나이다……'

그는 진골 귀족들의 부패 상황과 지방 토호들의 반란 상황까지 거론하며 나라를 바로잡기 위한 개혁안을 정리했다. 특히 골품제라는 신분 제도가 나라의 발전을 막는 모순임을 강조하며 능력에 따라 인재를 고루 등용해야 한다는 내용까지 기록했다.

글을 모두 끝내고 다시금 피향정 아래에 있는 연지를 바라보았다. 연잎이 말라비틀어진 스산한 광경은 자신의 마음속뿐만 아니라 신라 왕조의 모습이기도 했다. 다시금 한숨을 내쉬며 하인을 불렀다.

"여봐라! 불, 불씨를 가져오너라!"

"예, 불씨라고 했습니까요?"

"그렇느니라."

하인이 무슨 영문인지 모르고 불씨를 가져왔다. 최치원이 불씨를 받아 들고 애써 적었던 시무책을 불살라 버렸다. 아무리 상소를 해도 받아들여지지 않을 테고, 진골 귀족들의 반감만 살 것임에 틀림없었다.

피향정 옆의 나무에 매어 놓은 말이 어서 가자는 듯 울음을 길게 터뜨렸다.

"그래, 그래, 어딘들 못 가겠느냐. 어서 가자꾸나."

그가 신발을 꿰어 신고 말에 올라탔다.

전주 관내를 벗어나 무주 관내로 접어들었다. 가는 곳마다 지독한 흉년으로 백성들이 힘들어하고 있었다. 심지어 굶어 죽는 자까지 속출했다. 민심은 이미 신라 왕조를 떠난 지 오래되었다.

최치원이 지리산 쪽으로 향하다가 말을 갈아타기 위해 역(驛)에 들렀다. 그런데 역장이나 역리는 어디로 가 버렸는지 보이지 않고 나이가 무척 어린 역정이 혼자 지키고 있었다.

"모두 어디로 갔느냐?"

"어디서 오신 뉘신지 모르지만 소문도 못 들었사옵니까?"

"무슨 소문 말이더냐?"

"견훤 장군께서 후백제를 다시 세우기 위해 군사를 일으켰다 하옵니다. 그래서 그 뒤를 따르는 무리들이 금세 5천으로 불었다고 하더이다. 견훤 장군께서 이쪽으로 오신다 하여 역장과 역리 나리들이 그곳으로 마중 나가셨습니다요."

최치원은 드디어 올 것이 오고 말았다는 생각에 잠시 말을 잊고 말았다. 북원의 양길과 죽주의 기훤이 위세를 떨치고, 급기야 서남해 방수군의 비장이었던 견훤도 반기를 들었던 것이다.

한 떼의 군사들이 뽀얀 먼지를 일으키며 질주하고 있는 모습이 보였다. 역정이 이야기했던 견훤의 군사인 모양이었다. 최치원이 또 한숨을 내쉬었다. 애타는 가슴을 누구에게 털어놓아야 좋을지 모를 일이었다.

희양산 정상에 위치한 삼각형 바위가 마른 하늘을 뚫고 우뚝 솟았다. 그 바위에서 반사되는 새하얀 빛이 눈을 아리게 만들었다.

희양산 봉암사에 잠시 머물고 있던 도선은 말을 거의 잃어 버렸다. 방방곡곡의 상황이 악화 일로로 치닫고 있다는 것은 잘 알고 있었지만 사태가 이렇게 급박하게 변할 줄은 미처 예상하지 못했다.

금성을 빠져나와 진군했던 대규모의 군사들은 사벌주(경북 상주)에서 일어난 원종과 애노의 난을 평정하기 위한 부대로서 나마(奈麻, 신라 17관등 중에서 11번째 계급) 영기(令奇)가 토벌 대장을 맡고 있었다.

원종과 애노가 일으킨 난의 성격은 패권을 잡고 권력을 독차지하려고 군사를 일으킨 토호들과 질적으로 달랐다. 그들은 순수한 농민들이 뭉친 집단으로서 생존 욕구 때문에 반란을 일으켰으며, 조세 독촉에 가혹하게 시달리다가 급기야 관아를 습격하고 관곡을 털어 백성들에게 나누어 주고 있었다.

영기가 이끄는 토벌대가 사벌주로 들어서자 기양산의 마곡 산성에 진을 치고 일전을 벼르던 농민군들이 몰려나왔다. 그런데 그 기세가 얼마나 당당한지 토벌 대장 영기가 싸워 보지도 못하고 그만 줄행랑을 놓고 말았다. 그 지역의 촌주(村主)인 우련(祐連)이 사력을 다해 싸웠으나 성난 농민군의 기세를 꺾지 못하고 그만 전사하고 말았다.

한참이나 생각에 잠겨 있던 도선이 왕건을 불렀다.

"모든 것을 잘 보았느냐?"

"성난 백성들의 마음을 읽을 수 있었습니다. 그런데 이 난이 장차 어떻게 진행될 것으로 예측하십니까?"

"난은 곧 평정되겠지만, 이 일을 계기로 급변하는 상황이 올 것이니라."

"제자도 농민 난군 중에서 탁월한 지도자가 없어 결국 실패할 것으로 보았습니다. 그런데 급변하는 상황이 올 것이라고 말씀하셨는데, 왜 그렇사옵니까?"

"우리가 여기로 오면서 이웃 가은현의 아자개라는 인물을 보았지 않더냐. 그 자를 따르는 자들이 수없이 많고 지략 또한 출중하기 때문에 장차 패배하게 될 농민군 잔당까지 모아서 이 일대의 명실상부한 패자가 될 것이니라."

"지역마다 장군이나 성주를 자칭하는 자가 하나 둘이 아니온데, 또 한 명의 패자가 등장한다고 해서 급변하는 상황이 올 리 없지 않겠사옵니까?"

"그건 그렇지만, 이 난을 계기로 방방곡곡이 벌집 쑤신 듯 혼란스러워질 것이다. 자, 시간이 없다. 지금부터 북원의 양길과 죽주의 기훤이 어떠한지 살펴보도록 하자."

도선 일행이 산문을 나서려고 하자, 봉암사의 주지 양부(揚孚)와 제자 긍양(兢讓)이 산문 밖까지 따라 나와서 전송했다. 긍양은 속성이 왕씨이며 왕건보다 몇 살 아래였다. 그래서 잠시 머무는 동안 왕건과 친하게 지냈던 터라 서로 헤어지는 것이 무척 서운한 모양이었다.

"두 사람은 인연이 깊으니까 다시 만날 날이 있을 것이다."

도선이 왕건과 긍양을 보고 말했다. 그런데 도선이 예견했던 것처럼 훗날 왕건이 고려를 세웠을 때 긍양이 태조에게 법요(法要)를 가르치는 등 큰 역할을 했다.

북원의 양길은 도적의 우두머리로 소문이 났으나 실은 주변의 백성들로부터 추앙을 받고 있었으며 포용력도 대단한 자였다. 그가 처음에는 도적이라는 소리를 들었으나, 북원 일대의 세력을 규합하면서 장군이라고 자칭했다. 그리고 원종과 애노의 난을 계기로 신라 왕조를 향해 본격적으로 반기를 들었다.

양길은 북원의 진산(鎭山)인 치악산에 영원 산성을 쌓아 거점으로 삼고 있었다. 도선 일행이 영원 산성이 마주 바라보이는 석남사(石南寺)에서 며칠 동안 머물면서 동태를 살폈다. 양길은 주변의 십여 개 성을 이미 장악한 상태였다.

도선 일행이 석남사에서 삼 일째 머물고 있을 때였다. 양길의 휘하 장수가 1백여 기의 기마대를 이끌고 나타나서 석남사에 진을 쳤다. 그는 죽주 기훤의 휘하에 있다가 양길에게 몸을 의탁한 애꾸눈의 궁예였다.

궁예가 이끄는 군사들은 오합지졸이 아니라 일당백의 정예 부대였다. 궁예의 지도력이 워낙 탁월해서 휘하의 군사들이 목숨을 걸고 떠받들었으며, 그 역시 군사들과 숙식을 함께 하는 등 희로애락을 같이 나누고 있었다.

장수와 부하들이 하나로 뭉친 군대는 천하무적일 수밖에 없었다. 궁예의 군사들이 북원으로부터 동남쪽 방향인 주천(예천), 나성(영월 일대), 울오(평창)를 단숨에 정복해 버리고 명주(강릉)의 김순식 장군과 대치하게 되었다.

도선 일행이 그런 상황을 지켜보다가 석남사를 떠나 죽주의 기훤을 향해 떠나면서 왕건에게 말했다.

"건아, 궁예를 똑똑히 기억해 두어라. 너와 아주 큰 인연을 타고 났느니라."

옆에 있던 범진이 나서며 말했다.

"스승님, 궁예도 대단하지만, 인재를 잘 쓴 양길이 더욱 훌륭하게 보였습니다. 그래서 그가 천하를 제패할 듯싶습니다."

"양길이 인재를 적재적소에 잘 쓰기는 했지만, 그는 야망을 이루지 못할 것이다."

"신비한 도참술로 미래를 내다본 것입니까?"

"그렇지 않다. 건이도 잘 들어라. 양길의 전술 전략은 곧 한계성에 부딪칠 수밖에 없을 것이다. 그는 궁예 군사를 동남쪽으로 진격시킬 것이 아니라 서남쪽으로 진군시켰어야 옳았다. 그쪽은 해상 무역의 요충지이며, 비옥한 토지가 있는 곳이 아니더냐. 천하의 패권을 움켜잡으려면 예성강과 임진강이 흐르는 송악 일대와 한강이 흐르는 한주 일대를 장악하여야 할 것이다."

왕건이 말했다.

"스승님, 만세 제왕의 터를 장악한다고 해서 아무나 패권을 잡는 것은 아니지 않습니까?"

"그건 당연지사이니라. 그래서 지금 네가 제왕학을 공부하면서 제왕이 갖추어야 할 덕목을 쌓고 있는 중이 아니더냐. 진시황이 죽고 황우와 유방이 천하를 서로 제패하기 위해 싸웠느니라. 그 두 사람 모두 훌륭한 인재를 적재적소에 잘 배치했다. 그런데 처음에는 열세를 면치 못했던 유방이 결국 승리했느니라. 그 이유가 무엇인지 아느냐? 유방은 부하들의 진언에 귀를 기울일 줄 알았기 때문이다."

도선이 장수와 제왕이 갖추어야 할 덕목에 대해 자세히 이야기하는 동안에 죽주에 이르렀다. 양길은 대모산에서 초적을 이끌고 있다가 타고난 용맹성을 바탕으로 세력을 끌어 모아 죽주 일대를 완전히 장악한 인물이었다.

도선이 기훤의 진영을 둘러보고 왕건에게 말했다.

"건아, 기훤은 용맹한 장수이다. 그런데 옛말에 용장은 지장만 못하고 지장은 덕장만 못하다고 했느니라."

"스승님, 용장이 왜 제일 아래입니까?"

"용장은 자기 목숨을 초개처럼 여기기 때문에 승패를 경시할 우려가 있다. 장수가 승패를 경시하게 되면 그를 따르는 군사들이 고통 받기 쉽다. 또한 용장은 교만해지기 쉽다. 그래서 예의를 잃고 무례한 행동을 하는 까닭에 군사들은 물론이고 백성들까지 멀리 하게 되는 결과를 낳느니라."

"천하 대장군이 되려면 어떤 덕목을 갖춰야 하는지요?"

"《손자병법》에 이르기를, 어진 것과 사람됨이 그 부하에게 넘쳐 흐르고 오직 신의로써 이웃 나라를 설복하며 위로는 하늘을 알고 아래로는 지리에 통달되고 천하의 정세를 모두 자기 신변의 일처럼 소상하게 알아야 한다고 했다."

도선이 《손자병법》에 있는 이야기를 더 설명했다. 그건 제갈량이 인물의 그릇을 여섯 단계로 나눈 것인데, 인품의 간사함을 살필 줄 알며 뭇 사람의 화난을 알아서 사람들을 복종시킬 수 있는 십인지장(十人之將)에서부터, 어진 사람을 보면 질투하지 않고 자신이 쓰거나 윗사람에게 상신하며 성품이 인자하며 관대하지만 항상 그 몸이 한가로우며 어떤 복잡한 일도 손쉽게 처리하는 십만지장(十萬之將)에 이르기까지 자세하게 나열했다.

도선 일행이 남쪽으로 내려왔다.

후백제 부흥의 기치를 내건 견훤의 기세는 대단했다. 군사를 일으키자마자 잠깐 사이에 5천 명이 수하로 몰려들었다. 그리고 승평의 호족 박언지와 그의 아들 박영규를 휘하로 거두었고, 희양의 김홍광 세력까지 장악했다. 이어서 백성들의 열렬한 환호를 받으며 전주까지 점령하는 기염을 토해 내고, 스스로 왕이라 칭했다.

견훤은 용맹했을 뿐만 아니라 방수군 비장 출신이라서 전술 전략이 탁월하고 순발력도 좋았다. 그리고 인재를 보는 눈이 탁월해 승평 김총 장군의 사람됨을 알아차리고 자신의 호위 부대장인 인가별감(引駕別監)에 임명했다.

도선의 제자 월정은 승평 박언지 성주의 추천과 무주 관내에서 견훤과 만났던 인연으로 책사에 임명되었다. 그런데 견훤은 도선까지 휘하로 끌어들이고 싶은 욕심이 은근히 생겨나서 월정을 불렀다.

"희양 옥룡사에 주석하고 있는 도선 큰스님의 신통력이 대단하다고 들었소. 짐이 그를 만나러 갈 테니까 함께 갈 수 있겠소?"

월정은 견훤의 이야기에 당황하고 말았다. 만약에 도선이 견훤의 휘하에 들어온다면 자신의 처지가 일순간에 땅바닥으로 떨어질 가능성이 많았다. 게다가 산문을 몰래 빠져나온 잘못이 있어서 도선 앞에 얼굴을 들 수 없었다. 그가 재빠르게 머리를 굴리고 말했다.

"신은 도선 큰스님의 옥룡 산문을 몰래 빠져나왔습니다. 그래서 다시 찾아가기가 매우 어색하옵니다. 하지만 신이 아주 중요한 정보를 하나 알려 드리도록 하겠습니다."

"중요한 정보라? 그게 뭐요?"

"백운산 억불봉 뒤편에 백학동이라는 아주 은밀한 계곡이 있사온데, 풍수지리로 살펴볼 때 하늘과 땅의 기운이 교감하고 있어 제왕의 인연이 깃든 곳이옵니다. 필히 그곳의 정기를 이어받아 천하를 제패하는 제왕이 되시옵소서."

월정의 이야기에 견훤의 눈이 번쩍 뜨였다. 곧장 인가별감 김총의 호위를 받으며 백운산으로 달려갔다.

주유천하를 무사히 마친 도선 일행이 백운산으로 돌아왔다. 그런데 그동안에 커다란 변고가 발생했다. 도선암에 머물고 있던 도선의 어머니, 법등행이 열반했던 것이다.

도선의 가슴이 찢어질 듯했다. 왕건에게 제왕학을 가르치느라 어머니의 임종도 지켜보지 못했던 불효가 머리를 짓눌렀다. 법등행은 숨이 끊어지기 직전까지 도선의 성불을 기원했다고 한다. 도선이 어머니의 극락왕생을 위해 삼일 밤낮 잠을 자지 않고 지극 정성으로 불공을 올렸다.

현성과 범진은 예전처럼 학승을 지도한다거나 불도를 열심히 닦기 시작했고, 왕건은 백학동에 다시 들어가서 제왕학 공부가 마무리되면 송악으로 돌아갈 예정이었다.

어느 날이었다. 아침 예불이 끝나자마자 경보가 찾아와서 도선에게 삼배를 올리며 말했다.

"스승님, 하직 인사를 올리려 하옵니다."

"갑자기 무슨 일이더냐?"

도선은 일찍이 영암에서 경보(광종)를 처음 보았을 때 하늘이 내려 준 법기임을 알아차렸다. 그런데 사제 삼세의 인연이 있어서 그가 옥룡 산문으로 찾아오자 내심 흐뭇하게 생각했다. 그런데 몇 년 동안 공부를 열심히 하다가 느닷없이 하직 인사를 하겠다고 하니 당황하지 않을 수 없었다.

"옥룡 산문에서 부족한 것이라도 있더란 말이냐?"

"더 크고 넓은 당나라에 건너가서 불법을 구하려고 합니다."

도선이 경보의 마음을 이해하지 못하는 것은 아니었다. 도선 역시 어렸을 때 숙위 학생이 되어 당나라로 가고 싶었다. 또 여느 고승처럼 당나라에 가서 불법을 구해 오고 싶은 마음이 없었던 것도 아니었다. 하지만 경보가 그곳에 가지 않아도 얼마든지 깨달음을 얻을 수 있다고 생각했기에 만류했다.

"이곳에 계속 머무르며 공부하면 아니 되겠느냐?"

"이미 마음의 결정을 내렸사옵니다."

"그래, 그렇다면 너의 뜻을 빼앗을 수 없고 행동을 막을 수도 없으니 어쩌겠느냐. 허허, 네가 나를 동가구(東家丘)로 여기니 어쩔 수 없는 노릇이지."

'동가구'란 다른 사람의 진가를 모르거나 가까이 있는 사람을 알아보지 못하는 것을 뜻하는 말이었다.

경보가 떠나자 현오가 도선의 서운해 하는 마음을 읽고 쫑알댔다.

"허허, 어떤 땡추는 풍수지리를 훔쳐 도망치더니, 이놈의 땡추는 사형의 마음을 훔쳐 도망가는군요. 그런 땡추들이 옥룡 산문에 다시 발을 딛기만 하면 혼쭐을 내놓겠습니다."

"현오야, 내 말을 잘 들어라. 경보가 다시 찾아올 날이 있을 것이니라. 그러면 그에게 옥룡사 주지 자리를 물려주도록 하여라."

"예? 저렇게 밉살스러운 경보에게 법통을 잇도록 하시겠단 말씀입니까? 헤헤, 그렇지만 사형의 안목은 역시 놀랍습니다. 경보야말로 하늘이 내린 법기임에 틀림없거든요."

현오가 낄낄거렸다.

도선이 쓸쓸한 마음을 지우지 못한 채 오후를 맞이하고 있을 때 일백여 기의 기마대들이 옥룡 산문 앞에 도착했다. 김총이 앞장서고 그 뒤에 호랑이상의 얼굴을 하고 있는 사내가 뒤따르고 있었다. 도선은 그가 견훤이라는 것을 직감으로 알아차렸다.

견훤이 정중한 자세로 도선에게 도움을 청했다. 도선은 신라 왕실의 부탁도 거절했던 바가 있고, 선승으로 영원히 지내고 싶다며, 견훤의 제의를 정중하게 거절했다. 견훤은 자신의 제의가 거절당하자 못마땅하다는 기색을 은근히 드러냈다.

"도선 큰스님, 백운산 억불봉 뒤편의 백학동이라는 골짜기가 제왕의 인연이 깃든 곳이라는 소문을 들었소이다. 짐이 그 기운을 받을 수 있도록 해 주시면 아니 되겠소?"

도선은 그 소리에 내심 당황했으나 침착함을 유지했다.

"빈도의 눈이 비뚤어지지 않았다면 백학동이야말로 제왕의 인연이 깃든 곳이 틀림없을 것입니다. 그런데 그곳은 하늘이 점지해 준 인연을 타고난 사람만이 주인이 될 수 있사옵니다. 통찰하여 주시옵소서."

"짐은 이미 하늘의 뜻에 따라 제왕의 자리에 올랐소. 그래도 백학동의 기를 받을 그릇이 못 된단 말이오?"

"그건 제가 감히 살피기 어려운 문제입니다."

"그러면 짐이 가까운 시일 내에 백학동을 직접 찾아가서 인연이 있는지 없는지 살펴보도록 하겠소."

견훤이 불쾌한 기색을 드러내며 옥룡사 산문을 빠져나갔다.

도선이 현성과 범진을 이끌고 곧바로 억불봉을 넘었다. 견훤은 남쪽의 비옥한 토지를 바탕으로 강력한 세력을 형성하고 있었다. 백성들의 호응 또한 만만치 않았다. 그런데 장차 적대 관계가 될 왕건을 견훤의 세력권 안에 둔다는 것은 위험하기 짝이 없는 노릇이었다.

"이제 건이를 보낼 때가 된 것 같구나."

도선이 제자들에게 설명했다.

"스승님, 외람되오나 제자가 그동안 보고 느꼈던 점을 이야기해도 되겠습니까?"

"허심탄회하게 말해 보아라."

"제자가 스승님 밑에서 오랜 세월을 공부했습니다. 스승님께서 삼암사를 건립하고 국토 여기저기에 비보사찰을 세웠던 이유를 이제야 알 것 같사옵니다. 그런데 한 가지 의문이 있습니다."

"그게 뭐냐?"

"제자가 주유천하에 나섰다가 느꼈던 점이온데, 일찍이 스승님께서 예견하셨던 신라 왕조의 멸망은 기정사실로 보였습니다. 그리고 삼국으로 분열될 거라는 예견도 거의 틀림없을 것으로 보입니다. 그런데 장차 삼국을 통합할 인물에 대해서는 스승님의 예견이 틀릴지도 모른다는 생각이 들었습니다."

"건이 말고 다른 자가 그런 위업을 달성할 것이라는 이야기로구나. 그렇다면 그 주인공을 누구로 보았느냐?"

"예전에는 양길이 천하를 제패한다고 생각했는데, 이제 와서 다시 생각해 보니 견훤일 것 같습니다. 그는 막강한 세력과 남쪽 지역의 비옥한 토지를 장악하고 있습니다. 특히 백성들의 호응이 대단하며, 가장 먼저 제왕의 칭호를 획득했사옵니다. 스승님께서 그를 도와 삼국 통합을 이룩하도록 하는 것이 어떠한지요?"

"너는 몇 년 앞을 내다보는 안목이 있다만 십 년 앞을 내다보는
안목은 부족하구나. 견훤은 삼국 통합의 주인공이 되지 못할 몇
가지 부족한 점이 있느니라. 차차 지켜보면 알게 될 것이다."

도선이 자세한 설명을 덧붙이지 않고 삼국 통합의 주인공으로
왕건을 지목했다. 현성은 그런 이야기를 수긍하기 힘들었으나 도
선의 예지와 안목이 워낙 뛰어나기 때문에 더 이상 자신의 견해를
내세우지 못했다.

제왕의 인연이 깃든 백학동이었다. 왕건은 도선과 사형들이 느
닷없이 들이닥치자 뭔가 심상치 않은 예감을 느꼈다.

"건아, 이제 백학동에서 떠날 때가 되었느니라. 두 사형들이 너
를 송악까지 무사히 데려다 줄 것이니라."

"제자는 아직 부족한 것이 많사옵니다. 스승님 곁에서 더욱 많
은 깨달음을 얻고 싶습니다."

"이젠 네 스스로 모든 것을 해결해야 할 때가 되었다. 하지만 외
로워하지 마라. 사람의 마음을 얻는 자가 천하를 얻는다고 했다.
네가 사람의 마음을 얻게 되면 수많은 인재들이 네 밑으로 찾아올
것이며, 네가 그들을 적재적소에 잘 배치하고 또 진언을 잘 받아
들이면 천하를 얻게 될 것이다. 이것은 너를 위해 준비해 놓았던
것이니라."

도선이 《도선비기》, 《옥룡자 밀기》라고 적어 놓은 서책들과 백
운산 생쇠골에서 만들어진 환도 한 자루를 건네주었다.

그 서책은 도선이 지금까지 심혈을 기울여 작성했던 삼국도(三
國圖)를 비롯해서 송악에 관련된 풍수지리와 전국의 산천 비보 사

찰 터가 명시되어 있었다. 그리고 장차 변화무쌍하게 전개될 정국에 관한 예견도 적혀 있었다.

"난립하는 군웅들을 통합할 묘안은 무엇이옵니까?"

"원효 대사님의 화쟁(和諍) 사상을 항상 마음에 지니고 있어야 하느니라."

도선이 《대승신기론》에 나오는 '마치 바람 때문에 고요한 바다에 파도가 일어나나 파도와 바다는 둘이 아니다. 우리의 일심(一心)에도 깨달음의 진여(眞如)와 무명이 동시에 있을 수 있으나 역시 둘이 아닌 하나이다' 라는 구절을 읊조렸다.

도선이 왕건을 데리고 40리 물줄기를 따라 아래로 내려가서 바다를 만났다. 희양 망덕산(望德山) 아래에 망덕 포구가 있었다. 그곳은 백두대간의 한 봉우리인 덕유산을 마주 바라본다고 해서 '망덕'이라고 불렀으며, 그곳에 천자봉조혈(天子奉朝穴)이라는 의미심장한 명당이 있었다. 그리고 지리산과 백운산을 끼고 5백50리 물길을 달려온 다사강의 물줄기가 바다와 만나는 곳이기도 했다.

왕건이 배에 올라탔다. 도선이 장차 분열될 삼국을 통일하여 제왕으로 등극하게 될 왕건에게 군신의 예를 갖추며 무릎 꿇고 절했다.

"옥체 보존하시어 부디 삼국을 통합하는 대업을 이루소서."

망덕 포구 앞 여의주처럼 동그란 섬에서 백학이 축복처럼 날아올랐다. 그 섬은 도선이 장차 제왕이 될 왕건을 배알(拜謁, 지체 높은 분을 만나 뵘)했던 곳이라고 해서 '배알도' 라 부르게 되었다는 이야기도 전한다.

인연 따라 흩어지리라

도선은 왕건을 송악으로 떠나보낸 후에 희양(광양) 옥룡사에서 줄곧 머물며 참선에만 몰두했다. 각처의 호족들이 앞 다투어 찾아와 모셔 가려고 했으나 응하지 않았다.

어느 날 최치원이 지리산 청학동에서 만나기를 청했다. 그는 진성 여왕에게 '시무책 10여조'를 상소했으나 귀족들에 의해 받아들여지지 않자 관직을 버리고 떠돌다가 도선의 소문을 듣고 만나기 위해 찾아왔던 것이다.

당대 최고 석학이었던 두 사람이 청학동에서 무릎을 맞대고 만났다.

그날, 최치원이 신라 사회의 모순과 기울어 가는 신라 왕조를 거론하며 자신의 괴로운 심정을 털어놓았다.

도선은 최치원을 이상향인 청학동에 비유하며 말했다. 사회적인 모순을 보았으면 한탄만 하지 말고 적극적으로 나서서 해결하는 실천적인 모습을 보이라는 거였다. 그러면서 이상향이 아닌 현실적인 백학동처럼 살아가야 한다고 역설했다.

최치원은 이런 난세일수록 은자의 길을 선택하는 게 현명하다고 주장했다. 난세에서 떠돌게 되면 자연히 더러운 먼지가 묻을 수밖에 없다는 이유였다.

도선은 최치원에게 기울어 가는 신라 대신에 새로운 지도자를 찾아가서 지금까지 닦아 온 모든 것을 아낌없이 베풀도록 건의했다. 그 대상은 당연히 송악의 왕건이었다.

도선은 견훤의 세력권 안에 있었으며, 견훤이 가장 강성한 세력을 형성하고 있었지만 그를 지지하지 않았던 이유가 있었다. 그건 견훤이 후백제 전역이 아닌 일부 내륙 지방만 장악했지 금성(나주) 일대 옛 마한의 불미지국을 장악하지 못할 거라는 판단 때문이었다.

서남 해안의 해상 세력이 주축이었던 불미국의 후예들은 그들만의 독특한 문화를 갖고 있었으며, 백제보다 마한의 옛 영화를 부흥해 보겠다는 그들 나름대로의 꿈이 있었다. 그래서 결국 견훤은 그런 장벽을 넘지 못하고 왕건에게 그 일대를 빼앗김으로써 결정적인 불리함을 감수하게 되었다.

또 견훤이 천하를 제패하지 못할 이유가 있었다. 그가 후백제를 건설했지만 고대 체제의 관제를 재정비하는 선에서 개혁했을 뿐이지 새로운 사회에 부흥하는 전망을 보여 주지 못했기 때문이다.

도선과 최치원은 같으면서도 틀린 점이 많았다. 최치원은 당나라 유학생 신분으로 국제적인 감각을 갖고 있었다. 도선은 국제적인 감각이 떨어진 대신에 순수 토종으로서 국내 실정을 바라보는 안목이 탁월했다.

또 최치원은 나약한 지식인의 한계를 벗어나지 못하고 관직에서 물러나 유랑하다가 속세의 때를 묻히기 싫어하며 잠적했다. 그런데 도선은 당대의 똑같은 지식인이었으면서도 겨레의 미래를 위해 산천 비보로써 국토 균형 발전을 꾀했고, 분열된 겨레를 통합시킬 수 있는 새 지도자를 육성하는 등의 실천적인 노력을 기울였다.

이렇게 상이한 점이 많은 두 사람의 만남이라 격론이 벌어지지 않을 수 없었다. 그렇지만 청학동에서 벌어진 격론의 끝에 승자나 패자는 없었으며, 모든 것은 훗날 역사의 몫으로 돌아가게 되었다.

아무튼 그 후에 최치원은 해인사에 은거했다거나, 청학동에 들어가서 신선이 되었다고 전해진다. 도선은 왕건에게 제왕학을 가르친 후에 옥룡사를 끝까지 지키며 도도히 흐르는 역사의 물결을 온몸으로 부딪치다가 마침내 입적하게 된다.

혹독한 추위가 지나가고 따스한 햇볕이 내리쬐는 어느 봄날이었다. 도선이 옥룡 산문의 모든 제자들을 불러 모아 대설법을 베풀었다. 그때 희양현과 승평군의 여타 지역은 물론이고 다사강 건너 남해현(하동 일대)과 강주 관내의 백성들까지 도선의 대설법을 들으려고 몰려들어 인산인해를 이루었다.

대설법이 끝나자 도선이 천기를 살피더니 선방으로 들어갔다. 도선을 평생 따라다녔던 현성과 범진 그리고 현오를 불렀다. 도선 암의 비구니, 보연화와 심우도 함께 자리했다.

"동백꽃이 보고 싶구나. 문을 활짝 열도록 하여라."

옥룡사를 비보하기 위해 심었던 백계산의 동백이 숲을 이루었고, 동백꽃들이 마치 꽃등처럼 주렁주렁 매달려 있었다.

"저 동백 숲은 씨가 떨어져 스스로 자라고 또 자라서 영원할 것이다."

제자들은 도선이 무엇 때문에 그런 이야기를 꺼내는지 몰랐다. 도선이 제자들의 손을 일일이 잡아 주며 말을 이어 갔다.

"그동안 내가 산천순역에 따라 수많은 비보 사탑을 세웠다. 그렇게 해서 얻어진 국가적 이익과 공덕이 선리(禪理)의 정묘함에 미치지 못하는구나. 훗날 내 이름을 도용하여 풍수지리를 더럽히고 혹세무민하는 경우가 왕왕 발생할 것을 생각하니 가슴이 무척 아프구나. 이제 나는 인연이 다했으니 떠날 것이니라. 대저 인연을 타고 이 세상에 왔다가 인연이 다 되면 가는 것이니 어찌 싫어하겠느냐."

도선이 가부좌를 튼 채 조용히 눈을 감았다. 효공왕 2년(898) 3월 10일, 향년 77세 법랍 57년이었다. 그때 왕건의 나이가 22세였으며, 궁예 밑에서 정기 대감(기병을 이끄는 총수)에 올랐던 해였다. 또 궁예가 송악성을 수리하여 천도했던 해이기도 했다.

제자들이 슬퍼하며 법구를 모셔 고승들에게 주로 행하는 '사골장'이라는 매장법으로 옥룡사 옆 동백 숲이 우거진 언덕에 묻었다.

효공왕이 도선의 입적을 슬퍼하며 요공 국사(了空國師)라는 시호를 내렸다. 왕건이 삼국을 통합하여 고려를 세운 후, 현종은 대선사(大禪師), 숙종은 왕사(王師)를 추증했고, 인종은 선각 국사(先覺國師)라는 시호를 내렸으며, 의종은 비를 세웠다.

그 후 수많은 세월이 흘렀다. 지난 1997년이었다. 순천대학교 박물관팀의 학술 조사 결과 옥룡사지 옆에서 부도 터와 그 밑에 있는 석관을 발견했다. 그 속에서 도선 국사로 추정되는 유골 한 점이 나타났다.

신라 왕조의 몰락을 예견하고 분열될 거레의 재통합을 위해 노력을 아끼지 않았던 도선 국사. 그가 동서(東西) 갈등과 남북(南北) 분단 시대를 살아가는 오늘날의 우리들에게 무슨 말을 하고 싶어서 1천여 년 만에 모습을 다시 드러낸 것일까?

오월 광주, 운주사, 그리고 도선의 비의

최현주(순천대학교 국어교육과 교수, 문학평론가)

1

사람 사이의 만남은 인연을 전제로 한다. 그것을 운명이라고 할 수도 있을 터이다. 그런데 나는 운명이 신이나 절대자에 의해 규정되는 것이라고는 생각지 않는다. 우리들의 만남과 인연, 그리고 운명 뒤에는 우연이 아닌 필연, 즉 인류의 역사적 자장이라고 하는 필연이 개입되어 있으리라는 것이 나의 생각이다. 원시 시대부터 지금까지 축적된 인간의 지혜, 신화에서부터 이데올로기에 이르는 그런 것들에 의해 우리의 인연과 만남은 예정된 것이리라. 하여 오늘 누군가와의 우연을 가장한 만남의 이면에는 인류가 갈등하고 투쟁하고 타협해 온 인류 보편의 역사가 자리하고 있는 것이다. 이쯤에 이르면 인간의 만남과 인연 속에는 지금 여기까지의 인류의 역사, 문화, 정서, 이데올로기라는 공분모가 전제되어 있음이다. 때문에 어떤 만남도 우연이 아닌 필연인 셈이다.

그런 점에서 소설가 박혜강 선생과 나의 만남도 우연인 듯 보이지만 필연적이었던 듯싶다. 우연처럼 보이지만 언젠가는 만나고야 말 인연, 그것은 바로 1980년대와 광주라는 시공간의 공분모가 존재한 때문일 것이다. 본디 문학판에선 형님이란 호칭이 편한 것이겠으나 나는 그를 선생님이라 호칭한다. 그와 나의 띠 동갑이라는 나이 차를 무시할 수 없기 때문이다. 그러나 무엇보다도 광주 문학 공동체 내에서 박혜강 선생은 감히 범접하기 어려운 위상을 가지고 있었다. 외모에서 풍기는 강력한 인상, 작가회의나 소설가협회에서 추진력 있게 일을 밀어붙이는 모습은 후배들에게 경외의 대상일 수밖에 없었다. 그러나 몇 년 전 마지막까지 지켜 낸 어느 겨울날의 술자리가 아니었으면 그는 여전히 나의 인식 지평 너머의 존재로 머물렀을지도 모른다. 그가 1980년대 광주 도청 앞 금남로에서 살벌한 최루탄으로 독한 눈물을 흘렸다든지, '대한석탄공사'라는 기가 막힌(?) 직장을 그만두고(거기에는 "너는 글을 써야 한다. 너만큼 글 잘 쓰는 사람도 없다"는 친구 홍성담 화백의 계속되는 유혹(?) 때문이었다는 설이 있다) 광주로 내려온 뒤 《검은 화산》이란 소설로 늦은 등단을 하고, 1991년에는 제1회 실천문학상을 수상한 것, 그 후 지금까지 한눈 팔지 않고 장편소설 《다시 불러보는 그대 이름》, 《안개산 바람들》(상·하), 《운주》(전5권) 등을 발표하면서 고단한 전업 작가의 삶을 불굴의 의지로 지켜 온 삶의 내력들이 내게는, '산 너머 남촌' 그 이상 그 이하도 아니었

을 것이다. 그런데 그날 밤 묘한 열기 속에 서로의 인연, 솔직하게
이야기한다면 학연의 확인이 이루어졌고, 어떻게 보면 너무나도
전근대적인 것이지만 고교 동문임을 확인하는 순간, 서로의 문학
관이나 이데올로기는 아무 의미 없는 것이 되고 말았던 셈이다,
적어도 그날 밤에만은.

그 후 선생은 어린 후배임에도 잊지 않고 좋은 술자리가 있으면
불러 주었고, 나 역시 불감청(不敢請)이나 고소원(固所願)의 마음으
로 자리를 함께하곤 하였다. 최근 순천으로 직장을 옮기면서 뵐
기회가 적었는데, 선생이 갑작스럽게 《도선비기》의 원고를 주시며
글을 부탁하였다. 순천대학교 박물관에서 도선이 창건했다는 옥
룡사지 발굴을 했기도 했고, 나도 한번 그곳을 둘러본 경험이 있
었던 차지만, 어쨌든 광양에서 가장 가까운 곳에 있는 내가 이 소
설 평의 적임자라는 것이다. 부족한 역량 때문에 몇 번의 거절, 하
지만 여의치 않았다. 짧은 시간에 여러 번 읽지를 못했다. 나의 좁
은 안목이 거대한 전체를 통찰해 내지 못할 것 같다는 안타까움에
불면의 밤을 만들고 말았다. 부족한 능력을 짧은 지면으로 대신해
보고자 한다.

2

이 작품은 도선이 옥룡사를 짓기 위해 희양(지금의 광양) 땅에
들어서는 장면으로부터 시작한다. 백두대간의 제일 끝자락, 그러
니까 백두산에서부터 시작하여 강이나 하천, 심지어는 작은 냇물
하나도 건너지 않고 도달할 수 있는 제일 끝자락인 백운산에 도선

국사가 옥룡사를 지은 내력을 추적해 가는 과정이 바로 이 소설의 주요한 스토리 라인이다. 그것은 결국 도선의 탁월했던 풍수지리 사상의 비의(秘意)를 추적하는 과정이기도 하다.

통일신라 말기 각 지역에서 준동하는 호족들과 그들의 비호를 받아 끝없는 정쟁을 일삼는 왕족들로 인해 힘없는 백성들은 도탄에 빠지게 된다. 영암 땅에서 태어나 홀어머니 밑에서 자란 도선, 그는 전 국토를 순례하며 혹독한 수행과 구도의 과정을 거친 후 자신의 독창적인 풍수 사상을 정립한다. 하지만 그가 자리를 잡고 마지막 입적할 때까지 근거를 삼은 곳은 광양 백운산 자락의 옥룡사이다. 그리고 그 주변에 삼암사(순천 선암사, 광양 운암사, 진주 용암사)를 건축한다. 경주의 왕들이 그를 국사로 초빙하지만 그가 그것을 거부하고 국토의 제일 끝자락에 이런 절들을 창건하는 데 힘쓴 까닭은 무엇일까? 작가 박혜강은 이 작품에서 그 해답을 제시한다.

백운산 일대는 동서 지역의 분계 지점이었다. 그러니까 예로부터 마한과 진한 그리고 백제와 신라의 접경지대임과 동시에 치열한 전쟁터라서, 수많은 사람들이 단말마의 비명을 지르며 쓰러졌던 곳이었다.
도선은 백운산 일대에 사찰을 세워 비보함으로써 완충 지대(緩衝地帶)로 삼을 계획이었다. 비보사찰을 세워 양 지역 간의 교류를 도모하고, 불력(佛力)으로 해묵은 갈등을 해소시킨다면 분열된 국토 남단부가 봉합되어 국태민안을 도모하는 데 크게 기여할 수 있을 것으로 내다보았던 것이다.

　이처럼 이 작품은 비록 1천여 년 전의 역사적 사실을 소재로 하였지만 거기서 찾아낸 문제의식은 바로 오늘 우리가 당면한 문제와 결코 다르지 않음을 보여 주고 있다. 루카치는 그의《역사소설론》에서 역사소설은 과거의 역사적 사실을 다루더라도 등장인물의 심리나 묘사된 풍속은 완전히 작가 당대의 것이어야 한다고 강조한다. 그런 점에서 작가 박혜강은 1천여 년 전의 역사적 특수성이 바로 현재 우리의 삶을 규정하고 있는 역사적 특수성과 상동한 것임을 절묘하게 포착해 내어 이 작품에 그려 내고 있다. 당시 각 지역에서 할거하는 호족들로 인한 반목과 질시, 그리고 원한의 앙금을 씻어 내고자 비보사찰을 지으려고 했던 도선. 작가는 도선과 같은 비판적이면서 실천적인 지성과 더불어 그러한 인물을 민족사적 영웅으로 부각시켜 낼 수 있었던 민중의 각성된 의식이 오늘날 우리에게도 필요함을 역설한다. 더불어 남북으로 분단된 우리의 민족적 현실과 동서로 갈라진 정치적 현실, 이로 인해 피해 받는 존재는 민중임을 적실하게 지적해 내고 있으며, 그러한 파당과 분열을 극복하는 것만이 우리의 민족적 당면 과제임을 제시하고 있는 것이다.

　또한 도선이 갖고 있었던 풍수 사상에서 작가는 국토의 균형 발전 의식을 찾아내었다. 도선은 낮은 수준의 음택 풍수를 거부했다. 그가 현실 정치에 타협적인 존재였다면 경주로 가서 국사가 되었거나 영향력 있는 호족의 책사가 되었을 것이다. 그런데 그는 국토를 순례하면서 낮고 어두운 곳을 세상에 알려 효율적으로 이용되도록 하였다. 그것은 좁은 국토를 효율적으로 활용하려는 독창적 풍수 의식으로부터 비롯된 것이면서, 한편으로는 국토의 후미진 곳에서 핍박받는 민중을 제도하려는 대승적 불교 의식의 실천적 결과이기도 하다.

좁은 국토에서 좋은 땅만 골라 갖겠다는 것은 지나친 욕심이지 않겠소이까? 설령 결함이 있는 땅일지라도 비보(裨補, 도와서 모자람을 채움)를 하여 좋은 땅으로 만들면 됩니다. 그러니까 사람이 병들어 위급할 경우 혈맥을 찾아 침을 놓거나 뜸을 뜨면 병이 낫는 것과 마찬가지로, 산천의 병도 그렇게 치료할 수 있다는 것입니다. 그래서 결함이 있는 땅은 사찰을 지어 보완하고, 땅의 기세가 과도한 곳은 불상을 세워 누르고, 땅의 기세가 달아나는 곳은 탑을 세워 머무르게 하고, 등진 땅은 당간을 세워 불러들여야 합니다. 그러면 세상을 구제하고 사람을 제도하게 되어 마침내 천하가 태평해질 것입니다. 이런 것을 의지법(醫地法)이라고 하옵니다.

국토는 단순한 땅이 아니다. 푸코의 전언처럼, 우리의 육체가 권력이 투사되는 공간인 것처럼 국토 또한 그 구성원들의 이해관계와 권력이 철저히 작용하는 공간이다. 수도 이전 문제로 헌법재판까지 이루어지는 모습을 보면 땅이야말로 기득권자들의 권력의 저장소인 셈이다. 땅은 바로 자본 그 자체이거나 가장 안정된 자본의 저장소이기 때문이다. 그러므로 도선은 자신만의 독창적인 풍수지리 사상으로 혼란스러웠던 당대 신라 사회를 탈영토화하려고 했던 혁명적 의식을 가진 인물이었을 것으로 추론된다.

　그리고 당시 경주를 중심으로 한 기득권 불교 세력들이 철저히 교종 중심이었음에도 그가 선종을 택한 것은 주목할 만하다. 당대의 교조화되고 권력화된 불교의 지배 담론을 철저히 부정하려고 시도한 인물로 도선을 평가할 수 있다. 더구나 선종 가운데 밀교의 한 분파라고 할 수 있는 풍수지리에 그가 초점을 맞추게 된 점에서 그가 지향했던 사상의 진보적 참신성을 읽어 낼 수 있다. 도선은 신라 중심의 한반도 운영 체제에 대한 전복의 필연성을 새 시대의 사회적 이데올로기로 승화시켜 낸 혁명적 지식인이었던 셈이다. 그러한 역사적 추론과 정치적 상상력을 형상화해 낸 작품이 바로 박혜강의 《도선비기》이다.

　이 작품에서 분열된 민심과 민족의 통합을 지향한 도선은 문약하던 최치원과는 다르게 현실에 능동적으로 참여하는 지식인상을 보여 준다. 그러한 도선의 고민을 다음의 문면에서 확인할 수 있다.

　한 민족의 분열과 대립은 끔찍한 파괴와 살생을 부를 터였다. 그런 불행을 손쉽게 막을 방도가 있으면 좋으련만 자신의 역량에 한계가 있었고, 도도하게 흐르는 역사의 물결을 돌릴 방도가 없어서 매우 안타까웠다. 하지만 그렇다고 해서 좌시하거나 방관해서는 안 되고 최선을 다해 시국을 현명하게 수습해 내려고 노력하는 것이 중요했다.

　동일한 6두품 출신이면서 당나라 유학까지 다녀온 최치원이 현실 정치에 염증을 느끼고 현실로부터 도피해 갈 때, 도선은 도탄에 빠진 민중과 현실을 구원하려는 노력을 거듭했다는 점에서 두

지식인의 현실 대응 태도는 상반된다. 그는 민족의 분열과 대립으로 인해 끔찍한 파괴와 살상이 자행되는 것을 방관하지 않았다. 그는 독창적 풍수 사상을 널리 알리고 실생활에 활용하여 이러한 근본적 모순들을 해결해 나가려는 실천적 지식인이었던 것이다.

그런데 이 작품이 가지고 있는 또 하나의 미덕은 잘 읽힌다는 점에 있다. 파편화된 의식과 분열된 내면을 전경화시키는 최근 소설들의 홍수 속에서 이 작품은 일관된 스토리 라인과 정제된 문장으로 통어되고 있다. 서사성 파괴와 상실의 시대, 박혜강의 소설들이 빛을 발하는 이유가 바로 여기에 있다.

더구나 리얼리즘 역사소설의 가장 주요한 덕목이라 할 수 있는 전망을 이 작품이 담보해 내고 있다는 점에서 이 작품의 우월성은 더욱 돋보인다. 그러한 전망은 왕건을 매개로 획득된다. 이 작품에서 도선은 왕건이 태어날 집터를 잡아 주고 유년의 왕건을 백학동으로 데려와 왕재로서 갖추어야 할 자질들을 가르친다.

왕건이 배에 올라탔다. 도선이 장차 분열될 삼국을 통일하여 제왕으로 등극하게 될 왕건에게 군신의 예를 갖추며 무릎 꿇고 절했다.
"옥체 보존하시어 부디 삼국을 통합하는 대업을 이루소서."
망덕 포구 앞 여의주처럼 동그란 섬에서 백학이 축복처럼 날아올랐다. 그 섬은 도선이 장차 제왕이 될 왕건을 배알했던 곳이라고 해서 '배알도' 라 부르게 되었다는 이야기도 전한다.

이 소설의 대미를 장식하는 마지막 단락이다. 각 지역의 분열과

정쟁으로 말미암은 민중의 고초를 바로잡을 인물로 도선이 왕건을 선택하고 지원했음을 보여 주고 있다. 정밀한 고증이 필요할 수도 있지만 이 작품이 허구인 소설임을 감안한다면 작가가 구현하고자 하는 역사적 전망은 도드라져 보인다. 작가는 왕건이라는 민족사적 개인을 등장시킴으로써 분열된 세상을 하나로 통합할 수 있는 전망을 제시한 것이다. 이러한 서사성과 전망을 확보해 낸 이 작품은 루카치가 제창한 바 있는 역사소설의 전범을 보여 준다고 하겠다.

한편으로 개인적 취향이기는 하지만 이 소설을 읽으면서 나는 마음이 무척 편안했다. 이 작품이야말로 브라우닝의 연극 대사 중 하나인 '나의 영혼을 찾아 길을 떠난다'는 것과 같은 자기 정체성 탐색의 소설이면서, 구도를 위한 수행과 깨달음의 궁극을 추구하는 구도 소설(求道小說)이라고 할 수 있을 것 같다.

범진은 《역근경》을 수련할 때마다 '나〔我〕'라는 단어가 사라지고 '우리'라는 단어가 떠오르는 것을 느꼈다. 마주 대하고 있는 정자나무가 자신이었고, 자신이 정자나무처럼 느껴졌다. 그뿐만 아니라 삼라만상이 자신이었고, 자신이 삼라만상이었다. 그건 모든 것이 별개가 아니라 혼합체였으며 철저한 인연으로 얽혀 있다는 것을 깨닫게 해 주는 것이었다.

물아일체의 수행 경지를 보여 주는 문면이다. 후기 자본주의 사회를 맞아 정체성을 상실한 채 혼돈의 삶을 살아가는 우리에게 깨달음의 필요성을 자극하는 구절이기도 하다. 삼라만상이 자신이고 자신이 삼라만상임을 깨닫는 것, 모든 것이 별개가 아닌 철저한 인연의 소산임을 깨달아 가는 구도의 과정이 세밀하게 서술되고 있다. 자신의 마음이나 내면의 흐름을 차분하게 관찰할 수 있는 여유, 혹은 자신의 삶을 지탱하게 하는 것이 진정으로 무엇인가에 대한 깨달음이 우리에겐 필요한 것이다. 그런 점에서 《도선비기》는 진정한 마음의 깨달음을 우리에게 가져다줄지도 모를 일이다.

> 모름지기 수행을 할 때는 아집(我執)과 집착(執着)과 알음알이를 조심해야 한다고 했다. 아집은 병을 낳고, 집착은 마를 낳고, 알음알이는 외도(外道)로 빠질 우려가 많기 때문이다. 특히 화두를 알음알이로 헤아리게 되거나 언어와 문구를 따지게 되면 깨달음을 구하려는 마음이 자기의 본심을 가려 미혹에서 벗어나지 못하는 경우가 허다하다.

우리 현대인들의 병은 아집과 집착에 있다. 사랑에, 물질에, 명예에 집착하는 순간 내 순정한 삶은 사라지고 만다. 그것들이 나의 맑은 본심을 가리기 때문이다. 작가는 이 작품에서 도선의 치열했던 구도 과정을 제시하면서 삶에 대한 집착을 버리고, 그 버리려는 마음까지도 버리라고 강조한다. 특히 이 작품에는 《죽음의 한 연구》로부터 시작하여 《칠조어론》을 거쳐 《평심》에 도달한 박상륭 소설의 주요한 화두들이 유사한 방식으로 변주된다. 임제 선사의 '살불살조(殺佛殺祖)'의 법어, '평상심이 바로 도〔平常心是道〕'

라고 했던 마조도일의 설법 등 선 불교의 화두들을 이 작품에서 쉽게 찾아볼 수 있다. 이는 작가가 '도선'이라고 하는 대선사의 일대기를 제대로 형상화하기 위해 얼마나 많은 준비와 공부를 해냈는가를 보여 주는 대목이기도 하다. 결국 작가는 도선이라는 구도적 인물의 지난한 깨달음의 역설을 통해 분열적 후기 자본주의 시대를 살아가는 우리에게 정체성 찾기의 고뇌와 필요성을 강조하고 있는 것이다.

그런데 이 작품에서 도선이 지나치게 비범한 인물로 형상화된다는 점에서 리얼리티의 상실을 불러오기도 한다. 불교에 정진해서 나름의 도를 깨우쳤다거나 풍수지리에 독창적인 업적을 일구어 냈다는 점은 다른 고증 없이도 추론 가능한 바이다. 하지만 그가 의술뿐만 아니라 무예에도 능한 인물로 묘사된 점은 지나친 감이 없지 않다. 역사소설에서 영웅적 인물을 부각시키기 위한 부득이한 선택일 수 있지만 모든 면에서 범인을 넘어서는 완전무결한 인물로 도선을 그려 낸 것은 다시 고려해 봐야 할 문제인 듯싶다.

더욱이 문제는 도선이라는 하나의 초점 인물에 의해서만 이야기가 제시된다는 점이다. 당대의 민중이 간절하게 원하는 영웅적 인물로서 도선의 뛰어난 능력과 자질도 중요하지만 다양한 민중의 시각과 욕망을 제시하고 수렴할 수 있는 또 다른 인물이 등장하지 않는 점이 이 작품의 문제라고 할 수 있을 것이다. 그것은 프로타고니스트(주인공, 주체)인 도선의 이념과 종교적 관점에 대항하는 안타고니스트(부주인공, 적대자)를 이 작품에서 찾아보기 어렵다는 사실과도 연관된다. 이러한 적대자나 적대 세력의 세계관이나 시대 의식의 제시가 미약함으로 인해 당대 세계의 질서와 지배 담론에 대한 객관적 조명이 제대로 이루어지지 못하고 있을 뿐만 아니라 이것이 극적 박진감을 감소하게 하는 요인이 되기도 한다.

3

붉은 단풍이 마지막 절정을 다하던 지난가을 어느 날, 《녹두장군》의 저자인 송기숙 선생과 운주사에 다녀왔다. 운주사는 송기숙 문학의 정신적 자양분이 되었던 곳이다. 이를테면 송기숙 소설의 항상적 요소로 작용해 온 미륵 신앙이 운주사 천불 천탑의 전설과 여러 유물들에 적층되어 있기 때문이다. 운주사는 백제 멸망 이후 남도의 지배적인 불교 사상으로서의 미륵 신앙을 상징적으로 보여 주는 곳으로, 1980년 오월 광주 이래 민중적 의식을 가진 사람들이 수없이 찾았던 곳이기도 하다. 이처럼 운주사의 민중 신앙적 상징은 송기숙의 《녹두장군》, 황석영의 《장길산》, 박혜강의 《운주》에서 강조되었던 바이다.

이날 의미 있는 이야기 두 가지를 들을 수 있었다. 하나는 운주사를 중심으로 한 호남의 미륵 신앙과 혁명의 역사에 관한 것이었고, 또 하나는 도선 풍수 사상의 독창성이었다.

신라의 삼국 통일로 전 국토가 아미타 신앙으로 개종되어 가는 동안에 오직 옛 백제의 고토에서만 미륵불이 신앙의 대상으로 부각되었던 점은 대단한 정치적·역사적 함의를 갖는다. 더구나 우리의 근·현대사의 분수령이 되었던 동학혁명으로부터 광주민주화운동으로 이어지는 혁명의 역사가 바로 호남에서 발생한 것은 이와 깊은 관련이 있다. 또한 호남인들에 의해 일어났던 동학혁명, 일제 강점 이전의 의병 항쟁, 1920년대 암태도 등의 농민 소작 쟁의, 광주학생운동, 여순 사건, 광주민주화운동 등은 비록 호남 지역에 한정된 운동들이었지만 그것들은 철저히 우리 민족의 주요 모순과 기본 모순으로 비롯된 것이었으며, 호남인들은 이러한 운동의 과정에서 자신들만의 이해관계 때문이 아니라 전체 민족 공동체의 생존과 정체성 확보를 위해 자신들의 전부를 기투(企投)했다는 것이다.

한편 운주사의 창건에 관한 기록과 자료가 많지는 않지만 그중에 도선 국사 비기가 나름대로 설득력을 얻는다. 그런데 문제는 도선이 운주사 창건과 관련 있는 것보다 도선의 풍수 사상의 독창성에 관한 것이었다. 송기숙 선생에 의하면 도선은 중국의 풍수 사상을 수용했으면서도 그것을 우리 민족에 맞게 독창적으로 변형시켰다는 것이다. 즉 중국은 땅이 넓고 평평한 지역이 많아서 좋은 땅을 골라서 이용하지만, 우리나라는 땅이 좁고 산이 많아 좋은 땅이 별로 없다. 때문에 도선은 척박한 땅도 자주 이용하면 좋은 곳이 된다는 깨달음을 얻고 이를 실천에 옮김으로써 좁은 국토를 효율적으로 이용하게 했다는 것이다.

이러한 송기숙 선생의 생각을 그대로 옮겨 놓은 듯한 작품이 바로 박혜강의 《도선비기》이다. 그렇지 않아도 두 분은 비슷한 점이 많다. 박혜강 선생이 훨씬 낮은 연배로 송기숙 선생께 많은 영향을 받았겠지만, 두 분은 민주화 운동 과정에서, 그리고 광주를 거점으로 소설을 창작해 오는 과정에서 공유한 부분이 많았을 터이

다. 더구나 운주사를 다녀온 후 박혜강의 《도선비기》를 읽으면서
그러한 짐작은 더욱 확신으로 굳어졌다.

5월 광주와 운주사, 그리고 도선. 두 작가의 화두 속에서 내가
발견한 것은 탈식민성의 자장이었다. 그리고 그것은 서양의 폭력
적인 근대적 질서에 저항하려는 반근대적 지성의 작용으로 읽어
낼 수 있었다. 우리는 압축 근대의 과정에서 일본과 미국이라는
제국에 의한 강제적 근대화와 무자각한 수용 과정으로 인해 민족
적 정체성과 민중적 주체 의식의 상실이라는 위기에 직면해 있다.
이러한 위기를 극복하기 위해 오늘 우리가 다시 환기해야 할 가치
가 바로 도선이고 광주 정신인 것이다. 신라의 수도가 아닌 남쪽
의 변방 백운산에 옥룡사를 지은 도선, 제국주의 침략과 식민성의
논리에 훼손당한 민족적 위기를 맞아 반제 · 반봉건의 기치를 강력
한 실천으로 이루어 낸 오월 광주, 이들은 모두 중심으로부터 탈
주하여 주변으로부터의 변혁을 시도하였다. 그것이야말로 진정한
반근대 · 탈식민 의식의 지향일 터이다.

그런 역사적 맥락에서 본다면 박혜강의 《도선비기》는 시대적 문
제작이다. 그는 이 작품을 통해 분열과 갈등으로 점철된 신라 말
사회가 지금 우리의 상황과 동일한 것이었음을 추체험하게 한다.
그리고 이러한 갈등과 분열이 해결되는 순간 우리 민족은 세계사
의 지평에 우뚝 서리라는 전망을 갖게 하기도 한다. 오늘 우리에게
는 도선과 같은 비판적이고 실천적인 지성뿐만 아니라, 도선이라
는 민족사적 개인을 요구하고 창조해 낸 민중의 각성된 의식과 실
천이 필요하다고 하겠다. 더군다나 그의 작품 속에서 찾아볼 수 있

는 민중 주체적 역사 의식이야말로 그의 역사소설의 고갱이이다.

진정한 역사소설의 의의는 역사의 사실적 기록도 중요하지만 현재의 상황을 비판적으로 성찰하게 하는 데 있다. 지금 이 시기 우리가 당면한 분단과 지역 갈등의 문제를 어떤 방식으로 해결해야 할 것인가를 이 작품은 제대로 포획해 낸다. 그런 점에서 박혜강은 역사소설이 지향해야 할 올바른 규범적 가치들을 담보해 내는 데 성공한 셈이다.

후기 자본주의 시대 문학의 위기라는 화두가 대세를 이룬다. 혹독한 단련을 전제로 한 장인적 글쓰기, 혹은 새로운 정치적·역사적 상상력으로 추동하는 글쓰기야말로 이러한 위기를 극복할 수 있는 대안이 될 것이다. 이 같은 장인 의식과 글쓰기의 전범을 박혜강의 《도선비기》가 보여 주고 있다. 그리고 그러한 성과의 가장 깊고 깊은 곳에 오월 광주와 운주사, 그리고 도선의 비의가 오롯이 흐르고 있다.

| 참고 문헌 |

《고전 양생 기공》, 소나무

《국역무예도보통지》, 민족

《육도삼략》, 이기석 역, 홍신문화사

《주역》, 명문당

고전연구실, 《북역고려사》, 신서원

광양군지편찬위원회, 《광양군지》

광양시지편찬위원회, 《광양시지 1~4》

광주시사편찬위원회, 《광주시사 1~5》

국사교재편찬위원회, 《신편한국사》, 학문사

김기빈, 《가고픈 산하 북녘의 땅이름》, 지식산업사

김무생, 《밀교의 역사와 문화》, 민족사

김정호, 《대동여지도》

김태정, 《우리가 정말 알아야 할 우리 꽃 백가지》, 현암사

류을주, 《풍수의 비밀 1, 2》, 자유문화사

박선홍, 《무등산》, 금호문화

박영수, 《지식 속의 지식》, 석필

박진호, 《황극원도 1, 2》, 전통마당

박현, 《우리 사상의 고향을 찾아서》, 백산서당

부경역사연구소, 《10세기 인물열전》, 푸른역사

사회과학원 역사연구소, 《조선통사》, 오월

석지현, 《밀교》, 현암사

손무, 《손자병법》, 대우출판사

송원, 《불멸의 선어백선》, 상아

신경준, 《산경표》, 민족사

신정일, 《다시 쓰는 택리지》, 휴머니스트

영암군, 《先覺國師 道詵의 新研究》

유홍준, 《나의 문화유산 답사기 1～3》, 창작과비평사

육태안, 《우리 무예 이야기》, 학민사

윤덕향, 《옛절터》, 대원사

윤용이, 《아름다운 우리 도자기》, 학고재

이계묵, 《선의 뜰에서 거닐다》, 운주사

이도학, 《진훤이라 불러다오》, 푸른역사

이상옥, 《한국의 역사 1～13》, 도서출판 마당

이중환, 《택리지》, 을유문고

이청담, 《선입문》, 아카데미

이태상, 《우리 고장 津上》

이훈종, 《민족생활어사전》, 한길사

일연, 《삼국유사》, 을유문화사

임학섭, 《사찰풍수 1, 2》, 밀알

전남대학교 박물관, 《운주사 종합학술조사》, 화순군

정경연, 《정통풍수지리》, 평단문화사

정의행, 《한국불교통사》, 한마당

정종수, 《계룡산》, 대원사

정찬주, 《선방 가는 길》, 열림원

조동일, 《한국문학통사》, 지식산업사

차차석, 《선어삼백칙》, 여시아문

최근영, 《통일신라시대의 지방연구》, 신서원

최원석, 《도선국사 따라 걷는 우리 땅 풍수기행》, 시공사

최창조, 《한국의 자생풍수》, 민음사

최창조, 《韓國의 風水思想》, 민음사

최화수, 《지리산》, 대원사

한국문화유산답사회, 《답사여행의 길잡이》(전권), 돌베개

한국역사연구회, 《고려시대 사람들은 어떻게 살았을까 1, 2》, 청년사

＊불경을 포함하여 그 외 다수의 참고 자료 활용